GASTROW

oder
Die Poesie der Technik

Simone Trieder

GASTROW

oder
Die Poesie der Technik

Roman

mitteldeutscher verlag

AM WANNSEE
JUNI 1919

Auf dem Perron

Etwas verzerrt gab die emaillierte Reklametafel sein Schemen wider. Er wusste, wie er aussah, dass er gut aussah. Da saß einfach alles. Die Sommerfrische grüßt! Er hob den flachen Strohhut und nickte seinem viel zu breiten Bild in der Reklametafel zu. Der weiße Tennisdress leuchtete. Leger war wohl doch besser, sommerlich hell, die Hose von einem Ledergürtel gehalten, das Hemd sportlich in die Hose gesteckt. Und für die Fahrt einen leichten Trenchcoat, man kann ja nie wissen, und mit dem Mantel sieht man eben angezogen aus. Die vielen Taschen, sehr praktisch. Nur den Fotoapparat musste er in der Hand tragen, die Rollfilmkamera. Die Uniform hätte schon mehr hergemacht als die Tenniskleidung, zwar nur Unteroffizier, aber – so eine Uniform macht den Mann zum Mann. Und jetzt kann man sich darin nicht mehr in der Öffentlichkeit sehen lassen. Immerhin gibt es ein paar ordentliche Fotos, vom Fotografen angefertigt. Wenigstens das. Und man sieht es nicht, dass es eigentlich die Smokinghose ist, der Schwester Grete auf seine Bitte hin die roten Biesen eingenäht hatte. So recht schneidig hatte er aussehen wollen. Nun, zu einer Sommergesellschaft am Wannsee gesellt man sich lieber leger sportlich. Toll soll es da zugehen, hatte Onkel Adolf geschrieben, er musste es wissen, er verkehrte öfter dort. Wilde Partys feiere der Hausherr auf seinem Anwesen am See. Was sollte er sich darunter vorstellen, er fasste nach dem oberen Hemdknopf. Auflassen oder zuknöpfen?

Jetzt fing sein Blick die Reklame auf dem Emailleschild. Ja, klar, Zigaretten noch. Warum nicht eine Schachtel Manoli zur Feier des Tages. Der Herr Student, der Manoli raucht, zeigt, er hat noch was vor, er wird etwas aus sich machen.

Hans Gastrow ist 23 Jahre alt, Student der Technischen Universität Charlottenburg nach einem Notabitur in Hamburg Uhlenhorst. Regelmäßiger Schulbesuch bei gutem Betragen und genügendem Fleiß. Vorzeitiges Verlassen der Anstalt, in das Heer eingetreten. In den meisten Fächern genügend, in Geschichte ungenügend. Lediglich in Physik zeigte er reges Interesse, erhebliches technisches Verständnis, gute Handfertigkeit, die er beim Bau von elektrotechnischen Apparaten etc. mit Erfolg unter Beweis stellte. Urteil gut. Das andere war wurscht. Und es zählten die Kriegssemester, natürlich. Telegrafenbataillon Nr. 1 Treptow. Fernsprechtruppe. Nachrichtendienst. Hamse jedient? Jawoll, sogar überlebt. Leitungen in Gräben gezogen, ansonsten Schach gespielt. Nach vorn schauen. Bloß nach vorn.

Ja, zu den Manoli auch Hölzer dazu. Der Onkel will ihn heute mit einer führenden Figur von Siemens-Schuckert bekannt machen. Mit dem Geschäftsführer gar? Dahin kommen, Motoren bauen für Automobile, Flugzeuge, Schiffe! Das ist Zukunft. Das könnte was werden. Hans steckte sich eine Manoli an und blies den Rauch gleichmäßig aus. Der Mann auf dem Reklameschild hat Handschuhe an. Bei dem ist ja auch kein Sommer. Das abgebrannte Hölzchen ins Gleisbett geschnipst. Dieser Geruch nach Maschinenöl, dem Schweiß der Lokomotive. Ein guter Geruch. Warum noch kein Rasierseifenfabrikant auf die Idee gekommen ist, einen so männlichen Duft zu entwickeln? Würde er sich sofort kaufen.

Der Perron hatte sich gefüllt. Alles will in die Sommerfrische, an einen der Seen, am liebsten offenbar an den Wannsee. Alle in heller, fröhlicher Sommergarderobe, die Damen in Matrosenkleidern, manche doch gefährlich kurz, da blitzt ja schon fast die ganze Wade durch. Ja, es ist Zeit, wird Zeit sich umzuschauen nach etwas Weiblichem. Modern sollte sie schon sein und wenn es jetzt chic ist, die Blicke auf die Waden zu lenken, er wiegte den Kopf, dann soll sie das machen! Vielleicht ist ja heute am Wannsee was Interessantes dabei.

Der Bahnsteigschaffner stand schon dienstbereit. Hoffentlich schaut der Onkel aus dem Fenster, wenn nicht, wird er ihn in Wannsee auf dem Bahnhof schon finden. Er spürte das Kribbeln, wie immer, wenn der Zug sich näherte, es erfasste ihn am ganzen Körper, diese Kraft, die diesen schweren Koloss vorwärtstrieb. Diese Energie, die die einzelnen leblosen Teile ineinandergreifen lässt und geschmeidig in Bewegung bringt, ein Stahltier, das einen heißen Atem ausstößt. Wie ein Tier. Das hatte der Mensch erschaffen. Hans spürte Ehrfurcht vor diesem mechanischen Organismus. Die Bremsen quietschen schon eine Weile, es dauert, bis das Tier zum Stehen kommt und im Stehen weiteratmet. Bald wird auch dies elektrisch gehen. Mit schönen schlanken, leisen E-Loks. Ging ja schon – in Hamburg Altona. Und wie sauber, wie leise das geht. Ohne Angst um die weißen Tennishosen. Der Krieg hat die Entwicklung aufgehalten, die Pläne liegen bereit. Wenn man sie doch endlich aus den Schubladen herausholen könnte. Wenn sie uns das in Versaille nicht auch noch gründlich verderben. Nicht daran denken, nicht jetzt. Die Lokomotive schnaufte leise vor sich hin. Schade nur, dachte Hans, der zukünftige Ingenieur – für dieses Meisterwerk der Technik, für diesen Leviathan fällt den Deutschen nur ein – die – ein. Die Lokomotive. So unmännlich. Schade.

Mit Onkel Adolf im Zug

Nein, der Krieg hat mir nicht übel mitgespielt, antwortete Hans, ein leises Lächeln um den Mundwinkel, als würde er sich entschuldigen. Onkel Adolf hatte er im Zug gefunden, auch er in heller, leichter Sommerkleidung, ein Stöckchen zwischen den Knien. Eine Hand ruhte darauf. Den Onkel solle er nun endlich weglassen, hatte der Onkel gleich zur Begrüßung gesagt, nun, da Hans ein ausgewachsener Mann sei. Und grooooß, ob er im Sommer 14 auch schon so groß gewesen sei?

Hach, dieser Sommer, da war er in den Ferien in Melle gewesen in der Pension des Onkels mitsamt anderen Pensionsgästen. Ein kurzer Sommer, schon nervös durchwirkt von den Kriegsvorbereitungen. Jeder Schuss ein Russ, jeder Stoß ein Franzos, jeder Tritt ein Brit, jeder Klaps ein Japs. Hatte er damals stolz im Tagebuch notiert. Ohne nachzudenken, was das für Kriege sind, in denen Klapse verteilt werden. Solche Sprüche waren kein Goethe, sie dienten der gegenseitigen Bestätigung auf Kneipenniveau. Fand er toll. Damals. Schon im Juli erklang der Trompetenton, der alle zusammenrief auf Melles Marktplatz, in seinen Ohren ein stolzer Ton, in den Ohren der Mütter unheilverkündend, weil sie ihn fälschlicherweise bereits als Zeichen für die Mobilmachung verstanden. Sie hielten sich gegenseitig klagend und weinend, da auf Melles Marktplatz. Ja, er hatte bei den anderen die Begeisterung vermisst, die ihn durchbebte, er empfand seine Umwelt gleichgültig unbeteiligt, stumpf. Selbst der verehrte Onkel verzog sich mit einem Augenleiden ins Bette. Während Hans schnaufte und stampfte wie eine Lokomotive kurz vor der Abfahrt, hielt man ihm vor, stille zu halten, das Abitur müsse zunächst absolviert werden. Er wollte raus, er musste raus ins Feld. Ja, er hatte Schwester Grete ein Gedicht geschrieben: Schwester, das verstehst du nicht, lass im Kampf mich zeigen, wie der deutsche Bursche ficht, mit dem Feind, dem feigen. Frevelhaft hat er verbrochen, was die Welt jetzt brennen macht. Usw. usf. Er hatte sich nichts Schöneres vorstellen können, als fürs Vaterland zu sterben.

Dass es nicht dazu kam, ist nicht zu bedauern. Er hatte so viel vor und seit er in Berlin studierte, hatte er das Gefühl am richtigen Platz zu sein, an der Quelle des elektrisierenden Lebens. Die Ungeduld galt nun der technischen Entwicklung, es brodelte und zischte in ihm, er spürte etwas Großes in sich, er konnte es nur noch nicht beschreiben. –

Nur nicht so bescheiden, der Herr Dipl. Ing. in spe, sagte der Onkel. Hans hatte die Schultern gezuckt auf die Frage, ob er seit Sommer 14 gewachsen sei. Adolf ist der jüngste Bruder seines Vaters, ein großer schlanker Typ, sie waren alle groß und schlank, die Gastrows, wegen des Augenleidens mit Brille, dennoch gutaussehend, ein sehr lebendiges Wesen, manchmal neigte er zu cholerischen Ausbrüchen. Er hatte ja auch einiges erlebt, vielleicht fühlte sich Hans deshalb zu ihm hingezogen. Mit 16 Jahren von Zuhause ausgerissen und zur See gegangen, Gefahren bestanden, Steuermann, Kapitän sogar geworden. –

Was macht Melle?, fragte er nun den Onkel. – Deutschland prosperiert, Melle baut, alle bauen und ich liefere den Sand bis Hannover, sagte Adolf stolz. Wo holst du den Sand? Aus meinem Hang. Sofort stand Hans das weitläufige Anwesen des Onkels vor Augen. Der Hang mit dem Sand, den Felsen daneben mit in den Felsen gehauenen Gängen. In den Gängen züchtete er Champignons zum Verkauf. Und das Haus obenauf, Felsenkeller trotz der Anhöhe genannt, in dem er im Sommer 14 Pensionsgäste empfing. Oho – und der Garten und in dem Garten eine Laube und in der Laube ein wohlgestaltes Mädchen. Sie waren lange durch den Regen gelaufen, barfuß, sie liebten die Berührung der nackten Füße mit dem nassen Gras. Es war ihnen kalt geworden und die Flamme des Feuerzeugs reichte nicht, sich zu wärmen. Im Dunkel der Laube leuchtete die Mohnblüte an ihrer Brust. Er sah ihre vier Hände, deren 20 Finger ineinander verflochten, seine Nase an ihrem feuchten Haar. Mein Bübchen hatte sie ihn genannt mit seinen 1,90. Schade, er hatte kein Foto von ihr gemacht, sie hatten gedacht, noch viel Zeit vor sich zu haben, zu schnell war dieser Sommer zu Ende. Wie hieß sie? Die Tante hatte sie erwischt, dort in der Laube bei ihrem Aufwärmgeschäft. Und es dem Onkel gesagt. Es war ja auch eine Verwandte, eine Cousine?

Wie hieß das Mädel, das im Sommer 14 eines deiner Pensionsgäste war und dem ich keine Raupen in den Kopf setzen sollte? Das war die Liesel, sagte der Onkel. Aus Erfurt. Ihr habt geturtelt, hast du das vergessen? Hans schüttelte den Kopf und sah aus dem Fenster, vor dem der Wald vorbeizog. Liesel, natürlich. Es kann sogar sein, du siehst sie heute, sie ist öfter bei Karls Gesellschaften. Nun im heiratsfähigen Alter übrigens. Da können aus den Raupen jetzt Schmetterlinge werden.

Hans musste dringend das Thema wechseln. Doch spürte er es im Bauch, ein leises Klopfen, Vorfreude auf die Begegnung mit der Raupenliesel.

Ich denke, ich werde mich für Schiffsbau entscheiden, Elektromotoren für Schiffe, das hat Zukunft. Adolf schüttelte den Kopf: Daraus wird nichts. Unsere Schiffe sind perdü. Scapa Flow war eine Schande. Die Versenkung der kaiserlichen Flotte, Hans lehnte sich zurück und sah, wie Adolf sich mit dem Mittelfinger übers Kinn fuhr. Hans dachte an den Kreutzer, an die Derfflinger, die er im August 1914 auf einer Fahrt nach Hamburg gesehen hatte.

Das war schon bitter, dass dieses stolze Schiff bei Scapa Flow auf Grund liegt. Doch laut sagte er: Nein, Adolf, es war eine Ehrenrettung, hätten wir die Schiffe dem Feind überlassen sollen? – Maschinenstürmerei, meinte Adolf, müsste dir als zukünftigem Ingenieur doch besonders zuwider sein. Und für die Verhandlungen in Versaille keine gute Idee. Ehre schön und gut, aber nicht gegen das Kriegsrecht. Da muss sich auch Deutschland an die Spielregeln halten.

Wenn die anderen sich an die Spielregeln gehalten hätten, wäre es gar nicht zu diesem Krieg gekommen, dachte Hans. Früher hätte er das auch laut gesagt, da wäre er sogar dem Onkel für solche defätistischen Reden an den Hals gesprungen. Früher, aber jetzt war er sich gar nicht mehr so sicher. – Aber wir brauchen neue Schiffe, das ist doch Zukunft!, rief er. Wie wollen wir sonst nach Amerika kommen?

Das werden sie uns in Versaille verbieten. – Versaille, Versaille, der gallische Hahn hackt dem deutschen Michel ins Fleisch bis nichts mehr übrig bleibt, empörte sich Hans. Nein, ich finde es auch nicht richtig, was in Versaille unterschrieben werden muss, entgegnete Adolf. Ich sehe, was du denkst. Lass uns nach vorn schauen: Automobile, die neue Unterpflasterbahn hier in Berlin. Das ist deine Zukunft. Da kannst du dich austoben, da kannst du steinreich werden. Da kannst du dann Pola Negri heiraten. Jetzt lachten sie beide. Ja, daran wird er denken können, wenn er das Diplom in der Tasche und eine Anstellung in Aussicht hat. Hast du nicht geschrieben, Karl kennt auch einen wichtigen Menschen von Siemens-Schuckert? Jahaha, Adolf dachte offensichtlich immer noch an die Heirat mit Pola Negri. Vielleicht ist der Müller heute da, der Karl macht euch bestimmt miteinander bekannt.

Hm, dachte Hans. Ich kenn noch nicht mal den Karl. Der auch

ein Verwandter sein soll. Offensichtlich sind wir mit halb Deutschland verwandt. Und doch scheint er ein toller Hecht zu sein, der Karl. Eine Villa am Wannsee, den neusten Mercedes, eine Motorjacht, handelt mit Grundstücken am Wannsee und vielleicht auch in Großberlin. Ein gemachter Mann. Der Tag wird sich lohnen, an ihm soll es nicht liegen.

Hans ließ sich hintragen, sitzend über die Schwellen der Eisenbahn flitzend, nahm den Rhythmus der Gleisstöße auf, die jetzt im Sommer sanfter waren. Vor dem Fenster das Auf und Ab der Telegrafenleitungen. Gut, dass er nicht hören musste, was da gerade an Dummheiten durchging. Er hatte die Jahre im Krieg an der Quelle auf der Funkstation gesessen, Frontnachrichten gehört und durchgegeben. Ende 1915 hieß es immer wieder frohlockend, gleich ist es vorbei, Warschau im Sack, die Russen. Weihnachten sind wir zu Hause. Doch dann, je länger es ging: Todesmeldungen über Todesmeldungen. Nein, das wollen wir alles schnell vergessen. Den herunterhängenden Leitungen mit den Augen folgen – runter, hoch, runter hoch. Die Vöglein singen so wunderschön, in der Heimat, in der Heimat gibt's ein Wiedersehen. Der Kaiser rief …

Hans zündete sich eine Manoli an. Und du, machst du mit Karl Geschäfte? Adolf war mit den Gedanken wohl immer noch bei Pola Negri. Ein Lächeln hing unter seiner Nase. Ja, aber nicht mit Sand, da gibt's hier mehr als am Felsenkeller. Blumen, Kunstblumen, die halten länger in der Vase und auf dem Hut. Hans nickte geistesabwesend. Ein Gedankenrest hatte sein Gehirn noch von vorhin: Doch nun zu Großem bereit. Die Gegenwart ist da, die Zukunft greifbar. Wenn ich's doch verbinden könnte. Ein süßes Frauchen, das ich für die Technik begeistern kann. Wenn ich abends in mein Heim komme, wo sie schon auf mich wartet, mit ihr über meine Maschinen reden. Das ist wohl undenkbar. Ob-

wohl. Hans kam der Film mit Pola Negri in den Sinn, den er unlängst gesehen hatte. Wie hieß der doch gleich? Irgendwas mit
Gelb. Die gelbe Karte? Oder so. Da studierte sie in St. Petersburg.
War das was Technisches? Aber eine Studierte als Ehegemahlin?
Hm. Vielleicht dann die Tochter. Erst sollte natürlich ein Sohn
kommen, der sein Werk fortführt. Warum sollte dann die Tochter
nicht studieren …

Er fragte Adolf: Was macht dein Töchterchen, das müsste nun
schon eine junge Dame sein. Du hättest sie doch auch mitbringen
können.

Lisa, antwortete Adolf, haben wir nach England gegeben in ein
Pensionat. Damit etwas Gescheites aus ihr wird. Er nickte zufrieden, das kostet auch einiges. Zeiten sind das, dachte Hans, zu den
Tommys. Gut, Englisch wird in Zukunft gefragt sein. Aber dann
doch lieber Amerika. – Wie war das in Amerika, als du dort warst?
Das waren ganz andere Zeiten, Adolf rieb sich die Schenkel. Ich
war ja zur See, als Steuermann, dann sogar als Kapitän. Blau und
blank waren meine Augen vom Himmel und der See. Sieh her, das
ist noch aus der Zeit. Adolf krempelte einen Ärmel seines weißen
Hemdes auf, bekam ihn aber nicht über den Ellenbogen. Da öffnete er zwei Knöpfe auf der Brust und schob das Hemd über die
Schulter. Da strahlte auf dem Oberarm direkt unter der Schulter
blau und frisch eine Tätowierung. Hans hatte das geahnt, aber
noch nie gesehen. „Rosi" stand dort auf der hellen Haut in ver-
schlungenen Buchstaben. Rosi? Deine Verlobte? Der Onkel war
der Familienlegende nach mehrfach verlobt gewesen. Ne, das war
Schönelschen in Südamerika, deren Vater eine Frau in Hamburg
aufgegabelt hatte, aber in Südamerika lief sie weg und er starb vor
Kummer. Er richtete seine Kleidung. Hans sah sich im Cupé um,
aber keiner der Sommerfrischler hatte „Rosi" gesehen. Ja, und

dann gabs noch Balwine, noch schöner als Schönelschen, aber – er winkte ab. Ob er die Verlobte sitzen ließ oder sie ihn, gab er nicht preis. Mein Hafen ist Emma in Melle, dort bin ich recht angekommen nach der großen Reise. Wenn man zum Mond fahren könnte, das täte mich noch reizen. Das wird bestimmt möglich sein, nur ich erlebe das nicht mehr. In hundert Jahren vielleicht. Und da im Weltenraum gibt es keine Piraten, keine scheußlichen Krankheiten wie Skorbut, kein Ungeziefer. Der Weltenraum ist sauber, glaube ich. Sterne und kosmischer Staub, aber sauber.

Die Meere nicht? Wollte Hans wissen. Oh, die Meere, denk mal an die Seeungeheuer, die ganze Schiffe verschlingen, die sind zehn mal länger als ein Schiff, die Haut voller alter schrundiger Muscheln statt Schuppen und messerscharfe Zähne. Schau her, ich bekomme gleich Gänsehaut. – Hast du denn selbst mal solch ein Wesen gesehen? Nein, aber es wurde erzählt und vor ein paar Tagen habe ich in einer Zeitschrift gelesen von einem Teufelsrochen, der die Ankerkette eines Schiffes auf seine Tentakelhörner gespießt hat und den Anker herausgerissen und das Schiff ins Meer hinausgezogen. Stand in der Zeitung!

Hans konnte das kaum glauben, aber er war noch nicht zur See gewesen, der Krieg hatte ihn nur nach Litauen und nach Italien gespült, aber nicht auf die See. Und er wusste, dass es inzwischen ein Dutzend transatlantischer Kabel für die Telegrafie gab. Sie sollen funktionieren, aber wenn so ein Teufelsrochen eine Ankerkette entführte, warum sollte der nicht auch so ein Telegrafiekabel zerbeißen … mit seinen scharfen Zähnen. In der *National Geografic* stand das, jetzt weiß ich das wieder, sagte Adolf. Nun, die ist natürlich seriös, nickte Hans. Was es so alles auf der Welt gibt – spannend.

So, wir sind bald da, Adolf klopfte mit dem Stöckchen ans Fenster. Wir müssen noch ein Stückchen laufen, aber wir sind doch beide gut zu Fuß und das Wetter ist wie bestellt. Hast du Badekleidung dabei? Daran habe ich nicht gedacht, Hans schüttelte den Kopf. Ich auch nicht, meinte Adolf, dann schauen wir zu und gehen nur mit den Füßen ins Wasser. Das ist ein zauberhaftes Stückchen Erde, wirst sehen. Der Karl ist stinkreich, wie der das gemacht hat, der Fuchs. Zur rechten Zeit die Grundstücke gekauft, als man andere Sorgen hatte, als Grundstücke zu kaufen, für sich selbst das schönste reserviert. Und nun, wo sich der Wert enorm gesteigert hat, verkauft er sie, der Fuchs. Tragisch nur, dass seine Frau so früh starb. Dass er sich nicht längst eine neue gesucht hat, das dürfte ihm doch eigentlich nicht schwerfallen. Jetzt ist seine Tochter schon im heiratsfähigen Alter, die Karla, das Karlchen. Da wäre eine Mutter jetzt ganz gut. Aber Karl hat seine Schwester aufgenommen, als deren Mann starb. Sie ist nun schon lange Witwe und sie hat auch eine Tochter, grad so als wie Karlchen. Die sind wie Zwillinge gemeinsam großgeworden, das Karlchen und das Verchen. Entzückend. Dass du sie nicht kennst, wundert mich. Hm, meinte Hans, Hamburg, der Krieg, ich weiß nicht. Einige der Verwandten können auch mit meiner Stiefmutter nicht. Ach ja, die Erna. Sagt Adolf, und du hast noch ganz kleine Geschwister. Ja, sagte Hans knapp.

Der Karl ist jedenfalls ein gemachter Mann. Sehr umtriebig, gut vernetzt, risikofreudig. Ein Sonntagskind. Ein Gewinner. Halte dich an ihn, suche seine Nähe, seine Freundschaft. Deine Mutter war eine Cousine von Karl, ihr seid verwandt und sagt natürlich du. Ich stell dich allen vor, nur, dass du dann nicht so tust, als hättest du noch nie was von der Verwandtschaft gehört. Deine Mutter, Gott hab sie selig, war meine Schwägerin. Dass sie so früh gehen musste, wie alt warst du, als sie starb?

Zwölf, sagte Hans. Das war ein Kreis in seinem Herzen, den er ungern überschritt. Die Mutter. Und andere durften dies erst recht nicht tun. Ihr Bild blieb in ihm verschlossen, er mochte es nicht um sich haben, weder an der Wand noch in einem Buch, aus dem es zufällig herausfallen kann. Er hoffte inständig, dass keiner dieser zahlreichen unbekannten Verwandten dort in Wannsee mit schimmernden Augen von der lieben, ach so früh von uns gegangenen Ida sprechen würde. Oder gar sagte, wie die Mutter, schau mal, wie ähnlich er der Ida sieht. Abgesehen davon, dass ein Mann nicht wie eine Frau aussehen kann. Dass er Ida angeblich so ähnlich sah, war der Stiefmutter in Hamburg auch ein Stachel gewesen. Er wollte Frieden. Familienfrieden. Er mochte die Kleinen, den Jungen und die Almut, drei Jahre sind ein drolliges Alter. Aber er war froh, dass er nun in Berlin war und sich auf seine Zukunft konzentrieren konnte. Hineinreden hatte er sich sowieso nicht lassen. Dazu hatte der Alte, der Vater, dann doch zu viel Respekt vor ihm. Es war gut so, dass sie weit weg in Hamburg waren mit den Kleinen und er – der Erwachsene, der glücklich aus dem Krieg Heimgekehrte, schon drei Semester Maschinenbau-Ingenieur studierte und in Ruhe an seiner Zukunft konstruieren konnte.

Wenn sie ihm zu nahe auf den Leib rücken würden, die Verwandten in Wannsee, würde er sich umschauen. Es wird doch hoffentlich dort noch andere Sommergäste geben, die Raupenliesel etwa. Ach, auch sie ist ja eine Verwandte. Da wollen wir doch mal schauen, ob der Mohn an ihrer Brust noch leuchtet. Auch könnte er sich ja hübsch hinter seiner Kamera verstecken, da werden sie alle weich, die Jungen und die Alten, wenn er die Linse auf sie richtete. Hans war sich sicher, er würde das Richtige tun. Mit Onkel Adolf an seiner Seite konnte einfach nichts schief gehen. Er drückte seine Manoli im Aschenbecher an der Armlehne aus.

Er blickte auf das schwache Spiegelbild in der Fensterscheibe des Coupés. Junge, das geht gut, meinte das. Der Zug fuhr im Bahnhof Wannsee ein.

Vorfreudig lärmend entstiegen die Sommerfrischler dem Zug. Endstation. Alles drängte Richtung See. Da ertönten schrille Pfiffe. Der Stationsvorsteher schrie und hob die Arme energisch Richtung Zug: Zurück, zurück in den Zug! Herrschaften, bitte begeben Sie sich zurück in die Coupés. Meine Damen, ich bitte Sie, gehen Sie zurück. Unwillig drehten sich die Köpfe und zögernd, doch vom Geschrei des Stationsvorstehers getrieben, stiegen die Fahrgäste wieder in den Zug. Blieben in den Gängen stehen, sodass es sich staute. Andere drängten an die Fenster, was war geschehen? Ein Eisenbahnunglück? Ein Gasausbruch? Eine Explosion. War der Krieg nicht vorbei?

Hans und Adolf steckten in der Ansammlung im Gang und kämpften dezent darum, sich die anderen Fahrgäste vom Leib zu halten, sie schauten sich an, was hatte es zu bedeuten? Hans erhaschte einen Blick zwischen den neugierig vor dem Fenster sich bewegenden Köpfen hindurch nach draußen. Männer in Kitteln und den Armbinden der Sanitäter trugen zu zweit Bahren. Doch was mit Gas?, fragte eine der am Fenster Stehenden, sie haben alle so ein Atemschutzvisier im Gesicht. Auch die Kranken auf den Tragen. Der Stationsvorsteher schlug eilig alle Türen zu. Trotz des hellen Sommertages lag eine eisige Stimmung auf dem Perron da draußen und breitete sich, als die seltsame Prozession der Krankenträger vorbeizog, auch im Abteil aus. Das ist ja ein halber Zug voll, flüsterte jemand. Einige der Sommergäste hatten die Arme wie frierend vor der Brust verschränkt und rieben sich mit der Hand den Oberarm. Was soll das?!, fragte halblaut eine Stimme. Das ist, flüsterte jemand, die Spanische Grippe. In der Stille klang das Flüstern samt den Zischlauten in dem Wort spanisch eine Zeit lang nach. –

Das ist Blödsinn, sagte jemand bestimmt und laut. Alles Theater. Ein Märchen vom Feind. Die Spanische Grippe gibt es nicht. Das wurde murmelnd weitergegeben: Blödsinn, Theater. Die wollen uns nur wahnsinnig machen. Aber, sagte vorsichtig eine andere Stimme: Die da auf den Tragen sind doch krank, oder? – Mein Gott, diese Demokraten, diese Revolutionäre, Möchtegernrevolutionäre, verbesserte der mit der lauten Stimme sich selbst, die erzählen uns dieses Märchen, um uns in Schach zu halten. Der Mann, der dies sagte, reckte sich und hob kämpferisch sein Kinn: Ich gehe jetzt da raus! Das ist nämlich ein ganz normaler Schnupfen.

Die Party

Mein Gott, der Hans! Was für ein langes Ende. – Das rief die Dame auf der Terrasse, zur der Adolf Hans als Erstes geführt hatte. Diese Dame wird in nicht allzu langer Zeit seine Schwiegermutter werden. Doch immer der Reihe nach, erst mal ist es dieser Sommertag im Juni des Jahres 1919. Strahlend weiße Wattewölkchen streunten über den blauen Himmel. Vor der allzu munteren Sonne konnte man sich in den leicht bewegten Halbschatten großer Laubbäume flüchten. Hellgekleidete Gruppen der Gesellschaft blinkten hier und da durchs Grün des zum Ufer des Sees sanft abfallenden Anwesens. Auf dem im Sonnenschein schimmernden, manchmal blitzenden Wasser leuchteten punktuell einige Dreiecke von Segelbooten. Eine wilde Lust erfasste Hans, all dies zu erleben, alles auf einmal und alles einzeln nacheinander. Er sah sich als Teil dieses erfrischenden und beglückenden Panoramas. Hans verengte die Augen, um sich dieses Bild zu seinen Füßen einzuprägen. Die Kamera hatte er samt Trenchcoat im Foyer der prächtigen Villa abgelegt. Sie wollte er sich auch noch genauer anschauen und vielleicht fotografieren.

Doch bevor er mit der Eroberung dieses neuen Kontinents und allen seinen Archipelen beginnen konnte, musste er sein Hiersein legitimieren, also die begrüßen, denen der Onkel ihn vorstellte. Adolf hatte ihn direkt zur ungekrönten Hausherrin gebracht, zur Schwester des reichen Karl, die im Schatten eines Sonnenschirms vor einer Partie Patience saß. Die Szenerie verlangte ja fast nach einem Handkuss, doch bevor der lange Hans sich herunterbeugen konnte, hielten ihn die Worte der indirekten Dame des Hauses auf. Du warst so, als ich dich das letzte Mal sah und ihre Hand schwebte in Höhe seiner Knie. Da hinunter wollte er nun nicht, also verbeugte er sich leicht. Dann verzeihen Sie mir sicher, dass ich mich nicht erinnern kann? Die noch schöne Dame, sie wird die 40 gerade eben überschritten haben, stemmte entrüstet die Fäuste in die Taille und sah zu ihm herauf: Junge, das Sie lassen wir mal schön bleiben, ich bin die Cousine deiner Mutter, Gott hab sie selig, somit eine Art Tante, wir sagen also du. Anna, nur zur Auffrischung, fügte sie hinzu. Zu Befehl Tante Anna, erwiderte er forsch, auch um die Tante davon abzuhalten weiter in der Ida-Gedächtnisecke herumzukramen. Sie fragte nach den Hamburgern, vor allem nach den Schwestern, die ebenfalls Idas Kinder sind. Die Grete hat sich verlobt und es wird noch in diesem Jahr eine Hochzeit geben. Das ist recht, sagte die Tante gütig. Schau dich um, hier im Garten flattern auch ein paar Schmetterlinge. Ehe sich Hans entscheiden konnte, entrüstet zu tun, trat ein Paar an den Tisch, beide im Alter der Tante. Das ist mein Neffe Hans, vereinfachte sie das Verwandtschaftsverhältnis, ein vielversprechender junger Mann. Während Hans den Kopf zwei Mal neigte, dachte er, war das nun der sagenhafte Karl? Mein Bruder Willi mit seiner Frau. Ist dies nicht ein wundervoller Tag?, sagte Willi gutgelaunt, man muss hinaus aufs Wasser. Komm Hans, ich zeig dir was. Seine Frau ließ er bei Anna unter dem Sonnenschirm und ihren Patiencekarten.

Hans dachte an seine Kamera. Was könnte er hier für schöne Fotos machen. Schade, dass die Kameras nicht kleiner sind, am besten so klein, dass man sie in die Hosentasche stecken könnte. Nun, er würde bestimmt noch später Gelegenheit finden, mit der Kamera herumzugehen, wenn er Teil dieser Gesellschaft war und nicht jeder dachte, wer ist denn der. Während er die Fragen seines Quasionkels beantwortete, nach dem Studium in Charlottenburg, nach den Hamburgern, beschritten sie einen der beiden Wege, die in geschwungenen Bögen von der Villa zum See führten, sodass die Neigung des Grundstückes kaum zu spüren war. Ein junger Bediensteter kam ihnen mit einem Tablett entgegen. Willi nahm zwei Gläser eines perlenden Getränks, in dem Blaubeeren auf- und abstiegen. Darauf, dass wir uns endlich kennenlernen, sagte Willi, sie nickten sich zu.

Der Heini baut ein Boot, das will ich dir zeigen. Wer zum Teufel war Heini? Egal. In der Kehre des Weges öffnete sich der Blick auf ein seitwärts gelegenes Rasenstück, dort war ein Croquetspiel aufgebaut. Kirschbäume säumten den Rasen. Unter einem Baum wie hingetupft drei Mädchen.

Die jungen Damen hast du noch nicht begrüßt? Also erst sie oder erst das Boot?, fragte Willi. Hans wollte keinesfalls unhöflich sein, aber da die drei in intensivem Gespräch vertieft schienen und sie noch nicht bemerkt hatten, sagte er: Erst das Boot und dann die Damen. Er ahnte, dass es nicht bei einem Guten Tag bleiben würde. Und dann würde er womöglich das Boot vergessen. Er schaute den Weg zurück, der teils von Büschen verdeckt war hinauf zur Villa, die keck Türmchen aufgesteckt hatte, die Terrasse wie ein Bauchladen davor, die sie umgebenden Rosenrabatten dessen Rüschen. Jetzt entdeckte er seitlich unterhalb der Terrasse eine Laube. Liesel und der rote Mohn. Eine von den drei Hingetupften könnte die Liesel sein.

Ist die Liesel aus Erfurt auch hier?, fragte er Willi. Ja, sie saß dort mit den hiesigen Cousinen unter dem Kirschbaum. Aber von ihr musst du die Finger lassen, meinte er. Ach, ich kenn sie von früher aus den Ferien in Melle, da war sie noch fast ein Kind. Von ihr soll ich die Finger lassen, dachte Hans, nun, das wollen wir erst mal sehen, was sie dazu meint, ob sie sich nicht doch an „ihr Bübchen" erinnert …

Sie waren am Fuße des Anwesens angekommen. Auf einem halbrunden Platz lümmelten verstreut einige Gäste mit betont nachlässiger Eleganz auf Liegestühlen und weißgestrichenen Gartenmöbeln. Ein niedriges Geländer trennte diese Seeterrasse vom Wasser. Links davon ein kleiner Strand zum Baden, rechts ein langer Steg, an dessen Ende eine Motorjacht lag. Was für ein Teil! Hans hielt die Hand über die Augen. Auf dem ganzen See war kein größeres, kein eleganteres Schiff zu sehen. Der Schornstein wäre eines Dampfers würdig, eine Kajüte, in die mindestens acht Personen passten, geschweige denn wie viel Sitzplätze der Bug hatte. Schon fast eine Barkasse und doch, schmal, elegant und schnittig. –

Das ist nicht zu viel versprochen, Hans nickte anerkennend. Das ist Karls Steckenpferd, das zeigt er dir sicher selbst, lenkte Willi Hans von dem Motorschiff ab. Nein, wir gehen hier, sagte er und schlug einen Pfad ein, der parallel zum Wasser verlief. Das will ich dir zeigen. Im Gras unter den hohen Erlen, oder waren es

Ulmen, lag auf zwei Böcken das Skelett eines Paddelbootes. Der junge Kerl, der sich darüber beugte, musste der erwähnte Heini sein. Hans fuhr mit den Fingern über die Holzleiste der Bordwand. Toll was, sagte Heini aufblickend. Er war in Hans' Alter. Ist ein Zweier und soll bald fertig werden. Möchte auch ein Segel aufsetzen, hast du Ahnung davon, als alter Hamburger?

Tatsächlich hatte Hans mit Freund Peter genauso ein Boot gebaut. Auch mit Segel. – Ist lange her, aber ich erinnere mich. Klingst ja wie ein Hundertjähriger, Heini lachte. Das ist doch wie beim Schlittschuhlaufen, kann man es einmal, vergisst der Körper das nicht. Auch wenn man im Sommer denkt, wer weiß, ob ich das noch kann, das Fahren auf den Kufen. Und dann, kaum ist das Eis dick genug, zieht man die Dinger an und saust los. Übrigens da schräg gegenüber, hinter der Insel, ist der Georg Heym ertrunken. Ein Kumpel von dir?, fragte Hans. Heini lachte, ne, leider nicht, ein Dichter, der ist beim Schlittschuhfahren eingebrochen. –

Ein Segel hatten wir auch, sagte Hans. Beim Schlittschuhfahren?, neckte Heini. Du Witzbold!, boxte ihn Hans. Die beiden gaben sich die Hand. Habe gehört, du bist Ingenieur – so ein Außenbordmotor wäre auch hübsch. Aber erst mal hier das Steuer, da könnt ich dich bei brauchen. – Wir haben Ruder gesagt, das Patent ist einfach super und leicht nachzubauen. Hans hob ein Stück Draht auf: So ein dünnes, fragiles Teil, denkt man nicht, dass dies zwei Personen durch alle Gefahren steuern kann. Heißt deshalb auch witzigerweise hübsch minimalistisch Nadel. Musst nur das obere Ende um 90 Grad umbiegen, damit sie in der Steuervorrichtung hält und sich darin bewegen kann. Dann macht das Ruder, was du ihm befiehlst. Auf dem See ist natürlich ein Segel eine große Hilfe. Aber ich bin vor allem auf Kanälen und Flüssen gefahren, da bist du ohne Steuer verloren. Auch durch Stromschnellen? Klar, sagte Hans, du musst genau da rein, wo es am gefährlichsten aussieht, wo das V zusammenfließt und das Wasser ordentlich blubbert. – Dann sollten wir unbedingt mal auf die Havel und du zeigst mir das. Unbedingt.

Hans wusste immer noch nicht, wer Heini war. Und du bist der Sohn von Willi? – Ne, der von Karl, dem Alten, dem hier alles gehört und wohl demnächst auch eine Insel dahinten. Heini zeigte über den See. Kannste von hier nicht sehen, ist eine Landzunge dazwischen. Wir machen nachher eine Partie da rüber, komm mit, ist genug Platz auf dem „Kreuzer". Hans konnte es gar nicht glauben, wenn er die Karte richtig in Erinnerung hatte und Heini in die richtige Richtung gewedelt hatte, war die Insel hinter der Landzunge die Pfaueninsel. Die Insel des Kaisers, das inzwischen heruntergekommene Refugium des preußischen Königshauses, das nun abgedankt hatte. Aha, er musste sich an den Sohn des Hauses halten, um hier zu den wichtigen Informationen zu kommen. Und der wollte was von ihm, auch wenn es nur die Nadel am Steuer seines Bootes war. Er hätte das vielleicht besser verkaufen sollen, warum hab ich ihm gesagt, dass es so simpel ist. Ich Dummkopf, schimpfte Hans mit sich. Doch so richtig konnte er sich das nicht übelnehmen. Nicht heute bei diesen trefflichen Angeboten des Tages, da übertrifft ja eins das andere und wer weiß, was noch kommt!

Heini wollte heute auch nicht im Ernst bauen, die beiden verabredeten sich für das kommende Wochenende, wohl vergnügt und in Vorfreude auf den Rest des Tages, denn auch Heini liebte die Gesellschaften seines Alten. Da tauchen immer spannende Leute auf, sagte Heini, auch richtig schräge Typen! – Deine Schwester habe ich noch nicht begrüßt, sagte Hans und dachte an die drei weißen Tupfer im Gras unterm Kirschbaum. Und an den Mohn

in der Meller Laube. Er rief sich zur Ordnung: Du Gefühlsdusel-
mann, ab sofort nur noch in Morseschrift! Wenn er sich das befahl, dann ging es um Gefühle, er spürte gar den Drang, Gedichte
zu schreiben. Und, um sich von ihnen nicht niederringen zu lassen und sie im Zaum zu halten, dachte er in Morsezeichen. Piep
pieperepiep piep piep. Das Geräusch in seinem Kopf kühlte die
Hitze in seinen Adern etwas ab.

Aber, meine Schwester kennst du doch, meinte Heini. – Ehr-
lich gesagt, ich bin noch nicht so lange in Berlin und bei euch hier
zum allerersten Mal. – Und ganz bestimmt nicht zum letzten Mal,
lachte Heini. Sie zogen den geschwungenen Weg ein Stück hinauf.
Auf der großen Wiese zwischen den Wegen lagerten Picknick-
gruppen, die meisten der Gäste mit einem Glas in der einen Hand
und mit der anderen das Gespräch illustrierend. Die Handfläche
zur Ankündigung einer Wichtigkeit himmelwärts schlingernd.
Rhythmisch beschwörend zum Erdmittelpunkt senkend, um den
Vorredner einer Übertreibung zu überführen. Ein Paar schlug lässig den Federball in den geduldig blauen Himmel. Dazwischen die
jungen Bediensteten, sie boten, sich fast freundschaftlich zu den
im Grase Lagernden neigend, Erfrischungsgetränke an. Es fehlt
nicht viel und sie legen sich dazu, dachte Hans, die Worte des Onkels Adolf von der wilden Party im Ohr. Ohne Onkel, verbesserte
er sich, daran musste er sich aber mal schnell gewöhnen.

Hans und Heini schwenkten zum Rasen seitlich der Sichtachse
von der Villa zum See. Die weißen Tupfer standen zwischen den
kleinen Toren des Croquetspiels. Auf ihre Schläger gestützt zwei
der Mädchen, eines hatte das zierliche hammerähnliche Holzstück
sportlich geschultert. Zu diesem Mädchen führte Heini den Gast.
Liebstes Karlchen, Schwesterherz, dies ist der Hans im Glück,
wenn mich nicht alles täuscht, haben wir einen gemeinsamen Ur-

großvater oder einen anderen greisen Ahnen. Das zierliche Wesen im luftigen Sommerkleid mit einem blauen Band um die Taille wandte sich Hans zu: Ach, herrje, fast wie eine Himmelserscheinung. Hans versuchte seine Verwirrung zu verbergen und er entgegnete: Vom Himmel käm ich gern mit einem Zeppelin, etwa, aber – er fand keine zusammenfassenden Worte für die vielen Fragezeichen in seinem Kopf. Dafür hatte sie eine Antwort: dein Kopf gleich neben dem blassen Mond da oben. Hans sah sich um. Tatsächlich stand da zwischen den weißen Puderquastenwolken am Himmel der Dreiviertelmond.

Beug dich herab zu mir Erdling aus deinen Höhen und lass dich, rein verwandtschaftlich selbstverständlich, von mir küssen. Endlich begriff der lange Hans, das Karlchen reichte ihm eben bis zum oberen Hemdknopf (Ist er auf?). Und er versuchte ihren übermütig hohen Ton aufzugreifen: Ich grüße den ersten Stern dieses Rasens, beste Cousine weißichwievielten Grades. – Aus welchem Sternbild bist du gefallen, Hans, mein Igel? Ich bin, er hielt die gekrümmten Zeigefinger an die Stirnseiten, und bitte um Verzeihung – ein Steinbock. Huuuch, das Karlchen rannte eine Runde um das Croquetspiel, dass der weiche Stoff ihres Kleides flatterte. Helft mir, ein Bock verfolgt mich!

Diese dramatische Aktion rief die beiden anderen Mädchen auf den Plan, die neugierig herbeisprangen. Wüstling, was störst du schrill die stille Nacht, und huschst und haschst und weinst und machst, was cymbelt gell und flüstert sacht, die Tugend stirbt, das Laster lacht. Hans hatte keine Zeit, sich etwas Geistreiches auf dieses Feuerwerk zurechtzulegen und rief: Damit ich dich besser fressen kann. Nein, rief eine Stimme: Der Hans! Und schon hing ihm jemand um den Hals, das konnte nur die Liesel sein aus dem Sommer 14 in Melle. Mein Bübchen, seufzte Liesel an seinem

Hals. Er hielt sie an den Händen, um sie ganz zu betrachten. Nein, kein Mohn an der Brust, an ihrem Gürtel steckte eine Kamelie aus Wachspapier.

Darf man mal wissen, was hier los ist? Das war die dritte im Bunde, die sich bei Karlchen einhakte. Hans löste sich von Liesel und verbeugte sich: Hans Gastrow, küss die Hand, gnä Frau. Sie dachte gar nicht daran, ihm die Hand zu reichen. Ist er über den See gekommen?, fragte sie Heini. Auch nicht vom Himmel gefallen, ergänzte Karlchen. Zu Fuß vom Bahnhof mit dem Onkel Adolf, sagte artig Hans. Und – spielt er eine Partie Croquet mit uns? Nichts, was ich lieber täte.

Hans wusste immer noch nicht, wie die dritte im Bunde hieß. Sie sahen fast wie Zwillinge aus, sie und Karlchen, die eine mit einem blauen Band um die Taille, die andere mit einem goldenen. – Nein, wir sind keine Zwillinge, sagte sie, als hätte sie seine Gedanken gelesen. Nur fast, wir sind am gleichen Tag geboren. Sie hatte ein feineres Gesicht als ihr „Zwilling", sie trug die gelockten Haare offen, Karlchen hing ein dicker Zopf über die Schulter. Irgendwie war es zu spät geworden, sie nach ihrem Namen zu fragen und er nannte sie in Gedanken die goldene Mitte. Seinen Strohhut hatte er in einen Kirschbaum gehängt. Heini spielte auch mit und gab ihm einen Schläger.

Musikfetzen klangen von der Wiese herüber. Jemand hatte ein Grammofon in Gang gebracht. „Die Männer sind alle Verbrecher". Obwohl es etwas entfernt war, hörte man eine kräftige Männerstimme mitsingen: Aber lieb, aber lieb sind sie doch. Das isser, sagte Heini und zeigte mit dem Schläger in Richtung Schlager auf der Wiese, mein Alter. Hans dachte an den Sommer 14, als er Liesel überstürzt verabschieden musste und er es gar nicht erwarten konnte, in den Krieg zu ziehen. Da hatte er mit unbekannten Kameraden dieses Lied gesungen auf der Rückfahrt von Melle nach Hamburg. Es waren Reservisten und Freiwillige, die in den Krieg zogen und die er brennend beneidet hatte, sie durften in den Krieg und er musste nach Hamburg, sein Abitur machen. Sie sangen damals: Die Serben sind alle Verbrecher, ihr Land ist ein finsteres Loch. Die Russen sind auch nicht viel besser, aber lieb sind sie doch? Ne, das passte ja gar nicht. Wie hatte er später all dies gehasst, diese Kneipereien, das Gröhlen.

Nachher gibt's andere Musik, sagte Karlchen, ich hab meinen Klavierlehrer eingeladen. Ein Pole, der traktiert das Klavier auf fantastische Weise. Doch nicht etwa den guten Flügel, fragte Liesel. Nein, der Karl – sie sagte nicht, mein Vater – der Karl hat eins bringen lassen aus dem Männergesangsverein Zehlendorf. Hans blickte nicht mehr durch. Das war doch ihr Vater der Karl, der seine Tochter auch noch Karla nennt. Ich glaub, die vom Gesangsverein sind nachher auch da. Spannend.

Hans traf mit seiner Kugel den Zielpfosten. Leute, ich hab gewonnen! Siehste, wir reden zu viel. Hans warf sich ins Gras und zündete sich eine Zigarette an.

Einer der jungen Bediensteten tauchte am Rande des Rasens auf. Hans winkte ihn heran: Junger Mann, können Sie mir sagen, wie die Dame mit den Locken und dem goldenen Gürtel heißt? Tut mir leid, antwortete dieser. Ich kenne die Herrschaften nicht. Excuse me, also die Damen in diesem Falle. Wir sind nur angemietet. Für die Party hier. Er machte mit dem Kopf einen kleinen Kreis, der wohl das ganze Anwesen umschreiben sollte. Hans bemühte sich darum, den Mund wieder zuzumachen. Danke und nahm eins von den Gläsern. Die Damen? Rief er in die Croquetrunde. Später, antwortete die güldene Namenlose und der angemietete Bedienstete entfernte sich wieder.

Hans legte sich zurück ins Gras, er sah vor dem Himmel die Grashalme freundlich nicken. Zwischen den Musikfetzen der Operettenevergreens, die unermüdlich jemand auflegte, hörte er die Vögel. Manche klangen gar nicht melodisch, sondern kratzig-kehlig, ganz modern, lächelte Hans in sich hinein. So leben, so ein Grundstück, die Villa muss ja nicht so vorsintflutlich aussehen, wie diese olle Ritterburg mit den Türmchen. Aber so ein Grund-stück am See, auf dem dann die Kinder spielen können und auf dem See ein Segelboot. –

Na, du, Hans der Träumer? Das war Karlchen, Hans sah es in den Augenwinkeln und sah dahinter und daneben, ob die Namen-lose dabei wär. Sag mal, das Irenchen, dein Zwilling – sie heißt nicht Irene, sagte der Zwilling mit dem blauen Band um die Tail-le. Doch weiter kam sie leider nicht, denn der Heini gesellte sich dazu. Kommt ihr alle mit zur Bootspartie? Wir wollen hinüber zur Insel. Na, unbedingt, sagte Karlchen, auf zur Insel! Liesel warf den Schläger zwischen die Tore, ich war so gut und hab trotzdem verloren. Pech im Spiel, Glück in der Liebe, meinte Heini, lasst uns zum Steg gehen. Die „Zwillinge" hakten sich rechts und links bei ihm ein. Hans richtete sich auf und bot Liesel den Arm. Hey, Mann Melle, wie lange ist das jetzt her? Fünf Jahre, meine Liebe. Unglaublich, wie die Zeit vergeht. Langsam schlenderte die Grup-pe, die drei voran, Hans und Liesel hinterdrein, den Weg zum See hinunter. Allein mit Liesel fiel Hans gar nichts mehr ein. Die Blö-delei geht nur in der Gruppe. Auch Liesel blieb erstaunlich still.

Waren ja auch keine einfachen Jahre, meinte sie nach einer Wei-le. Die beiden hier haben nicht viel mitbekommen. Ich musste in die Munitionsfabrik. Und du? Russland, habe ich gehört. Auch, sagte Hans. In die Munitionsfabrik, das ist ja echt hart. Ja, ich hatte mich für den Sanitätsdienst gemeldet, aber sie fanden es wichtiger, dass ich das Zeug herstelle, das den Männern Arme und Beine, Augen und Ohren wegfetzt. War vielleicht besser, wer weiß, im Spital hättest du dich möglicherweise mit der Ruhr oder so was oder mit der Spanischen Grippe angesteckt und dann wärst du jetzt nicht hier. Das ist doch schön, dass wir uns wiedersehen, als wäre nichts geschehen. Und er dachte an die Mohnblüte.

Du Poet, sagte sie, lachte aber nicht. Sie langten auf dem halbrunden Plateau am Ufer des Sees an. Dort standen einige Tische bereit mit einem kleinen Imbiss. Sie nahmen sich ein paar Kanapees. Ein Happs für den guten Karl und noch ein Happs für den guten Karl. Liesel wischte sich mit dem Handrücken den Mund. Hans zog die Manolipackung aus der Hosentasche und steckte sich eine Zigarette in den Mund. Liesel?, fragte er und hielt ihr die Schachtel hin. Später, ich ess noch ein paar Schnittchen.

Er riss eben das Streichholz an, da sah er über seiner Hand, die er schützend über die Flamme hielt, sie kommen, die Namenlose mit der goldenen Mitte. Die blonden Haare liebevoll gelockt, eine Samtschleife, die ein paar Strähnen zurückhielt, schaute hinter ihrem Kopf hervor. In der linken Hand steckte eine schmale Zigarette. Sie schaute ihm in die Augen. Mist, beinahe hatte er sich verbrannt. Er ließ das Hölzchen fallen und zog ein neues aus der Schachtel, strich es an und reichte ihr das Feuer. Ich war vorhin nicht sehr höflich. Sie zog an der Zigarette. Vera bin ich, sagte sie schlicht. Vera, wiederholte er.

Auf dem Weg war schon eine Weile eine lustige laute Gruppe zu hören. Das heranrollende Geräuschknäul bestand aus einem Grundton gleichmäßig hinfließenden Erzählens, aus dem immer wieder ein Koloraturlachen herausklang. Das isser, der Karl, sagte Vera. Hans konnte nicht ausmachen, welcher der Männer über 40 Karl sein sollte. Die Gruppe floss auseinander zu den Tischen mit dem Imbiss und jeder versuchte mit seinem Glas in der einen Hand, mit der anderen die appetitlichsten Happen zu erhaschen.

Da isser ja, der Hans! Rief ein Mann, recht beweglich trotz seiner kräftigen Statur, eine Schiffermütze auf dem Kopf. Auch dieser Onkel wollte keinesfalls Onkel genannt werden, nahm Vera in den Arm und beschuldigte Hans, das „arme Verchen" zum Rauchen verführt zu haben. Doch bevor Hans die Situation erklären konnte, rief Karl: Und, ist das nicht schön hier? Ja, nickte der lange Hans, der den Onkel um einen halben Kopf überragte.

Ob er Ingenieur wär, fragte der Karl und Hans wiegte den Kopf, noch nicht ganz, aber bald. Dann mache ich dich mit Oskar bekannt, der ist bei Siemens. Und du musst unbedingt auch einen Blick auf seine Frau werfen, sie trägt nämlich Hosen! Hans schürzte die Lippen und schrägte die Stirn, es stand ihm nicht zu, die Mode der anwesenden Damen zu beurteilen. Vera lachte und boxte den Onkel in die Seite, bring ihn doch nicht so in Verlegenheit. Wenn du meine Meinung wissen willst, sagte sie zu Hans, ich finds chic.

Einige der Gäste hatten sich die Angeln genommen, die am Geländer bereitstanden. Ein Bediensteter reichte einen Eimer mit Ködern herum. Manchen half er die Würmer auf den Haken zu platzieren. Er tat es ungerührt mit undurchschaubarer Miene, der Onkel zahlte offensichtlich gut.

Wartet, rief Karl, ich lege vorher ab. Heini, du weißt, wer mitkommt, die anderen können später. Mit langen Schritten nahm er den Steg, Heini folgte mit den „Zwillingen", Hans mit Liesel am Arm. Warum waren sie nur so wenige, auf das Motorschiff passten mindestens zwei Dutzend Leute. Karl steuerte nicht selbst, er hatte einen Schiffschauffeur, der bereits den Motor startete. Die Gesellschaft am Ufer schien keinen Neid zu kennen, sie kümmerte sich um ihre Angeln. Einige zogen auf die Wiese unterhalb der Villa. Von der Terrasse winkte Tante Anna mit einigen anderen Damen. Die Ausflügler auf dem Schiff winkten zurück.

Adolf rief von der Terrasse, die Hände zu einer Art Sprachrohr formend: Da kommt was! Er zeigte auf den Himmel. Und wenn schon, sagte Karl über den Motorenlärm, wir sind doch nicht aus Zucker. Stimmts Liesel? Liesel warf ihm eine Kusshand zu. Wenn eine nicht aus Zucker war, dachte Hans, dann ist das die Liesel. Er versuchte sie sich an der Drehbank einer Munitionsfabrik vorzustellen. Vielleicht hat sie eher in der Verpackung gearbeitet. Dennoch wird sie sich einiges an Muskeln angearbeitet haben. Sie winkten, die Frauen mit Taschentüchern, nach oben. Tatsächlich, jetzt sah es Hans, kroch eine dunkle Wolke über die Villa. Gucke mal, die Ursula, stieß Karlchen das Verchen an. Vom Steg sprang hell, glatt und nackt jemand, besser eine Jemandin mit einem Kopfsprung ins Wasser. Heini grinste. Er kannte das wohl schon. Karl stand vorn neben seinem Schiffschauffeur am Steuer. Die jungen Leute saßen backbord auf der u-förmigen ausladenden Bank, die mit grünem Leder bezogen war. Hans' Strohhut lag darunter. Der Fahrtwind ließ ihre Kleidung flattern. Liesel legte ihre kleine Munitionshand – er hatte vergessen, wie klein ihre Hände waren – auf seinen ihr zugewandten Unterarm und begann zu singen: „Wenn ich mir was wünschen dürfte, gerade jetzt zu dieser Zeit", die beiden anderen fielen ein, zwei- oder dreistimmig, Hans kannte sich da nicht aus. Er lehnte sich zurück und sah die Liesel an, er hätte jetzt große Lust, sie zu küssen. Stattdessen genoss er den Moment, später gäbe es bestimmt noch eine Gelegenheit, sein Blick ging in die Ferne und über das Wasser, auf dem viele Boote unterwegs waren, und über seine Schulter auf das sich schnell entfernende Ufer, diese idyllische Anhöhe, an deren Hängen die hellgekleideten Menschen zwischen dem Grün verstreut leuchteten wie Gänseblümchen auf einer Wiese. Dieses Landschaftsbild mit Gesellschaft verschwand hinter der Landzunge, um die sie herum mussten, an den ganzen Wannseestränden vorbei zur Havel.

Karl kam nun zu der grünen Sitzecke und blieb vor Hans stehen: Das, mein lieber Hans, ist die Pfaueninsel. Sie fuhren gerade darauf zu. Noch sah Hans nur das Grün von Bäumen und am Ufer eine Art Bootshaus. Das ist die Zukunft. Meine und vielleicht auch deine. Das Land wird gerade parzelliert und ich kaufe davon so viel ich kann. Für Luxusvillen. Das ist mein neustes Projekt. Hans war aufgestanden, als könne er Karls Villen schon entdecken. Karl beugte sich zu Liesel, nahm sie in den Arm und zog sie zu sich empor. Toll, Liesel, das ist doch einfach toll, oder? Liesel nickte, ihre Haare flatterten im Wind, sie versuchte das wilde Geflatter mit der freien Hand zu bändigen. Sie schaute zu dem eroberten Kontinent und zu Karl: Wahnsinn. Das wär doch was, Karl drehte sie im Kreis. Liesel nickte lächelnd. Hans dachte, wen muss sie heiraten, damit sie sich *das* leisten kann.

Hans, du Ingenieur, komm. Karl zog Hans zum Schornstein des Bootes. Läuft noch als Dampfmaschine. Das gleichmäßige Tuckern hörte sich gut an, die Maschine lief sauber, wie geschmiert. Der helle Rauch zog als Wahrzeichen hinter ihnen her. Hans atmete den Maschinendunst tief ein, das Aerosol des Fortschritts. Das Schiffshorn ertönte oft. Der Verkehr auf der Havel war beachtlich. Doch Karls Barkasse zeigte sich als durchsetzungsfähig, es war einfach das größte Motorboot. Die Segelboote wichen in großen Bögen aus, die Paddelboote mussten die Bugwelle quer schneiden, sonst drohten sie zu kentern. Hatten sie es rechtzeitig geschafft, schaukelten sie lustvoll hin und her. Und die Paddler quietschten vor Vergnügen. Der Himmel war nicht mehr so blank wie vorhin.

Die Puderquastenwolken hatten sich verdunkelt und zusammengezogen. Das Schiffshorn ertönte erneut, doch diesmal, um dem Bootshaus die Ankunft anzukündigen. – Das ist eine Musik, was Hans?, sagte Karl und hob den Zeigefinder in den Fahrtwind: Warum macht aus diesen elementaren, urbanen Tönen keiner Musik? Schiffssirenen, Fabriksirenen, von Lokomotiven und anderen Dampfmaschinen, dumpfe Pumpen, auch das helle Schlagen von Stahl auf Stahl! Dazu Gesang aus tausend Kehlen, mit Trillerpfeifen und Propellern. Eine solche Musik würde ich gern erleben, hören, sehen. Und wenn ich was übrighabe, würde ich so was auch fördern – warum nicht. Karl neigte den Kopf, wie als dachte er selbst überrascht, was für eine originelle Idee das sei.

Der Motor wurde heruntergeschaltet. Sie hörten die Frauen leise summen, dazu das kratzige Rufen der Wasservögel. Über dem Schiff kreisten Möwen. Das Land sah wie ein rumpliger Urwald aus, das sollte das bekannte Refugium des preußischen Königshauses sein?! Davon gehört, so viel es geht, mir, triumphierte Karl. Karl, der neue König der Pfaueninsel. Gibt es denn noch Pfauen hier?, fragte Hans.

Das Motorboot schob sich an den Steg des Bootshauses, ein alter Mann trat heraus und half das Boot festzumachen. Hallo Tom, guten Tag! Ich bin nicht Tom, sagte der Mann, das weißt du – du Albert. Karl lachte: Jahajahaja und stieg über die Reling. Seine Hand reichte er Liesel, auch den beiden anderen half er beim Aussteigen. Heini und Hans sprangen um die Wette über die Reling. Hier, Alter, sagte Heini und reichte dem Vater ein Fernglas. Das ist nicht für die Pfauen, sagte er Hans, nicht für Damen in Hosen oder ganz ohne. Nein, für die Konkurrenz, die hier ebenfalls das gute Geschäft wittert und spekulieren will. Karl deutete einen Luftkuss für seinen Sohn an: Wenn ich dich nicht hätte.

Heini wandte sich Hans und den Mädels zu: Ich zeig euch was. Er hielt das Buschwerk des verwilderten Uferbereichs zurück. Hans ließ den „Zwillingen" Vortritt. Im Gänsemarsch zogen sie durch die Böschung und gelangten auf eine Art Halbinsel, ein großer umgebrochener Baum ragte bis ins Wasser. Die Bruchstelle war an beiden Enden gelblich geriffelt. Es roch nach frischem Holz. Das war, sagte Heini stolz, als sei er selbst es gewesen, das war der Biber! So einen großen Baum legt der um?, Vera staunte. Heini legte den Finger vor die Lippen: Ganz still, ganz still, vielleicht kommt er hervor. Doch es war nicht still, die Bäume rauschten und neigten die Wipfel. Das Gewitter, Adolf hatte recht gehabt. Und wo sind die beiden anderen? Vielleicht sind die gleich am Boot geblieben oder im Bootshaus.

Vera öffnete einen Schirm. Du hast daran gedacht, rief Karla bewundernd und rückte dicht an Vera heran. Ohne Vorankündigung durch Blitz oder Donner prasselte ein dichter Regen herunter. Hans rettete fix die Manolipackung und die Hölzer aus der Hosentasche und gab sie Vera unter den Schirm. Kurz darauf war er völlig durchnässt. Doch es störte ihn kaum. Er sah auf das Wasser der Havel, auf dem kleine Hunde mit Perücken tanzten, so hatte die Mutter das genannt, was große Regentropfen auf der Wasseroberfläche veranstalten, wenn die Spannung der Oberfläche den Tropfen zurückwirft und er erneut herunterfällt. Heini suchte kleine Äste zusammen und versuchte mit dem Feuerzeug, sie zum Brennen zu bringen. Hans kniete sich unter den Schirm zu den „Zwillingen", zündete ein Hölzchen an und hielt es an die ganze Zündholzschachtel, als sie aufflammte, warf er sie zu den Ästen. Heini schützte das kleine Feuer mit seinem Hemd, die Äste fingen Feuer und die beiden Frauen klatschen begeistert Beifall. Hans und Heini warfen weiter kleine und größere Äste in das Feuer, das nun dem Regen trotzte. Sie saßen und standen am Feuer und lauschten dem Regen. Es duftete nach dem Grün, nach Brennnesseln und Giersch – dazu das stetige Fallen der Tropfen auf die Blätter, auf das Wasser und den Schirm – all das versetzte sie in eine Art Rauschzustand. Und dazu gesellte sich in Hans' Kopf das Industriekonzert aus Fabriksirenen und Pfeifen, das Karl bei der Überfahrt fantasiert hatte. Er stellte sich dazu noch die Morsezeichen vor.

Die „Zwillinge" unter dem Schirm schauten schläfrig auf die vom Regen bewegte Wasseroberfläche. Den Biber bekommt man nicht zu sehen, sagte Vera. Der kommt nur nachts, Heini. Und dann auch nur, wenn wir ganz still sind. Heini drehte die Augen himmelwärts. Aber die Glühwürmchen, die können wir heute Abend sehen, die sind taub und kümmern sich nicht um uns. Hans und Heini hatten ihre Hemden ausgezogen und trockneten sie am Feuer. Der Regen hatte nachgelassen, die „Zwillinge" lehnten immer noch bewegungslos aneinander. Dann richtete Vera den Schirm gegen das Feuer und drehte ihn leicht hin und her.

Auf der Rückfahrt begleiteten sie Kirchenglocken, die über die Havel klangen. Das sind die Glocken von Nikolskoje, sagte Karlchen. Entspannt zurückgelehnt saßen die Ausflügler auf der grünen Bank, die Luft war kaum abgekühlt und der Fahrtwind trocknete das letzte feuchte Zipfelchen ihrer Kleidung. Hans saß zwischen Vera und Liesel, diese an Karls Seite. Die beiden waren, als der Regen begann, zum Schiff zurückgekehrt und hatten den Regen in der Kajüte abgewartet. Die Geschwister Heini und Karla knieten auf den Polstern und schauten über die Reling. Sie sind alle wieder draußen, sagte er. Nun kommt ja auch nichts mehr. Karl schrieb mit dem Arm einen Halbkreis über den Himmel. Sie sind auch wieder draußen.

Vera rief: Mama! Und schwenkte den Schirm in Richtung Villa. Die Mama winkte zurück, ein langer Schal flatterte in ihrer Hand, es schien ein Ritual zu sein. Ihr lebt hier?, fragte Hans. Seit Vaters Tod, also schon ewig, antwortete Vera. Es ist wunderbar, hier zu sein beim Karl und bei Karlchen. Und Liesel auch? Nein, sie verbringt die Ferien mit uns. Wir sind doch alle drei ein Jahrgang – 1900, sozusagen der Jahrhundertjahrgang! Liesel hat das wohl auch gehört, denn sie zwinkerte Hans zu. Der Jahrgang des Jahrhunderts! Drillinge also. Was für Aussichten.

Dort, schau, das sind meine Nachbarn, der Kunstsammler Hermann und der Architekt, mein Architekt und Freund Walter und ihre Frauen, die tolle Ursula, in Hosen, seht ihr, und Claudia, sie wird bestimmt nachher singen. Wenn sie sich mit Marek arrangieren kann, lachte Karla, er ist eigenwillig und sie – sagen wir mal – kapriziös.

Die Claudia war es, die Karl bei der Ankunft jauchzend um den Hals fiel: Karl rief sie, Karl, mein Freund. Karl duldete den Überschwang an seinem Hals, er sah Hans an und lächelte, doch schien es Hans, dass Karl solche Freundschaftsbezeugungen nicht forcierte, nicht erwartete. Vielleicht waren sie ja auch gar nicht für Karl selbst gedacht, sondern für das umstehende Publikum. Den Jahrgang des Jahrhunderts kümmerten diese Emotionen nicht, das geschah hier wohl öfter. Claudia, meine Liebe, hast du einen Beitrag vorbereitet für den nächtlichen Gesang? Die liebe Claudia kicherte: Mal schauen, was der Mann am Klavier so drauf hat … Und wie er aussieht, meinte Vera. Du, warnte Karla, du weißt, wie er aussieht. Aber Claudia nicht. Er ist ihr Klavierlehrer, sagte Vera zu Hans.

Hans hatte nicht mitbekommen, wer wessen Klavierlehrer war, aber das war ja für ihn auch nicht wichtig. Er blieb etwas vorsichtig, nachdem Vera anfangs so abweisend auf ihn reagiert hatte. Jetzt schien sie zutraulich geworden zu sein. – Seltsames Trio, dieser Jahrhundertjahrgang.

Die Gesellschaft am Ufer hatte die Bootsausflügler auf dem Plateau im Spalier empfangen, was Hans etwas unangenehm war. Die Angler hatte wohl der Regen verscheucht. Karl blieb bei einer Gruppe Männer um seinen Bruder Willi stehen, sie schienen auf ihn gewartet zu haben, und sofort steckte er in intensivem Gespräch. Vielleicht ging es um die Grundstücke auf der Insel. Die dazugehörigen Damen, auch die liebe Claudia war dabei, unterhielten sich etwas gelangweilt. Hans dachte an seine Kamera. Die musste er jetzt aus dem Foyer holen und dieses Schiff ablichten und natürlich das Jahrhundert-Trio. Am besten alles zusammen. Darf ich euch drei Schönen fotografieren?, fragte er Vera. – Aber sicher doch, Vera fasste sich an die Locken, als sei es schon so weit. Dabei klimperten drei schmale goldene Reifen an ihrem Handgelenk.

Mit großen Schritten eilte Hans den geschwungenen Weg hinauf zur Terrasse vor der Villa. Adolf stand mit Anna dort. Sie begrüßte ein Paar, der Mann war der erste heute, der einen Dreiteiler mit Krawatte trug. Die Dame an seiner Seite im roten Seidenkleid, über ihre Schultern ergoss sich ihr volles dunkles Haar, das sie mit einer energischen Bewegung zurückwarf, als Hans fast über eine straffe Leine stolperte, an deren Ende sich ein großer Hund langweilte. Pardon, rief er der roten Dame zu. Die lachte laut: Eigentlich ist er nicht zu übersehen, mein Ferdinand. Der Name wollte nicht so recht zu diesem recht bulligen Hund passen, unter einem Ferdinand stellte Hans sich etwas Feingliedriges vor.

Als Hans ins Foyer strebte, hielt Adolf ihn auf. Hier, das ist der Mann, den du kennenlernen musst. Er hatte den Mann im Dreiteiler am Arm genommen. Oskar ist der wichtigste Mann bei Siemens-Schuckert. Und vor dir, bester Oskar, steht ein zukünftiger Maschineningenieur, mein Neffe Hans. Hans reichte dem Oskar Genannten die Hand, der zog Hans an der Hand zu sich heran: Wo studieren Sie, junger Mann? An der Technischen Hochschule Charlottenburg. Glückwunsch, sagte Oskar, das ist im Bereich Maschinenbau die allererste Adresse. Ich sage nur Hugo Junkers! Der studierte ebenfalls in Charlottenburg. Immer an die Besten halten. Übrigens nicht nur als Konstrukteur, sondern auch als Unternehmer. So – und Sie kennen sich mit Elektromotoren aus? Wir setzen die Vorkriegsentwicklung fort, vielleicht haben Sie schon davon gehört: Elektroautomobile. – Hans nickte, das ist mein Hauptfach, Elektrotechnik. Der Oskar im Dreiteiler hielt immer noch seine Hand, und zog Hans so an sich vorbei, dass er in dessen Ohr sprechen konnte, obwohl er die Lautstärke nicht drosselte. Er sah beim Sprechen Adolf an: Wenn das nicht ein Fall für Karls neue Firma ist – Hillers Automobilwerke. – Seid ihr denn schon so weit?, fragte Adolf. Na, bis er hier fertig ist – wenden Sie sich an Ihren Onkel, junger Mann, da können Sie nichts falsch machen. Endlich ließ er Hansens Hand los. Und nickte bedeutsam, als wolle er sagen, Ihr junges Gemüse, fragt uns doch! –

Hans nickte ernst und versuchte den aufsteigenden Jubel zu verbergen. Er entfernte sich mit einer leichten Verbeugung gegen Onkel, den Dreiteiler Oskar und in seiner Aufregung auch gegen den missgelaunten Hund und ging weiter – erstmal ins Irgendwohin, das war das Foyer, um dort eine Pirouette zu drehen. – Vorsicht, Vorsicht, wurde er gestoppt. Zu spät, der Schwung war zu groß, seine Hüfte stieß mit einem Möbelstück zusammen. Ein Klavier, das zwei Bedienstete durchs Foyer rollten in Richtung Flügeltür, aus der Hans eben getanzt war. – Haben Sie sich was getan? Ach was, Hans winkte ab, obgleich ein heftiger Schmerz durch seine Hüfte zog. Nichts, alles gut. Das Klavier wurde weiter zur Terrasse geschoben.

Kann das wahr sein? Ein kleines kurzes Gespräch am rechten Ort mit den rechten Leuten, ob zweigeteilt oder dreigeteilt, ob der Hund Ferdinand oder Luise hieß, was für ein Tag! Er griff nach seiner Kamera und richtete sie auf dieses Klavier, das langsam weiterkroch, angetrieben von vier Beinen. Filmen müsste man das, dachte er, eine Klaviersphinx. Mein Maskottchen. Auf der Terrasse wurde ein Büfett hergerichtet, nach Tante Annas Dirigat. Sie nahm seinen Arm: Gefällt es dir bei uns? Beste Tante, teuerste Tante, ich kann mir nichts Schöneres vorstellen, als hier bei euch zu sein. – Und ich freue mich, sagte Anna, dass wir dich fortan öfter sehen. Unbedingt.

Die Sonne war weitergewandert. Das Leben auf dem See im vollen Gange, auch Karls Motorschiff dampfte wieder um die Landzunge zur Insel und zog eine fröhliche Rauchfahne hinter sich her. Hahans, rief es von unten, von der Wiese, Karla rief. Geh nur, sagte Anna, zu den Mädels, die sind schon ungeduldig.

Hans erinnerte sich an die Kamera und sah sich um, wo hatte er sie bloß abgelegt. Liesel kam herzu und hängte sich bei ihm ein: Hatten wir nicht ein hübsches Stück gemeinsame Vergangenheit? Nun, viel war das ja nicht, diese gemeinsame Vergangenheit. Aber, er zögerte, das so deutlich auszusprechen, vielleicht ist unsere gemeinsame Zukunft etwas länger? Sie reckte sich und küsste ihn auf den Hals: Nein. Schade, versuchte er es dennoch, du findest meinen Hals noch, das hat nichts zu bedeuten? Nein. Sagte Liesel ganz sicher und, wie es ihm schien, ohne Bedauern. Wenigstens das hätte sie ihm gönnen können.

Noch bevor erfragen konnte, wer der Glückliche und ob er ebenfalls hier sei und ob er ihm nicht einen Dolch ins Herz stoßen solle, wurden sie abgelenkt. Marek sammelte mit einer Flöte vorangehend und mit flatternden Frackschößen wie ein Rattenfänger alle Gäste ein. Das Büfett wird eröffnet, rief Liesel und zog Hans an der Hand hinter sich her. Er merkte, es war ihm nicht egal, ihm tat jetzt nicht nur die Hüfte weh. Schade um die Raupen des Sommers 14, liebe Liesel. Wenn der Topf aber nun ein Loch hat, nimm Stroh, liebe, liebe Liesel, liebe Liesel nimm Stroh! Doch er wollte sich nicht ins Bockshorn jagen lassen. Nicht wie im Sommer 1914, als er Liesel schnell zum Bahnhof gebracht hatte, als der Krieg losging, der war ihm wichtiger gewesen als die Liesel. Er war entschlossen, um sie zu kämpfen, den ominösen Mitbewerber würde er aus dem Feld schlagen. Nun würde kein Krieg der Welt ihn abhalten, seine Liesel zu erobern.

Es war ein kaltes Büfett, das auf der Terrasse vor der Villa aufgebaut und zu dem die Gesellschaft sich versammelte und das Anna, die Quasihausherrin, eröffnete, indem sie in die Hände klatschte: Ihr Lieben von Nah und Fern, es ist so weit! Das Büfett ist eröffnet! Und es darf nichts übrigbleiben. – Hans sah sich um, man hatte hier Fantasie und Geschmack: Pasteten, aus denen fruchtig-würzige Füllungen hervorquollen. Salate aus Geflügel, Rindfleisch und Meeresfrüchten. Sandwiches, aus denen verschiedene Käsesorten lugten, Garnelen, Kaviar, Spieße mit Hühnerherzen und Radieschen, Russisches Ei, Lachskanapees, aber auch gesunder Waldorfsalat, Vollkornbrot, Früchte: Ananas, Erdbeeren, Orangen, Quarktäschchen und Eiskonfekt. Die Portionen klein, praktisch, man nahm sich selbst und aß aus der Hand.

Schade, schade, dass ihm mit Liesel auch der Appetit abhandengekommen war. Hans trat mit einem Hühnerherzen-Radieschen-Spieß in der Hand an die Brüstung der Terrasse. Dabei schien dieser laue Juniabend wie eine Verheißung, im parkartigen

Garten zuckten Fackeln und luden zum Näherkommen ein. Ein bisschen schade. Aber die Aussicht, vielleicht eine Anstellung bei Siemens zu bekommen oder in Onkel Karls neuer Automobilefirma. Was der so alles macht, er denkt in großen Bögen, nicht ängstlich, und nutzt alle seine Freunde für seine Zwecke, aber sie haben ebenfalls was davon, wie er jetzt vielleicht. Das ist wichtiger als das Frauchen.

Wen hat die Liesel da? Sie ist hübsch und weiß sich zu kleiden, so eine Blume am Gürtel ist nur eine Kleinigkeit und nicht ganz so offensichtlich wie der Mohn im Dekolleté. Aber irgendwie haftet die Munitionsfabrik noch an ihr. Etwas Resolutes, das nicht zu ihrer zarten Erscheinung passen will. Jemand stellte sich zu ihm: Na, junger Mann, alles richtig gemacht und doch einen Korb bekommen? Ihm reckte sich eine Zigarette entgegen. Sie haben doch Feuer? Jetzt fiel ihm ein, dass er seine Streichhölzer dem Feuer auf der Pfaueninsel geopfert hatte. – Oh, leider nicht. Die Frau, es war die Hosenuschi, besorgte sich das Feuer von Heini, der in ihrer Nähe stand und wandte sich wieder Hans zu. Schwieg aber und sah in den dämmrigen Himmel. Die Sterne stehen bestimmt gut für Sie. Es ist dieser Dreiklang aus Hellem, den Glühwürmchen, den jungen Herzen und den Sternen. Haben Sie da Ahnung?, fragte Hans. Was meinen Sie, von den Glühwürmchen, den jungen Herzen oder dem Sternenhimmel? Sie lachte, nein, weder noch. Ich liebe den Sternenhimmel und hier ist er besonders gut zu sehen. Als wäre sie nur deswegen gekommen, die Sterne ließen sie auch gesprächiger werden, bisher scheint sie sich nur gelangweilt zu haben. Nachher kommt das Sommerdreieck. Also nix mit Astrologie und Tischerücken. Nein, mich fasziniert der Gedanke, dass die Sterne der Milchstraße etwa schon ewig nicht mehr existieren, ihr Licht aber jetzt zu uns kommt.

Das ist in der Tat faszinierend, sagte Hans und dachte an Liesel. Um diesen Gedanken zu vertreiben, kühlte er seine schmerzende Seite am Mauerwerk der Brüstung. Er erinnerte sich dunkel an den Astronomieunterricht, aber es fiel ihm nicht viel ein: In der Milchstraße finden sich Sternbilder mit technischen Bezeichnungen, die gefallen mir gut: Luftpumpe, Zirkel, Teleskop oder Chemischer Ofen. So findet jeder seinen Stern, sagte die Frau und warf den Zigarettenrest lässig über die Brüstung in den Park. Übrigens haben Sie da einen Fleck auf dem Hemd, ist das jetzt modern? Sie zeigte auf seine Seite. Ne, sagte Hans. Wo kommt denn das her. Kann sein, ich habe doch geblutet, als ich vorhin mit dem Klavier eine Kollision hatte. Tatsächlich, da war eine Schramme, schon etwas verkrustet. –

Na, zeigst du deine nicht vorhandenen Speckfalten? Ohje, Vera aus dem Jahrhundert-Dreigestirn. Nein, ich – er kam nicht weiter. Darf ich ihn entführen, fragte Vera, das muss doch versorgt werden. Sie zog ihn ins Foyer. Setz dich dahin, befahl sie, und sitz stille, bin gleich wieder da. Hans wurde im Nachhinein noch schlecht. Blut. Gut, dass er das vorhin nicht gesehen hatte. Vera kehrte mit einem Verbandspaket zurück. Achtung, das tut ein bisschen weh. Sie tupfte mit Mull eine streng riechende Flüssigkeit auf die Wunde. Und nun ein Pflaster. Vorsichtig legte sie es an. Hoffentlich hast du mich jetzt nicht beschmutzt oder gar angesteckt, meinte sie. Hans schaute sie an, sie wirkte ernst, dachte sie etwa, dass er die Spanische Grippe hat? Ihm war jetzt so schlecht von dem Gedanken, dass er geblutet hatte, da fanden all die anderen Bedenken keinen Platz mehr in seinem Kopf. –

Und damit du wieder Feuer geben kannst, leihe ich dir mein Feuerzeug. In das Feuerzeug waren Initialen eingraviert: V. W. Das bist du? Ja, nickte sie. Gibs mir wieder, dann. Sie sagte nicht, wann dann ist. Das jetzt auszuwaschen ist zu spät, ich denke, das Hemd ist hin. Aber mit einer Weste darüber kannst du es noch tragen. Und nun misch dich wieder unters Volk, der Abend ist besonders schön. Sie betraten gemeinsam die Terrasse, wo Marek am Klavier saß und ohne allzu viel Feuer Evergreens spielte, es sah so aus, als wäre er mit den Gedanken woanders.

Karl stand mit seiner Männergruppe, dem Architekten, dem Kunstsammler, dem Siemensmenschen, mit Adolf und Willi, ins Gespräch vertieft an der Brüstung. Dort entsteht in ihren Köpfen eine neue Luxusvillenkolonie, eine Automobilfirma oder weißichwas, dachte Hans ein wenig neidisch. Wie sie ihre Gedanken ergänzten, sich gegenseitig vielleicht für eine gute Idee lobten und weiterspannen, wie eine Werkstatt, in der bewundernswertes Neues entsteht. Da mitmischen, das wäre schön. Da spielte alles ineinander, die Grundstücke, der sie kauft, der die Villen darauf baut, und der Mann, mit dessen Geld sie alle spielen. Und der selbst diese Kreativität nicht besaß, sie aber doch den anderen gönnte und das Maschinenöl für diese Zahnräder zur Verfügung stellte.

Unten auf dem Plateau am Wasser brannte ein Feuer. Der Geruch des Rauches zog hinauf und es roch nach gebratenem Fisch. Also ist doch was geangelt worden. – Sieh mal, sagte Vera, er hatte ganz vergessen, dass sie neben ihm stand. Jetzt kommen die Glühwürmchen. Sie lehnte sich etwas an ihn und sie schauten beide hinunter, als würde das alles ihnen gehören. Wunderschön, meinte Hans. Und meinte tatsächlich die Glühwürmchen, die zwischen den Büschen flimmerten. Sie kommen wirklich nur ein paar Tage im Jahr, sagte Vera. So glitzern, so leuchten, uns so enthusias-ähmieren. –

Du musst unbedingt noch was trinken, dann kannstes auch aussprechen. Aber, sagte Hans, was machen die den Rest des Lebens? – Pffft, atmete Vera aus, ist mir egal. Hauptsache, sie leuchten jetzt, für uns. Frag lieber, was wir machen. Hans wusste es nicht. Den Rest des Lebens? Vera rief: Liesel, es ist soweit! Kommst du mit? Wohin? Ins Wasser. Hans trottete hinter Vera her, die zum See hinunterstürmte und immer wieder nach Liesel und Karla rief. Man geht hier wohl ohne Badebekleidung ins Wasser und ohne Handtücher? Er traute sich nicht zu fragen. Fackeln beleuchteten die geschwungenen Wege. Die Kamera, oh, wo war die, lag sie noch im Gras oder hatte einer der Bediensteten sie aufmerksam mitgenommen? Immer noch lief er Vera hinterher wie von einem unsichtbaren Band gezogen.

Auf keinen Fall würde er hier ins Wasser gehen, so ohne was. Am Feuer auf dem Plateau stand Heini allein. Vera hatte Liesel und Karla am Steg gefunden und sie begannen sich auszuziehen. Man sah nur ihre Schemen. Wir gehen auf die andere Seite, sagte Heini. Hans zweifelte noch, sah zu, wie Heini sich auszog und mit ein paar Schritten im Wasser verschwand. Er sah sich um. Niemand interessierte sich für sie. Also tat er es Heini nach. Auf dem See schaukelten einige Boote mit Lichtern, weit weg. Das Wasser war lau, so lau hatte er sich das gar nicht vorgestellt.

Hans legte sich auf den Rücken und sah in den Himmel, wo hier und da ein Stern blinkte. Ob einer von denen auch nicht mehr existiert? Er dachte an die Zeit, als sei sie ein Weg, an dessen Ende er im Wasser lag. Als Teil des Universums, wie die kurzlebigen Glühwürmchen. Einige liebestrunkene Nachtigallen verausgabten sich in den Büschen. Heini war weit hinausgeschwommen, die jungen Frauen am Steg hörte er sich leise unterhalten. Wie angenehm, dass sie nicht schrien oder kreischten, das glaubt man, das gehöre zusammen, kaltes Wasser und kreischende Mädchen. Ihr Gemurmel hatte sogar etwas Beruhigendes. Wie schön, einfach Zeit zu haben und all dies genießen zu können. Was hatte er heute schon alles erlebt, als sei es nicht nur ein Nachmittag gewesen, sondern Wochen, ach, es ließ sich gar nicht in eine Zeiteinheit einpassen, es war eher wie ein Quellen … Was für ein Ort, der dies möglich macht. Auch dies – mitten in einer Gesellschaft mal allein zu sein mit den seltsamen, ganz ungewohnten Gedanken. Wenn ich nur hier heil wieder herauskomme. Schon war die besondere Stimmung verflogen, dieses Aufheben von Zeit vorbei. Noch war niemand am Ufer, Hans nutzte die Gelegenheit, ungesehen zu seiner Kleidung zu eilen und ohne sich abzutrocknen hineinzusteigen.

Mit den Schuhen in der Hand stand er am Ufer und staunte über das eben Erlebte, staunte, dass er keine Angst hatte vor diesen seltsamen Gedanken, die er niemandem erzählen würde. Ihm dies, ihm, der das Genaue, Konkrete liebte, das Berechenbare. Gedanken, die zu etwas wurden, was man anfassen kann. Konstruktionen, bis ins letzte Detail durchdacht, zunächst auf dem Papier, dann zu einem Ding, zu einer Maschine, zu einem sanft schnurrenden Motor. Und er staunte, dass er sich dieser ungenauen Gedanken nicht schämte. Hauptsache, kein anderer wusste davon. So wie er auch als 18-Jähriger Tagebuch geschrieben hatte. Das, was ihn damals bewegte, interessiert ihn heute nicht mehr, heute hat er andere Gedanken. Aber es war gut gewesen, sie aufzuschreiben.

Heute läge ihm nichts ferner, als Tagebuch zu schreiben, um Himmels willen. Er spürte seine Füße im feuchten Sand, neben ihm glimmte die Glut des heruntergebrannten Feuers. Der bullige Hund Ferdinand lag mit dem Hinterteil in der Asche und wärmte sich den Pelz. Aus dem See kam ihm Heini entgegen, er schüttelte seine Haare wie ein Hund, im Gehen nahm er sein Hemd und tupfte sich ab. Was machen die Mädels? Hans zuckte die Schultern. Heini rief nach Karla, die drei Gestalten in weißen Kleidern schälten sich aus dem Dunkel. Wollen wir nicht deinem Chopin zusehen, wie er das Klavier auseinandernimmt? Heini neckte seine Schwester, doch sie blieb gelassen, zuerst singt Claudia ihr berühmtes Küchenlied. Karla warf ein paar Äste in die Glut, wenn das runtergebrannt ist, gehen wir hoch. Die drei schienen nachdenklich, als hätte der Wannsee sie abgekühlt, den Übermut abgespült. Sie sahen zu, wie langsam kleine Flämmchen rings um einen Ast aufflammten und selbst der Ast schnell Feuer fing. „Wahre Freundschaft darf nicht wanken", sang Karla mit schöner heller Stimme, die beiden anderen fielen mit einer tieferen zweiten Stimme ein. „Wenn der Mühlstein traget Reben und daraus fließet süßer Wein, wenn der Tod mir nimmt das Leben, hör ich auf, deine Freundin zu sein."

Wieder schien die Zeit zu verfallen. Ich hab nur ein Foto gemacht, dachte Hans, nur eins vom Klavier. Und nun ist es zu dunkel. Wenn ich die Kamera überhaupt wiederfinde. Das Feuer war schnell heruntergebrannt; der Ferdinand lag nun auf dem Rücken und streckte mit geschlossenen Augen wohlig alle Viere von sich. Langsam trennten sich die jungen Leute vom Feuer und ließen den Hund allein, der sich weiter in der warmen Asche räkelte. Sie gingen den Weg hinauf, die drei Frauen voran, Heini und Hans hinterher. Die Geräusche der Terrasse erreichten sie, Geplauder, einzelne Lacher, das Klavier.

Das isser, der Marek, neckte Heini wieder Karla. Du Dummkopf, niemals ist das Marek! Ein Scheinwerfer beleuchtete die Szene am Klavier. Marek stand hinter dem Klavier, den Kopf in eine Hand gestützt. Vor den Tasten saß Claudia, sie spielte also selbst, sie sang etwas affektiert: „und Wellen schlug der Teich". Madame singen ihr Küchenlied, lästerte Karla, hat selbst fünf Dienstmädchen und findet es originell, uns zu zeigen, dass sie auch ordinär

kann. „Jaja, wir wollen leben, wir beide, du und ich, dem Vater
seis vergeben, dass er uns ließ im Stich." Die Gesellschaft fand das
hübsch und applaudierte. Sie schreibt auch, meinte Vera. Memoiren. So richtig weiß ich nicht, was sie zu erzählen hat. Vielleicht
hat sie ein reiches Innenleben, Karlchen und Verchen kicherten
bösartig. Es schien ein altes Spiel zwischen beiden. Liesel blieb
ernst. Kullerte da etwa eine Träne? Was ist mit der Liesel los. Hans
war ratlos, er würde sie gern trösten. Die verschiedenen Gruppen
der Gesellschaft widmeten sich wieder ihren Gesprächen, zufrieden, zurückgelehnt. Wie ein Bienenkorb, der nach einer Atempau-
se wieder zu summen begann. Nur die Hosendame schaute am
Arm ihres Architektengatten gelangweilt in die Ferne.

Du bist ein Glückspilz, sagte jemand von hinten. Hans drehte sich um. Der umtriebige Karl zog ihn beiseite. Heute habe ich
eine eigene Automobilfirma klargemacht. Und wenn du Dipl. Ing.
bist, mache ich dich zum Assistenten der Geschäftsführung. Nein!
Doch! Das passte heute wirklich wunderbar, Junge. Das wird was,
freute sich Karl. Er holte zwei Gläser vom Büfett – hier auf dich!
Hans trank das Glas in einem Zug: Auf dich, Karl, und deine
Ideen, heute kennengelernt und schon verwandt. Das waren wir
doch schon immer.

Hans sah sich nach Adolf um, es war seine Idee, ihn heute mit
hierher zu nehmen. Doch der Onkel schien in intensivem Gespräch mit einem der Nachbarn von Karl. Geschäfte, Geschäfte,
unglaublich. Marek saß am Klavier und ordnete seine Noten. Die
rote Dame, deren Ferdinand noch unten in der Asche lag, rausch-
te heran und sprach auf ihn ein. Nach einer Weile nickte Marek,
legte die Noten beiseite und setzte die Finger auf die Tasten. Um
dann mit einem Glissando von unten nach oben zu beginnen.
Blieb bebend, trommelnd in der oberen Oktave wie um einen,

nein viele Aufmerksamkeit erregende Doppelpunkte zu setzen. Die rote Dame stellte einen Fuß auf den Klavierschemel, schob ihn unter Mareks Frack. Ihr Kleid war dabei ein Stück hochgerutscht, sie warf den dunklen Haarschopf zurück und begann mit tiefer Stimme: A – N – N – A. Sie hielt das erste A lang und zog übertrieben sinnlich die Konsonanten genüsslich nach, das Kinn nach vorn gereckt. Dann nahm sie einem der Männer, die in ihrer Nähe standen, die Zigarette weg, zog, blies mit dem letzten A den Rauch aus. Marek schob kurze Akkorde dazwischen. Tante Anna sah sich belustigt um, einige nickten ihr zu. „Man kann dich von hinten – wie von vorne – lesen." Die Pause nach „hinten" schien bedenklich lang. Die Sprecherin, sie sang nicht, sie sprach, ermunterte mit ihren Blicken die Zuhörer zu allerhand Fantasien. „Hallo, deine roten Kleider in weiße Falten zersägt." Diese seltsame Textpassage passte genau zu dieser Frau, nicht nur zu ihrem roten Kleid. Marek sah ihr von unten zu, seine Finger fanden die sparsamen Akkorde von allein, er hing an ihren Lippen. Die Gesellschaft schien erstarrt wie ein lebendes Bild, nur die Augen folgten den beiden. Am Ende des Vortrags erhob sich Marek zum letzten Akkord und die Dame in Rot näherte ihr Gesicht dem seinen – man ahnte schon den unvermeidlichen Kuss – doch sie brachen ab. Die Zuhörer fielen in ein lautes, fast verärgertes Och. Sie hatten es schon gesehen und plötzlich wurden sie darum betrogen. Man konnte es kaum glauben, dass die Dame in Rot und Marek das nicht gemeinsam eingeübt hatten. Alle klatschten und riefen: Huhuhu und Dacapo. Sie verneigten sich beide, dann streifte sie ihr Kleid wieder über die Knie und ging zu ihrem Mann, der wild klatschte und als Letzter damit aufhörte.

Karla arbeitete sich zu ihr durch: Ist das von dir? Die Dame antwortete. Ne, nicht von mir, von irgend so einem Merz oder so ähnlich, keine Ahnung. Aber hat was, oder? Und dein Chopin hat das super gemacht. Echt ein Talent. Karla lächelte. Hans beobachtete die Szene und fragte sich, ob Karla mit ihrem Klavierlehrer nicht nur Klavier spielte. Marek war nun in Schwung gekommen. Er entfernte die vordere Verkleidung des Klaviers, oben und unten. Die Teile waren schwer, die Bediensteten nahmen Marek die Holzplatten ab. Darunter kamen die schräg gespannten Saiten zum Vorschein und die Filzhämmerchen wie eine lange Zahnreihe. Marek hantierte konzentriert, er bereitete sich auf etwas vor, dabei spielte ein kleines Lächeln um einen seiner Mundwinkel. Karla stand in seiner Nähe und reichte ihm ein Glas Wein. Hans nahm etwas Zartes zwischen ihnen wahr, ohne, dass sie sich anschauten oder berührten. Hans spürte ein Ziehen, er scheute sich, das Neid zu nennen. Nicht nur, weil ihm die Welt der Musik verschlossen war, wie hatte er schon seine Schwestern bewundert, wenn sie gemeinsam musizierten, diese Gemeinsamkeit ohne Worte. Diese andere Ebene des Gleichklangs. Und nun hier dieses gesteigerte Erlebnis zwischen der mondänen Frau und dem Polen. Es hatte etwas von Ficken vor aller Augen, allerdings nicht so derb wie das Wort. Es war Hans unangenehm, dass er dieses Wort dachte, aber es fiel ihm kein anderes ein. Marek trank den Wein in einem Zug aus und gab Karla das leere Glas.

Langsam begann er die Saiten des entkleideten Klaviers zu berühren, zunächst war nichts zu hören, das schien Marek nichts auszumachen. Etwas Magisches ging von seinem konzentrierten Spiel aus, denn nach und nach verplätscherten die Gespräche und man konnte den Klang der leise angetupften, gezupften Saiten hören. Allerdings erklang gleichzeitig auch ein Fröschechor vom See. Einige lachten.

Doch Marek reagierte auf die Frösche, lauschte ihnen, bis das

Lachen verebbte. Antwortete mit einigen Akkorden, die er gezielt in die Tasten setzte, äffte sie nach, er traf ihre Tonhöhe und den Rhythmus. Die Zuhörer waren nun mit einem Ohr am See und mit dem anderen bei dem, was Mareks Finger hervorriefen. Dann rief er einen Satz in polnischem Kauderwelsch in Richtung See. Die Frösche hielten erstaunt inne. Nach einer kleinen Pause setzten sie wieder ein. Und so ging es hin und her. Ein Duett, ein Dialog. Jetzt kniete Marek vor dem unteren Teil des Klaviers und klopfte mit einem Glas auf die Saiten mit den tieferen Tönen. Er richtete sich auf, hielt die Finger über die Tasten, bewegte sie in der Luft darüber hin und her, als würde er etwas suchen. Hat er jetzt den Faden verloren, dachte Hans. Nein – mit Schwung sprangen die Finger zwischen den Tasten hin und her – ekstatisch – es klang mächtig schräg. Er rief: Ich bin elektrisch, nehmt euch in Acht!

Hans sah zu Karl, der den Kopf hingerissen schüttelte. – Ich sprühe Funken, rief Marek, nahm die Hände hoch und sah in die Runde. – Bald positiv, bald negativ, bald positiv, bald nega-tiiiiv. Die Stimme schnellte beim letzten I schrill hoch – und er hieb erneut in die Tasten. Die Gesellschaft geriet vor Begeisterung außer Rand und Band.

Marek, du bist wunderbar, rief eine Frauenstimme. Marek, ich will ein Kind von dir! – Wer war denn das? Hans blickte nicht mehr durch, aber auch ihn durchgluckerte Glück, so was, er fand wieder keine Worte für das, was in ihm kochte. Ein Klavierclown, sagte Vera neben ihm. Virtuos, aber ein Clown.

Als sich der Beifall legte, hob Karl sein Glas. Er hatte Liesel im Arm. Liebe Leute, rief er, feiert weiter – und jetzt hebt das Glas auf uns – auf mich und Liesel. Wir haben uns heute verlobt! Liesel sah überhaupt nicht unglücklich aus. Schön, was. Sagte Vera, die neben Hans stand. Sie wirkte nicht überrascht. Hans wusste so schnell nicht, was er denken sollte. Die Liesel, um die er eben noch kämpfen wollte. Die Liesel hatte ein besseres Angebot. Auch, wenn Karla nun ihre Stieftochter werden wird. Oder Liesel Karlas Stiefmutter. Die Jahrhundertmädels! Nein, der Karl ist ein Konkurrent, gegen den zu verlieren es eine Ehre ist. Da wird gar nicht weiter nachgedacht.

Nun hat sich der Zehlendorfer Männergesangsverein aufgestellt, um dem neuverlobten Paar ein Ständchen zu singen. Ein Vivat. Das Solo sang ein Schwarzer. Wie kommt denn der in den Zehlendorfer Gesangsverein?, fragte Hans Vera. Das ist Henry Wilson, sagte Vera. Erzähl ich dir später. Auch Marek zelebrierte noch ein sto lat, sto lat. Hundert Jahre sollen sie hochleben. Hans erhob sein Glas und prostete Vera zu: pod stolom uwiedemcja. Vera runzelte die Stirn: Mögen der Herr mir sagen, was er mir wünschen möchte? Naja, gab Hans zu bedenken, ich war im Krieg und da gab es immerhin den tröstlichen Spruch: Unter dem Tisch sehen wir uns wieder. Nicht im Himmel oder in der Hölle. Pod stolom uwiedemcja, antwortete Vera, ohne mit der Wimper zu zucken. Sie tranken aus und Vera zierte sich nun nicht mehr lange und forderte Hans zum Tanz auf.

HEIMAT 39
OKTOBER 1929

Hans im Wohnzimmer am Schreibtisch

Dafür eine Lösung finden, die stromführenden Kabel voneinander isolieren. Wie beneidenswert die Schwalben auf den Hochspannungskabeln, auf denen sie reihenweise sitzen und miteinander schwatzen. Der Mensch kann das nicht, er kann nicht fliegen, muss immer mit den Beinen auf der Erde stehen. Wie schön sich vorzustellen, wie so eine Batterie Ingenieure auf den Überlandleitungen hockt und sich mit Hochspannung den Kopf zerbricht, wie man die Kabel auf der Erde isolieren kann. Ja, mit Papier wird das gemacht. Ach herrje, ausgerechnet mit diesem empfindlichen für alles anfällige Papier: Feuchtigkeit, Feuer, Papierfischchen, es ist zu sensibel, zu organisch.

Hans betrachtete seine Zigarette im Aschenbecher, das senkrecht aufsteigende scheinbar lebendige blaue Fähnlein über dem glimmenden Ende. Das ölgetränkte Papier hat der Isolation um das Kabel etwas mehr Standhaftigkeit, etwas längere Haltbarkeit, aber auch eine neue Störanfälligkeit gegeben. Die Amerikaner experimentieren mit einem neuen Kunststoff. Einen Chemiker müsste er haben, mit dem er darüber reden kann. Wie weit sind sie, mit welcher Variante könnte er arbeiten, mit Bakelit oder Polyvinylchlorid? Es geht zu langsam, das nervte Hans, 34 war er nun, hatte eigentlich die Kontakte, wusste, wie es weitergehen könnte, aber sie hörten nicht auf ihn, die Situation im Land, in der Welt legte sich auf die Stimmung und hemmte den Fortschritt. Wenn es nach ihm ginge, würde er mit einem Chemiker die nächste „Bremen" nach New York nehmen, um dort Kontakte zu knüpfen. Ja, die eben eröffnete Linie nach Amerika mit dem ersten Schiff, das die Deutschen nach dem Krieg gebaut haben. Die „Bremen" machte ihn stolz, in seinem Hamburg gebaut, das modernste und schnellste Dampfschiff der Welt! Sobald es geht, wird er damit Amerika erobern. Das wäre was!

Hans griff nach dem Holzdreieck – dies könnte auch aus Kunststoff sein und die Maschine, die diese Dreiecke herstellt, die wird er konstruieren. Er zeichnete den Verbindungsstrich. Mit akkurat gespitztem Bleistift. Das gehörte zum vorbereitenden Ritual der Arbeit, das Bleistiftanspitzen. Der Geruch der abgeraspelten Holzspäne, der in ihm vieles wachrief, den Wald, das Harz der Nadelbäume, das Moos, das Gluckern der Bäche nach der Schneeschmelze, all das sah, roch und fühlte er beim Spitzen der Stifte, die ihm dienten. Die seine Ideen aufs Papier brachten. Naja, was er gerade tat, würde er gern Angestellten überlassen. Hans prüfte mit Daumen und Zeigefinger die konische Spitze des Bleistifts, rieb sie aneinander und roch an den Fingerspitzen, ja da war das Holz, der Wald, das Harz. Obwohl Sonntag war, hatte er sich ein Arbeitsstündchen genehmigt, eine reine Fleißarbeit, keine schöne Tüftelei. Ja, bald hat er Zeichner oder Zeichnerinnen, die diese Arbeiten übernehmen würden. Und er kann sich ganz der kreativen Seite widmen.

Nebenan im Esszimmer saß Vera am Radio und hörte ein Konzert. Es tat so gut, sie in der Nähe zu wissen. Das gab ihm Kraft. Die geliebten Gänge in die Natur konnten sie gerade nicht unternehmen. Vera war jetzt schnell erschöpft. Es wäre sicher gut, ihr ein Mädchen zu geben, das ihr zur Hand geht. Hans musste lächeln, das waren nun schon zwei Mädchen, die sie brauchten, eins zum Zeichnen und eins für die Kinder. Doch, das ist zu schaffen. Bis hierher hat er es auch geschafft: Dieses kleine Reihenhaus, es ist eher ein Häuschen in der Beamtensiedlung von Siemensstadt. Die Heimat. Solch ein Name für eine Straße: Heimat. Die Heimat wird sicher nicht die letzte Adresse sein. Es klang schon so zufrieden, nach Angekommensein, nach Schrebergarten, da ist noch mehr drin.

Auch soll Anna vielleicht mal bei ihnen wohnen. Es ist Vera nicht leichtgefallen aus der Milinowski-Straße hierherzuziehen. Aus der großartigen und großzügigen Villa, die Onkel Karl seiner Schwester geschenkt hatte und in die er als Schwiegersohn mit eingezogen war. Von dort hier in dieses Häuschen in der Heimat. Aber es war seins, durch seine Arbeit erreicht, nicht vom reichen Onkel geschenkt, selbst geschaffen für seine, Hans' Familie. Das ist erst der Anfang. Der persönliche Standard ist eng an den beruflichen Aufstieg geknüpft. Oder sollte man besser Lebensstil sagen? Und Hans schwebte da auch noch etwas mehr Luxus vor. Wenn er dieses Problem der Isolierung lösen könnte, eine bahnbrechende Erfindung – noch vor den Amerikanern oder mit ihnen gemeinsam. Sein Chef traute ihm zu, dass er das kann und dieses Vertrauen in seine Fähigkeiten stärkte ihn. Trieb ihn an.

Wenn er wüsste, wie weit die Amerikaner mit dem Kunststoff sind, wo die Stärken liegen, wo die Schwächen, damit er diese Fehler überspringen kann. Manchmal dachte er, dass er schon weiter sein könnte. Doch das, woran er saß, arbeitete, tüftelte, war neu, darauf wartete die technische Welt und er durfte sie nicht enttäuschen. Und es sollte ihm keiner zuvorkommen.

Wie gut, dass er in Vera die richtige Frau hat, die ihm vertraut, die Anteil an seiner Arbeit nimmt, so wie er sich das vorgestellt hat. Das ging ja auch nicht so schnell. Da mussten sie auch beide sich gedulden. Zweieinhalb Jahre nach der heimlichen Verlobung konnten sie erst heiraten, als er das Diplom in der Tasche hatte. Und dann erst den eigenen Hausstand gründen. Dieses eigene Haus-Häuschen in der Heimat 39 war ein großer Schritt. Vera hätte gern die Mutter im Haus, aber dazu ist es zu klein und so können sie immer mal wieder ausweichen in die Villa und in den dazu gehörigen Garten.

Oder wie jetzt, wo Inge den Nachmittag dort verbringen kann und er etwas arbeiten und Vera sich ausruhen bevor – bis – der Sohn auf die Welt kommt. In diesen Tagen. Der Gedanke an das Kind erfüllte ihn mit Stolz, wie er auch stolz auf das erste Kind war, dass es ein Mädchen wurde, konnte er ohne Enttäuschung annehmen. Es war die Freude, sich in dem Kind spiegeln zu können, das Kind in sich selbst wiederzuentdecken. Und immer wieder neu in den verschiedenen Altersstufen, nun ging sie schon zur Schule. Mit ihr die Natur entdecken, auf Bäume klettern, durch Bäche waten und sie immer wieder fotografieren in den hübschen Kleidchen und Mäntelchen, in die Mutter und Großmutter sie stecken. Er hat es sich nicht nehmen lassen, ihr ein schönes modernes Tretauto zu schenken, das er selbst als Kind gern gehabt hätte. Wie anmutig sie in die Pedalen des filigranen wie robusten Gefährts trat. Foto natürlich! Es stand auf seinem Schreibtisch. Auch das mit den Kopfhörern am ersten Radioempfänger, das muss so 1923 gewesen sein. Sie kann gerade mal stehen und schaut in die Kamera ganz ernsthaft, als würde sie sich auf das Drehen an den Reglern konzentrieren. Warum nicht ein Mädchen an die Technik heranführen, wenn man das konsequent macht, es ist doch eine Frage des Umgangs und der Anleitung und wenn das Mädchen immer nur von Frauen umgeben ist, die mit Technik nicht viel im Sinn haben …

Er würde jetzt darauf achten, Inge für Technik zu begeistern. Für Fotografie beispielsweise. Das Spannende ist, die Technik entwickelt sich so schnell und vieles wird leichter. Der Radioapparat hat nun einen Lautsprecher wie das Grammofon, die Röhren sind verkleidet und stecken nicht einfach obenauf wie bei diesem allerersten Radio auf dem Foto. Da hatte er sogar eine Schulung machen müssen, einen Schein, der ihn berechtigte, den Apparat zu bedienen, damit es nicht durch Unvorsichtigkeit zur Rückkopplung kommt und der Empfänger selbst zum Sender wird. Nein, er musste nur dranbleiben, das technische Verständnis des Mädchens fördern und pflegen und nicht alles den Frauen überlassen.

Und ist es nicht schon so, dass sie selbst danach verlangt? Wenn sie wünscht mit dem Auto in die Stadt zu fahren, um die Leuchtreklame zu sehen. Odol etwa am Potsdamer Platz. Es fasziniert sie wie ihn, das Blinken, die Abläufe, fast wie laufende Bilder im Kino. Wie sie das gemeinsam genossen haben. Oder den abendlichen Ausflug auf die zugefrorene Krumme Lanke. Mit dem Hanomag. Mit Vera wäre das nicht möglich gewesen, dazu ist sie inzwischen zu ängstlich. Früher war sie anders. Sie sorgt sich so. Mit Inge wurde dieser Ausflug auf dem Eis zum Ereignis. Sie jubelte, wenn er mit einer Vollbremsung den Hanomag zum Kreiseln brachte, quietschte vor Vergnügen zu den Pirouetten, die sie mit dem Auto auf dem Eis drehten. Sie kennt noch keine Angst und vertraut ihm vor allem, wie ein Kind dem Vater vertraut, wenn er es in die Luft wirft.

Er kann nicht sagen, dass er als Kind solche Momente gar nicht gehabt hätte und er stutzte, hatte ihn sein Vater in die Luft geworfen? Oder ist man als Kind so klein, dass man sich nicht erinnern kann, das wäre ja wirklich schade. Vielleicht war es auch Onkel Adolf, der ihn in die Luft geworfen hatte, das würde zu ihm passen.

Und nun ein Sohn? Das wird anders. Ihm würde er nicht nur technisches Verständnis vermitteln, er wird ihn an seine Arbeit heranführen. In Gedanken sprach er schon mit ihm. Auch darüber, wie schwierig es ist, das, was man will, durchzusetzen, durchzuführen. Dass es immer Leute gibt, die meinen, es besser zu wissen: Sieh, dieser Weg ist wunderbar für dich, sei froh, dass dir die Entscheidung abgenommen wird. Und dass man manchmal gar nicht so genau sagen kann, warum man sich gegen etwas entscheidet, obwohl es offensichtlich naheliegend wäre, dies jetzt so zu tun. Und natürlich gibt es Zweifel, ob dieses Eigene, das man da so vorsichtig behütet, den Aufwand lohnt, eventuell sogar Leute zu verärgern, ob man nicht doch falsch liegt mit dem Gegenhalten, ob man sich nicht doch was verbaut. Und so nach Sternen trachtet, die eher vor einem fliehen, wenn man sich ihnen nähert.

Dieser seltsame Schwebezustand ist nicht leicht zu ertragen. Was hilft? Das aushalten und vielleicht eine gewisse Melancholie über möglicherweise verpasste Chancen in Kauf zu nehmen. Und das doch behüten, das, woran ich in mir glaube, dass die Zahnräder, die lange in der Luft aneinander vorbei rotierten, weil der Abstand nicht stimmte, endlich ineinandergreifen. Daran glaube ich. Und die Menschen, die an mich glauben, an das Besondere in mir, die einbinden, sich denen öffnen. Und vor den anderen, die einem zwar auch gut gesinnt sind, aber ihre eigenen Pläne mit mir haben, etwas auf Abstand halten, damit sie meine Kreise nicht stören. Meine feinen, mit gespitzter Mine gezogenen Kreise. Den Mut nicht mindern, den Glauben. Das Ungewisse aushalten. Und hoffen, glauben, dass es – das Ungewisse – kein Abgrund ist. Manchmal denke ich, mein Interessensgebiet ist zu weit, zu breit aufgestellt. Andererseits kann ich doch meine Maschinen nicht ins Blaue konstruieren, ich muss doch wissen, was die Maschinen herstellen, mit welchem Material und wofür soll das sein und wird das gebraucht, was sie herstellen sollen.

Hans sah zum Fenster, der Oktobertag verabschiedete sich mit tiefer Sonne, die alles farbiger, plastischer erscheinen ließ. Aus dem Zimmer nebenan erklang die Musik aus dem Lautsprecher des Empfängers. Dort saß Vera und in ihr das Kind, der Sohn? Er möchte ihr etwas schenken, etwas, das sie an diese Zeit erinnert, an das Warten, die Ungewissheit. Als Dank, dass sie an seiner Seite ist, das Leben mit ihm teilt und ihm zwei Kinder schenkt. Eine richtige Familie. Es sollte etwas Besonderes sein, das Geschenk, keine Blumen, keine Vase, keine Wanduhr. Ein Ring? Mit einem schönen Stein. Einem Meteoriten vielleicht, einem verirrten Stern, der von seinem Weg abgekommen ist und dadurch uns Menschen begegnet und wir ihn anfassen können. Wir, die wir letzten Endes nichts anderes als Sternenstaub sind. Oder nichts Geringeres als Sternenstaub. Er sah wieder zum Fenster und entdeckte die blasse Mondsichel. Schiffsingenieure nennen ihre Schiffe nach ihren Frauen oder Liebsten. Warum gibt man den Maschinen keinen Namen. Vielleicht wird das noch. Bis dahin werde ich ihr einen Stern schenken, den Stern Vera …

Vera im Esszimmer am Radio

Dieser Beethoven. Dieses Violinkonzert – wie gut das tut in dieser Zeit. Reiß dich zusammen, Vera, sagte sich Vera. Sie saß am Esstisch, vor sich die Fotos vom letzten Urlaub, die Hans entwickelt hatte. Die Pension mit dem Blick auf den Inselsberg in Thüringen. Diese Urlaube nur zu zweit leisteten sie sich weiterhin. Luftholen, gemeinsam Natur erleben, wandern. Das Kind bei der Mutter, auch jetzt war Inge dort. Es ist nicht weit, eine halbe Stunde zu Fuß, doch hätte Vera die Mutter lieber im Haus. So, wie sie die ersten drei Jahre der Ehe bei der Mutter in der Villa wohnten. –

Und nun kommt bald das zweite Kind. Vera tauchte zurück in Beethovens Sonate, gut, dass man keine riesigen Kopfhörer mehr aufsetzen musste, die Violine erklang von ganz allein aus dem Lautsprechertrichter. Und jetzt – das ganze Orchester. Sie schlug das Album auf, in das sie die Fotografien kleben wollte. Auf der ersten Seite das Hochzeitsfoto. Ach, sie klappte das Album wieder zu.

Lange hatte sie auf Hans warten müssen. Es begann so stürmisch und recht bald die heimliche Verlobung und auch als es offiziell war, hatten sie noch volle zwei Jahre bis zur Heirat warten müssen. Bis er das Diplom bekam, das dauerte alles viel länger als gedacht. Und doch ist ihr die Zeit wunderbar in Erinnerung. Was für Briefe er schrieb. Ja, dauernd über seine Prüfungen, es war ihm schon wichtig, sein berufliches Fortkommen. Aber das ist es ihr auch, unbedingt. Nein, obwohl es um diese oder jene Prüfung ging und dieses oder jenes Fach, aber er schrieb, nachts, auf dem Bahnhof zwischen den Gestalten, die sich um diese Zeit dort herumtrieben oder auch, wenn er ein paar Tage von ihr keine Post bekommen hatte, er schrieb. Diese Briefe waren ihre Nabelschnur. Er würde sagen, ihre Leitung, ihr Kabel. Wie er auch für das Examen den Gedanken an sie „ausschalten" wollte. Damit danach der Strom mit umso größerer Kraft fließe. Er hat Wort gehalten. Diese wunderbaren Worte hatten die lange Zeit des Getrenntseins versüßt, ja ihr fehlten inzwischen diese lieben Worte, wie etwa, als er schrieb, wie er während des Examens den Verlobungsring als Maskottchen drehte. So an sie dachte – und das hatte ihm Glück gebracht.

Wie war ihr die Zeit ohne ihn öde erschienen. Wie langweilig die Sonntage bei Onkel Karl und den seinen. Wie sie hinter den glücklichen Paaren Karl und Liesel, Karla und ihrem Verlobten hinterhergedackelt war und sich allein die Langeweile mit dem Gedanken an die heimliche Verlobung versüßte: Ha, wenn ihr wüsstest. Und als Hans von dem „lieben Krabbelzeug" schrieb, auf das er sich freue, ja natürlich wollte sie ein Kind! Sie glaubte ganz sicher, dass er dabei eher an einen Buben dachte. Sie war ganz erstaunt, mit welcher Begeisterung er Inge angenommen hatte, ein Mädchen. Aber nun musste es ein Bub werden. Am liebsten hätte sie gar kein Kind mehr bekommen. So gut es mit Inge ging, aber ohne Anna hätte sie es nicht geschafft. Ein richtiges Püppchen, sehr umgänglich, fast brav. Man konnte sie sogar ins Café mitnehmen, sie löffelte dort ihre Schokolade, ohne sich zu bekleckern.

Ja, Vera hatte Angst. Sie wollte Hans den Buben schenken, den er sich sicher wünscht, aber wird sie es schaffen? Und muss man einen Jungen nicht ganz anders erziehen? Auch das machte ihr Angst. Hans hatte ihr ein Mädchen versprochen, das ihr im Haushalt und bei der Kinderpflege zur Hand gehen sollte. Dennoch, die Angst war da und wer weiß, ob Hans die Stelle bei Siemens behält. Es sind unruhige Zeiten, das geht nicht an ihr vorbei, es ist beunruhigend.

Vera schlug seufzend den gepolsterten Deckel des Fotoalbums wieder auf. Wieder zum Hochzeitsbild, das sie als Erstes eingeklebt hatte. Was für ein schöner, großer Mann. Sie reichte ihm auch mit den Pumps nur bis an den Kragen. Das unglaublich luftige, seidene ganz moderne Kleid ging ihr bis kurz über die Knie. Sie genoss den Neid der Freundinnen, der Cousinen. Dieses Kleid hatte ihr Onkel Karl spendiert. Es war schöner als das von Liesel, damals

als sie Karl heiratete. Sie ist nun fast zehn Jahre Karls Frau und hat ihm zwei Kinder geboren, zwei Töchter.

Es könnte auch bei uns eine Tochter werden … Karls zweiter Familie – mit Liesel und den Kindern – geht es gut, super. Es ist rührend zu sehen, wie er sich viel Zeit nimmt für die Familie, auch wenn sie natürlich Bedienstete haben, Kindermädchen, eine Haushälterin. Er arbeitet nur noch ein, zwei Stunden am Tag für die Firma, ach, für seine vielen Firmen, also arbeiten die eher für ihn. Das wäre nichts für Hans. Als Karls Automobilfirma pleiteging, juckte Karl das nicht weiter. Und Vera war froh gewesen, dass Karl Hans an Siemens weitervermitteln konnte. Das beeindruckte sie, wie der Onkel in großen Bögen dachte, mit Geldern spielte, auch mit fremden, und wie ein Sonntagskind gewann und weiterdenken konnte, in noch größeren Bögen. Sie selbst war eine der Bedachten, Karl ließ keines der Familienmitglieder allein, für jedes hatte er einen Plan. Und dass er sich ein zweites spätes Familienglück gönnte, ist richtig, das hat er sich verdient. Liesel ist gut, bestens versorgt. Der Preis ist, dass ihr Ehemann über 20 Jahre älter ist.

Vera blätterte Blatt um Blatt auf der Suche nach den freien unbeklebten Seiten, wohin die Urlaubsfotos vom Inselsbergurlaub sollten. Da, der Mercedes von Hans' Geschäftspartner. „Von Berlinern gekapert" hatte Hans daruntergeschrieben. Sie saßen im Fond, Hans am Steuer. Ein offener Wagen, das war der kleine Hanomag auch. Aber so ein Mercedes machte natürlich schon mehr her. Hans wollte, dass sie nun auch den Wagen führen lernte. Eine Prüfung sollte sie machen. Das war nun nicht mehr so leicht wie zu der Zeit, als Hans das Fahrzeugführen von Karl oder Heini gelernt hatte. Damals war er einfach ein paar Mal vor so einem Prüfer hin- und hergefahren und dann war der zufrieden und erteilte ihm den Führerschein. Doch das war von all den bevorstehenden Unsicherheiten das geringste Problem. Die Zukunft machte ihr Angst, die Zeiten waren so unruhig. Dauernd liefen diese Aufgeregten über den Teltower Damm, die Kommunisten oder die Sozis und schlugen sich mit den Braunhemden, die ihr nicht weniger Angst machten. Was soll das noch werden? Gut, dass die Heimat etwas abseits lag und ruhiger.

Andere Umstände

Wer hätte das gedacht, dass wir beide gleichzeitig guter Hoffnung sind. – Weil wir fast Zwillinge sind, zusammen mit Puppen gespielt, zusammen mit Männern, weißt du noch, Karls Verlobung, ach, wann war das – vor hundert Jahren?

Vera und Karla haben es sich im Wohnzimmer gemütlich gemacht. Beide hochschwanger. Karla war mit ihrem Vater gekommen. Die Männer machten einen Gang draußen durch die Heimat. Karla lag auf der Chaiselongue, Vera hielt es nicht im Sessel, sie wanderte auf und ab, die Hände in den Rücken gestützt: Ich glaub, es geht bald los. Karla seufzte, du weißt ja wies geht, ich hab Angst, ich kann mir nicht vorstellen, dass da ein Kind rauskommt.

Vera hielt inne: Doch das geht schon, habe mich damals bei Inge damit getröstet, dass jedes Fabrikmädchen, das von irgendeinem Pojaukel geschwängert wurde, das hinkriegt. Naja, entgegnete Karla, die sind einfach härter im Nehmen als unsereins. Vera winkte ab, das geht schon, trotzdem habe ich jetzt mehr Angst als bei Inge oder ich habs vergessen. Weil man dann so stolz ist und der Hans sich so gefreut hat. Aber noch eins krieg ich nicht. Man weiß ja auch nicht, wie das alles so wird. Vera sah zum Fenster. Bin ich empfindlicher geworden? Mir macht das da draußen Angst. In was für eine Welt kommt das Kind?

Karla drehte sich zur Seite, damit sie ihre Cousine besser sehen konnte: Die Welt ist mir schnuppe. Mir macht mein Mann Angst, der hat sich so verändert. Ganz im Vertrauen, ich liebe ihn nicht, ich habe ihn wohl nie geliebt. Das ist bei euch ganz anders. Ihr seid so ein tolles Paar, ihr liebt euch, ihr steht zueinander. Von Anfang an.

Stille im Raum. Nur die Uhr tickt, Hans hatte sie am Morgen mit einem kleinen Schlüssel aufgezogen. Die Uhr war kein Riesenregulator, kein Protzding, das mannshoch mit dröhnendem Big-Ben-Schlag verkündete: Wir sind wer, wir haben es zu etwas gebracht. Nein, ein zierliches, kleines Wandührchen – zierlich wie mein Verchen, hatte Hans gesagt, als er sie an der Wand anbrachte. Mit weichem, kaum mechanischem Ton trieb sie beharrlich, fast fröhlich musikalisch die Zeit vor sich her, holte sie aber nie ein. Was Hans auch anstellte, sie dazu zu bewegen zum Zeitzeichen im Radio den Minutenzeiger auf der römischen Zwölf stehen zu haben, die störrische Uhr ging nach, ein Minütchen oder zwei. Vera war es egal, was sind ein, zwei Minuten! Wenn man Jahre auf den Mann des Lebens gewartet hat.

Was ist aus dem polnischen Pianisten geworden, hast du mal was von ihm gehört?, fragte Vera, ihr fiel jetzt auch der Name wieder ein: vom Marek?

Karla wiederholt den Namen – Marek.

Man bewundert –
ich kann es gar nicht glauben
denn unablässig schrein
Hunger Hunger –

meine schönen Augen
du wendest dich mir zu
du bist frei
doch schlagen deine
schönen Lider
mich entzwei

Das ist von ihm.

Abgesehen davon, dass Karl ihn nie für würdig befunden hätte, sein Schwiegersohn zu werden – auch ich wollte vernünftig sein, keinen Künstler, sondern etwas Zuverlässiges, Solides, einen, der lange bleibt und eine Familie versorgen kann. Kein Auf und Ab. Also einen Zahnarzt. Und jetzt vertrockne ich irgendwie. Mit gut versorgten Zähnen. Und wenn es jetzt so unruhig ist, dass sogar mein Vater fürchtet, alles zu verlieren. Karl! Kannst du dir das vorstellen? Dann habe ich wohl doch alles richtig gemacht. Glücklich bin ich damit nicht. Aber versorgt, hm. Schlechte Zähne haben die Leute in guten wie in schlechten Zeiten. – Was hast du, geht's los?, fragte sie unruhig Vera, die tief Luft geholt und durch die Zähne wieder herausgelassen hatte. Das sei normal, beruhigte Vera die Cousine, da zieht's schon mal vorher, doch das heißt nicht, dass es gleich losgeht. Aber kann doch sein, er ist nun ein berühmter Pianist …

Ja, das kann sein, mir tut jeder Gedanke an ihn weh, ob er berühmt oder untergegangen ist. Das ist wahrscheinlicher, er wird dem Druck nicht standhalten können. Vielleicht hat er auch eine Frau und fünf Kinder. Oder drei Frauen und kein Kind. Und spielt in irgendwelchen Cafés langweilige Kaffeetassenklassiker.

Ach, du Arme, sagte Vera, ihr wart so ein nettes Paar. Wer jetzt mit wem? Vera erschrak vor Karlas Aggressivität. Na, du und Marek. Karla erhob sich: Lass uns was Gescheites tun, das Abendbrot vorbereiten. Wir waren nie ein Paar, zu feige, ich war zu feige. Was gibt es – russische Eier?

Abendbrot

Ja, es gab russische Eier, diese zuzubereiten hatten Vera und Karla von Anna gelernt. Das Gelb mit Senf und Salz vermischt und mit einer Spritztüte in das hohle halbe Eiweiß dekoriert, wie ein Makrönchen und mit Schnittlauchröllchen bestreut. Die russischen Eier gehörten zum Repertoire der Familie, wie die Boullion und kalter Schweinebraten. Seit ihr Hans einen Eisschrank in den Keller gestellt hatte, konnte Vera solche Imbisse vorbereiten und kühl stellen. Die Cousinen brauchten nur noch die Boullion aufzuwärmen, den Schweinebraten in Scheiben schneiden und die Eier mit der vorbereiteten Eigelbcreme zu füllen. Nein, dafür brauche ich kein Mädchen, dachte Vera beim Aufschneiden des Fleisches. Sie freute sich, Karl wiederzusehen. Er war eine Konstante in ihrem Leben, Mutter Anna vertraute ihrem Bruder wie keinem anderen. Er zeigte sich ihr und ihrer früh vaterlos gewordenen Familie großzügig, immer offen und als starker Halt im Hintergrund. Die früh verwitweten Geschwister hatte der Verlust der Ehepartner zusammengeschweißt. Und Karl übertrug diese Großzügigkeit auch auf die Kinder und deren Ehepartner. Vera akzeptierte aber auch, dass Hans sich aus dieser Fürsorge lösen, seinen eigenen Weg gehen und selbst für die Seinen verantwortlich sein wollte.

Anna traf mit Inge ein. Sie küsste die Tochter zur Begrüßung und goutierte den gedeckten Abendbrottisch mit anerkennendem Blick. Mama, rief Inge, Onkel Karl hat mir etwas mitgebracht!

Was, erfuhr Vera nicht, denn die Männer trafen von ihrem Spaziergang ein. Meine Liebe, küsste Karl die Nichte. Liebste Tochter, auch Karla bekam einen Kuss. Wer von euch wird die Erste sein? Die jungen Schwangeren zuckten die Schultern, jede mit eigenen Zweifeln. Auch Hans küsste die Cousine seiner Frau, Schwiegermutter und Tochter hatte er bereits auf der Straße begrüßt.

Erzähl mal, rief Inge Karl zu, von dem Auto, das man zusammengefaltet in die Tasche stecken kann. Karl lachte, er hatte seine Freude an der Sechsjährigen, wie er überhaupt Kinder mochte. Liesel hatte ihm sozusagen in zweiter Generation noch einmal zwei Töchter geschenkt. Gerade noch rechtzeitig, bevor Karla ihn zum Großvater machte. Es wird also keine Tante geben, die jünger als ihr Neffe ist, jünger als sein Enkel. Ganz knapp. Er war nun kurz über 50 und liebte das Leben nach wie vor.

Das Faltauto, erzählte er nun Inge, das hat Herr Zaschka sich ausgedacht. Man kann es zusammenklappen und unter die Treppe stellen. In die Tasche passt es nicht. Der Zaschka findet, dass zu viele parkende Autos die Stadt verstopfen. Komm, ich mal dir das mal auf, wie das Auto zusammengeklappt wird. Inge rückte an Karl heran. Anna setzte sich neben ihren Schwiegersohn, den Hausherren, den Häuschenherrn, wie sie ihn insgeheim nannte. Nichtsdestotrotz schätzte sie Hans, auch sein Bestreben, die Familie aus eigener Kraft zu ernähren und ihr etwas zu bieten. Die beiden werdenden Mütter saßen ihr gegenüber. Sie kannte die Anzeichen, wann „es losgeht" und wollte die beiden im Blick haben.

Inge hat draußen wieder den kleinen Judenbengel getroffen, sie scheinen ja recht vertraut. Es klang nicht streng von Anna, Vera erwischte dennoch das schlechte Gewissen, sie war froh, dass das Kind Freunde in der Heimat hatte, und sie kümmerte sich nicht darum, mit wem sie im Einzelnen spielte. Wenn sie nur nicht allzu dreckig und mit ganz und gar zerschlissenen Strumpfhosen nach Hause kam. Warum sollte sie nicht mit dem Judenjungen spielen. Sie hat viele Freunde hier, Mama, ich bin froh darüber. Ich auch, Verchen, sagte Anna.

Dieses Faltauto hat der Engelbert entwickelt, sagte Karl zu Hans, du kennst ihn sicher. Ein Filou, meinte Hans, ich hab mir das angeschaut, wie er mit dem Faltauto auf den Funkturm geklettert ist. Du Glücklicher, rief Karl, da wäre ich auch gern dabei gewesen! Es war sensationell, sagte Hans doch etwas stolz und schränkte gleich ein: zu sensationell. Er muss mit seinen Erfindungen immer in die Presse, er ist so genial, verwendet aber viel Energie darauf, sich publikumswirksam zu präsentieren, wie diese Funkturmaktion. Er braucht Sponsoren, er muss „klappern", sonst vergammeln seine Erfindungen in der Schublade. Die Sponsoren braucht er, damit solche Sachen wie das Faltauto in Serienproduktion gehen und sich Herr Schulze von gegenüber das leisten kann. Hans schüttelte den Kopf, das glaube ich nicht, gute Erfindungen setzen sich durch. Ohne großes Tamtam.

Das wäre schön, wenn es so wäre. Karl breitete die Serviette über seine Beine und strich darüber: Sehr appetitlich, liebe Vera.

Vera nickte und zog plötzlich tief Luft ein, sie hielt sich den Bauch seitlich: Entschuldigt. – Karla folgte ihr. Auch Anna legte die noch zusammengefaltete Serviette zurück auf den Tisch: Ihr Lieben, nickte sie Hans und Karl zu. Inge nutzte die Gelegenheit: Du hast mir was mitgebracht, Onkel Karl? Karl gab Inge einen Schlüssel, schau mal in meinem Auto in den Kofferraum. Da ist ein Karton. Und in diesem Karton ist dein Mitbringsel. Inge ließ sich das nicht zweimal sagen und sauste mit dem Schlüssel los. Karl sah Hans nun fragend an: Ob es jetzt losgeht? Keine Ahnung, aber gut, dass Anna da ist. Ich hätte Vera in den nächsten Tagen sowieso in die Milinowskistraße gebracht.

Karl naschte eine Scheibe Braten gleich mit den Fingern. Die Milinowskistraße werde ich verkaufen müssen, Hans. Anna kann darin wohnen bleiben, aber es sieht nicht gut aus. Es erreicht uns auch persönlich der angespannte Weltmarkt. Der ist, das weißt du, gelinde gesagt am Zusammenkrachen. Wir müssen jetzt besonders kreativ sein. Die Villa am Wannsee ist schon verkauft, mit Verlusten natürlich, ich habe für uns was im Blick, weit draußen auf dem Lande, im Brandenburgischen.

Obgleich Hans ahnte, dass Karls Reichtum und seine Geschäfte ein fragiles Konstrukt bilden, erschrak er vor den Konsequenzen und staunte über die Ruhe, mit der Karl sich fügte. Wenn er aufgibt, muss es tatsächlich schlimm sein. Wird Siemens sich halten können? Oder muss er wieder von vorn anfangen ohne Karls Kontakte? Wenn die Verbindung zu Amerika schon ein Stück weiter wäre …, aber mit Vera und den Kindern da hin? Ja, die Krise hat mit dem unglaublichen Tempo zu tun, mit dem die Technik sich entwickelt, die anderen Teile der Gesellschaft können nicht mithalten, die Kolben haben sich festgefressen, wie bei diesem Crash den kühlen Kopf behalten?

Die grübelnden Männer wurden von Anna aufgeschreckt, die eilig das Zimmer betrat und ihnen vielsagend zunickte: Es geht los. Wo ist Inge? Ich bringe sie zu Bett. Karl stand auf, ich hole sie. Hans knetete seine Hände: Soll ich Doktor Kern anrufen? Anna winkte ab, das ist zu früh. Karl, leg doch die Inge hier unten hin, oben ist es zu unruhig, sie soll so wenig wie möglich mitbekommen.

Während Karl nach draußen ging und die Schwiegermutter wieder hinauf in das Schlafzimmer, fühlte Hans sich verlassen.

Was sollte er tun? Er betrachtete den fast unberührten Abendimbiss und nahm eines der gefüllten Eier und schob es sich in den Mund. Ein zweites behielt er in der Hand, er schaute zur Uhr, halb acht. Wie lange sollte das dauern, wie lange hatte es bei Inge gedauert? Er steckte sich das zweite Ei in den Mund. Hustete, das war zu schnell gewesen. Mit einem Schluck Wein spülte er den Eierbrei in seinem Hals hinunter. Schon langte wieder eine Hand nach einem halben Ei. Er legte es zurück, wischte sich die Hände an der Serviette ab und warf sie zerknüllt auf seinen unbenutzten Teller. Dann drehte er sich einmal um sich selbst. Ging in das Wohnzimmer, setzte sich an den Schreibtisch und führte die unterbrochene Zeichentätigkeit weiter.

Inge sprang vor Karl her. Was ist das, Onkel Karl? Ist das für mich? Ganz allein? Natürlich, antwortete Karl. Es ist etwas ganz Besonderes für die ganz besondere Inge. Er bereitete ihr ein Nachtlager auf der Chaiselongue, stellte einen Stuhl an das Kopfende, nahm aus dem Karton eine Lampe, Inge zog die Brauen zusammen. Warte ab, Karl schloss das Kabel an und löschte das Deckenlicht im Zimmer: Das ist eine Laterna magica. Der Schirm der Lampe bestand aus zwei Teilen, die sich in entgegengesetzter Richtung drehten. Die aufgemalten Kinder schienen eine Polonäse zu tanzen. Sie gaben sich die Hände, schoben sich aneinander vorbei und lösten die Hände wieder. Wie hübsch, flüsterte Inge, wie hübsch.

Mit halblauter Stimme begann Karl:

Ein Vierviertelschwein und eine Auftakteule
Trafen sich im Schatten einer Säule
Die im Geiste ihres Schöpfers stand
Und zum Spiel der Fiedelbogenpflanze

Reichten sich die zwei zum Tanze
Fuß und Hand.

Ach, das Vierviertelschwein, das gefällt mir, sagte Inge. Mutti schlägt mir beim Klavierüben den Takt auf die Finger, mit einem Lineal von Papa. Sie findet mich unmusikalisch. Am Klavier jedenfalls. Das Kind seufzte tief. Nein, sagte Karl, du bist nicht unmusikalisch, sie ist zu streng, deine Mama. Sie ist als Kind dem Wunderknaben Claudio Arrau begegnet. Das Foto auf dem Klavier, der Junge in den Samthosen, das ist Claudio. Sein Lehrer war der Vater von Veras Klavierlehrerin. Und da trafen sie manchmal aufeinander. Und dann hieß es, Vera, nimm dich zusammen, nebenan sitzt der Claudio. Seitdem hat sie einen Heidenrespekt vor dem Klavier. Vielleicht hätte sie besser für dich die Geige ausgesucht. Inge zog einen Flunsch, ob das besser wär? Tanzt das Vierviertelschwein noch weiter?

Auf seinen dreien rosa Beinen
Hüpfte das Vierviertelschwein graziös,
und die Auftakteul auf ihrem einen
wiegte rhythmisch ihr Gekrös
und der Schatten fiel
und der Pflanze Spiel
klang verwirrend melodiös.

Und was ist das – Gekrös? Karl schaute zur Wand, tja, gute Frage, was ist das Gekrös? Auf jeden Fall etwas, das sich auf graziös reimt. Reimen ist sehr wichtig. Und melodiös.

Jedenfalls klingt das alles sehr schön und passt zu der Lampe mit den tanzenden Kindern. Danke, Onkel Karl, du bist der Beste.

Karl hob einen Mundwinkel, was meinst du, magst du nun schlafen? Inge riss die Augen auf: Niemals! Aber, wenn du das möch-
test. Sie drückte die Augen ganz fest zu. – Was machen die?, fragte
sie mit geschlossenen Augen. Karl hatte es geahnt. Ich glaube, sagte er, du bekommst ein Geschwisterchen, einen Bruder oder eine
Schwester.

Ach, sagte Inge, und da müssen die mich nicht fragen, ob ich
das will? Na, haben sie dich denn etwa nicht gefragt?, ging Karl darauf ein. Inge sah den Onkel streng an: Nein!! Vielleicht kannst du
mal dahingehen und denen sagen, dass ich das nicht will. Lieber
einen Luftroller. Karl versuchte einzulenken, den bekommst du
bestimmt auch. Ha, überlegte Inge, wie ich sie kenne, bekomme
ich den nur, wenn ich auch das Geschwisterchen nehme. Ich kenne sie. Die Himbeerbonbons bekomme ich auch nur, wenn ich
diesen ekligen Lebertran nehme. Lass man, Onkel Karl, du wirst
da nichts machen können. Ja, ich schlafe jetzt, ich schau mir die
Vierviertelschweinchen noch ein bisschen an. Schlaf gut, flüsterte
Karl und ging rückwärts in Richtung Wohnzimmer. Da kroch ihm
der Duft des kalten Schweinebratens in die Nase und mit Daumen und Zeigefinder schnappte er sich eine Scheibe. Und mit der
anderen Hand noch eine. Ich sehe dich, kicherte Inge. Ich auch.
Sie krabbelte vom Sofa und betrachtete im wechselnden Licht der
Lampe den gedeckten Tisch. Hm, nix Süßes.

In der Küche liegen Schweineöhrchen, die hat Grozi mitgebracht, so nannte Inge ihre Großmutter Anna, aber da geh ich
nicht runter in die Küche, da sitzen die ganzen Gespenster. Ach,
sagte Karl, dann wird es Zeit, dass wir sie vertreiben. Wir gehen
gemeinsam hinunter.

Inge hatte ihre Gespenster in der Kellerküche sitzen, das war
wenigstens ein konkreter Ort. Doch wo sind die meinen, dachte

Karl. Niemals hätte er von sich gedacht, dass er einmal Angst bekommen würde, Angst vor der Zukunft, vor allem, was er falsch gemacht haben könnte, vor der Verantwortung für diese neue junge Familie mit Liesel. Die er zu einer Zeit geheiratet hatte, als es steil bergauf ging und so eine ausweglose Situation wie momentan undenkbar. Wo sind sie?, fragte er Inge. Sie fasste nach seiner Hand. Hier sitzen sie, hinter diesen Rohren, erzählte sie, während sie die Treppen hinabstiegen zur Küche, wo die Schweineöhrchen lockten. Es war tatsächlich dunkel in diesem Teil des Hauses, da müsste der Hans mal Licht legen, dachte Karl. Da gab es einen Schrei, hoch und unheimlich.

Inge drückte Karls Hand, da hörst du sie! Der Schrei kam von oben, aber das sagte er der Kleinen lieber nicht. Seine Gespenster waren auch bedrohlich nah gerückt. Andere nahmen sich in seiner Situation den Strick. Oder experimentierten mit der Pistole. Nein, das kam überhaupt nicht in Frage. Er musste dazu stehen, er hatte Verantwortung, nun gerade für Liesel und die Kinder. Da, hinter dieser Tür sitzt ein Gespenst, das fasst mich immer an, Inge hielt seinen Arm gepackt. Karl spürte den Luftzug, ein kluger Architekt hatte in diesem schimmelgefährdeten Bereich unter der Erde Luftschlitze eingebaut. Ich sag ihm, wo's langgeht. Er riss die Tür auf und rief: Hu. Ha, hau ab!!

Zur Belohnung holten sie sich die köstlichen Schweineöhrchen und Inge saß auf dem Sofa mit baumelnden Beinen und knusperte gleich drei der Blätterteiggebäcke im Vierviertaltakt, wie sie kichernd versicherte. Dann entließ sie den Onkel in das Arbeitszimmer des Vaters, das Wohnzimmer, wo sie die beiden miteinander reden hörte. Gemütlich. Und sie dachte daran, wie sie mit dem Vater auf dem Eis der Krummen Lanke im Auto eine wundervolle Pirouette geschlittert war.

Unruhe

Karl stand im Wohnzimmer, das Hans als Arbeitszimmer diente, in der einen Hand ein Tellerchen, auf das er Bratenscheiben, gefüllte Eier und saure Gürkchen gehäuft hatte. Er lachte: Du verkriechst dich? Hans verstand nicht, was er meinte. Er legte den Bleistift nieder, ich arbeite. Karl überlegte, ob er Hans erzählen sollte, dass er bei der Geburt seiner jüngsten Tochter dabei war und dass ihm dies unvergesslich ist. Aber er mochte den Mann seiner Nichte nicht in Verlegenheit bringen. Es wird alles gut werden, sagte er und knackte ein Gürkchen. Du auch? Hans griff zu einem russischen Ei und lehnte sich zurück: Hast du mal was von Onkel Adolf gehört?

Der Adolf, ja. Wir hatten gemeinsame Geschäfte angedacht, aber seine Idee mit dem Sand aus seinem Grundstück ist im wahrsten Sinn des Wortes im Sand verlaufen. Er wollte damit auch meine Kunden beliefern, doch die bekamen den Sand hier billiger aus der Brandenburger Sandbüchse. Billiger und schneller.

Karl betrachtete Hans an seinem Schreibtisch. Du hast nichts mehr von ihm gehört? Nein, sagte Hans, seit unserem Besuch bei dir vor etwa zehn Jahren – ist das tatsächlich so lange her? Als ich mich mit Liesel verlobte?, fragte Karl. Was für ein Abend, was für ein Fest! Ja, das war es, entgegnete Hans, an diesem Abend lernte ich Vera kennen. Seitdem habe ich ihn nicht mehr gesehen und mein Vater spricht nicht gern von seinem Bruder. Karl nickte: Ich ahne, warum. Hans stand von seinem Stuhl hinter dem Schreibtisch auf. Was meinst du? Er entschied sich für ein Gürkchen auf dem Teller, den Karl ihm hinhielt. Was könnte das sein?

Hm, Karl überlegte. Er wusste, wie gut sich Hans mit Adolf verstanden hatte und wunderte sich ein wenig, dass die beiden sich aus den Augen verloren hatten. Vermutlich, weil Hans mit dem Aufbau der eigenen Existenz beschäftigt war und eine Familie gegründet hatte. Karl tat sich ein wenig schwer: Tja, wie soll ich das sagen, Adolf ist so ein bisschen – abgedriftet von der Realität auf sonderbare Weise. Ich kann mir gut vorstellen, dass deinem Vater das misshagt. Wo fang ich da an. Hast du schon mal was von Dinter gehört? Arthur Dinter? Hans schüttelte den Kopf, wer soll das sein? Karl hakte nach: Die Sünde wider das Blut? – Klingt ja furchtbar, ne, Hans hatte noch nie davon gehört. Wer soll das sein? Karl überlegte, was er wie formulieren sollte, indem er weitere Titel nannte, um Zeit zu gewinnen: Vielleicht die köstliche Parodie: Die Dinte wider das Blut? Ne, Hans wurde unwillig, was soll das sein? Kriminalgeschichten, Filme oder was.

Karl holte etwas tiefer Luft: Viel schlimmer. Dieser Dinter ist ein Vertreter einer neuen christlichen Strömung – die Bibel ohne Juden. Juden verderben unsere blonden Frauen. Theorie der Imprägnation, die deutsche Frau, die ein Mal mit einem Juden Geschlechtsverkehr hatte, ist sozusagen imprägniert für immer – also unrein. Und Jesus stammt von Deutschen ab. Die Konsequenz ist, alles Undeutsche und Artfremde muss entfernt werden.

Hans winkte ab, was ist denn das für ein geschwurbelter Flachsinn, nein, da hör ich doch gar nicht hin.

Ich auch nicht, bester Hans, wir würden wohl eher Atheisten als Anhänger einer solchen „Heilslehre". Aber leider Adolf. Der ist nicht mehr Herr seiner selbst. Nicht nur, dass er selbst so denkt und Leute wie uns für verblendet oder uninformiert hält, für schlafende Schafe. Er predigt es allen, ob sie es hören wollen oder nicht. Seine arme Frau ist krank geworden darüber und statt sich um sie zu kümmern, hat er sie verlassen. Er ist, es ist wirklich kaum zu glauben, zu diesem Dinter gezogen und immer noch nicht genug, er hat sein ganzes Geld in diese Bewegung gesteckt.

Hans schüttelte den Kopf, kopfschüttelnd ging er ins Esszimmer, wo Inge vor ihrer Lampe mit den tanzenden Kindern eingeschlafen war. Er holte eine Flasche Wein und zwei Gläser vom Esstisch. Mit den Zähnen zog er den nur locker eingesteckten Korken heraus und füllte die beiden Gläser: Ich kann das nicht glauben. Er nahm den Korken aus dem Mund, hat denn keiner versucht, ihn zur Vernunft zu bringen?

Karl trank das Glas in einem Zug leer. Ja, dein Vater, aber er konnte wohl nichts ausrichten. Er redet inzwischen nicht mehr mit Adolf. Dieser Dinter ist mit seiner Sünde wider das Blut extrem erfolgreich und damit sieht sich Adolf in diesem Irrsinn bestätigt.

Hans schenkte Karl nach: Aber man sollte ihm mit vernünftigen Argumenten nicht beikommen können? Das passt doch gar nicht zu ihm, kann sich ein Mensch so verändern? Karl wiegte den Kopf zweifelnd hin und her. Sie hörten jemanden das Esszimmer betreten und warteten, dass sich die Tür zum Wohnzimmer öffnete: Karla. Anna hat mich weggeschickt, es ist wohl bald so weit bei Vera. Karla sah mitgenommen aus. Karl reichte seiner Tochter sein Weinglas, bleib hier bei uns. Karla ließ sich auf dem Sofa nieder und nippte an dem Glas. Willst du nicht zu ihr gehen?, fragte Karl Hans. Nein, nein, Hans schüttelte unwillig den Kopf, das ist Frauensache, was soll ich dabei?

Habt ihr die Namen überlegt? Hans fuhr nervös den Rand seines Schreibtischs entlang. Natürlich, aber ich sag sie euch nicht – noch nicht. Meinst du, dass das Kind heute noch kommt? Karla zuckte die Schultern, kann sein.

Ach so, du sollst den Doktor anrufen. Hans war froh, überhaupt etwas tun zu können und eilte zum Telefon, das auf einem Tischchen direkt an der Tür stand. –

Er hat noch einen Patienten, aber dann kommt er. Hans fasste sich nun doch ein Herz und stieg die Treppe zum Schlafzimmer hinauf. Die Tür stand offen. Vera saß auf der Bettkante. Sie lächelte Hans entgegen. Doktor Kern ist bald da, ist alles in Ordnung? Anna holte tief Luft, ich bin mir nicht sicher, aber ich glaube das Kind liegt nicht richtig. Hans nahm Veras Hand, es wird alles gut. Ganz bestimmt. Soll ich dir was bringen? Vera hielt sich den Rücken und atmete schnell und flach. Nein, geh nur zu den anderen, schickte Anna Hans weg. Er nahm die Treppe langsam. Das Kinderkriegen ist eine fremde Welt und er war froh, dass er keine Frau war. Was bedeutet das, das Kind liegt schief, ein schiefes Kind? Wie ruhig Vera wirkte und doch fremd, das schnelle heftige Atmen. Er wollte sie so haben, wie er sie kennt und nach Inges Geburt wurde sie ja auch wieder ganz normal.

Es klingelte an der Haustür. Es war der Doktor. So schnell?, fragte Hans. Ja, ich wollte zu einem Patienten am Teltower Damm. Aber da ist kein Durchkommen. Lassen Sie mich raten, fragte Karl, der in den Flur gekommen war: Sozis? Kommunisten? Sicher, meinte der Doktor, vor allem die Braunhemden, diese Schläger. Schaffen die nicht wenigstens Ordnung, das dachte Hans nur, er mochte in dieser Situation keine politischen Dispute. Stattdessen sagte er: Da haben wir ja Glück, da müssen wir ja diesen aufgeregten verirrten und verwirrten Mob danken, dass Sie so schnell zu meiner Frau kommen. Bitte – nach oben, ich zeige es Ihnen.

Karl und Karla standen im Flur. Das Kind schläft bei all dieser Unruhe, wunderte sich Karla. Die brave Inge. Sie standen da wie im Aufbruch begriffen, überrascht von etwas Unvorhergesehenem, das sie aus dem Alltag gerissen hat. Aus dem Trott, der Gewohnheit. Und nichts schien erstrebenswerter als in die warme Gewohnheit zurückzukehren, in die Sorglosigkeit, in die Gedankenlosigkeit. Sie waren erstarrt in der Unschlüssigkeit, welches der nächste Schritt sein sollte. Es gab keinen nächsten Schritt, also blieben sie stehen und warteten – auf das Kind, erst dann würde sich die Welt weiterdrehen. So wie die Tanzenden auf Inges Lampenschirm in der Bewegung erstarrten, wenn der Strom abgeschaltet wird.

So standen sie in diesem Flur und warteten auf Erlösung. Auf den Strom, auf das Kind. Doch es kam nur der Hans die Treppe hinunter und gesellte sich wortlos dazu, vervollständigte das lebende Bild in seinem kleinen Flur. Der werdende Vater, die hochschwangere Cousine und der Onkel. Während in den Köpfen der zukünftigen Eltern eine Art Vakuum herrschte, sortierte der Onkel nun seine Gedankeninstrumente, um eine Lösung für seine aussichtslose wirtschaftliche Situation zu finden. Hier Dunkel oder Helle, je nachdem welchem Ende des Lichtspektrums das Vakuum zuzuordnen ist. Dort die funkensprühende lärmende Maschine mit komplizierten Fertigungsprozessen, bei denen nicht klar ist, welches Produkt am Ende die Maschine verlässt, das Licht der Welt erblickt.

Wie lange sie so standen oder ob sie sich inzwischen hingelegt hatten – Karla zu Inge aufs Sofa. Oder Karl, der Energie für sein lärmendes Gehirn benötigte, den Abendimbiss weiter plünderte. Und Hans sich schlicht an den Schreibtisch setzte, die technischen Zeichnungen exakt mit dem Lineal vervollkommnete. Ein Karten- oder Brettspiel haben sie gewiss nicht herausgeholt. Oder den Mitternachtskrimi im Radio angehört. Eher hat jeder an einem Fenster für sich gestanden und in die Dunkelheit gestarrt. Jedenfalls hieß es mitten in der Nacht: Das Kind ist da, die Maja.

IN DIE NEUE WELT
SEPTEMBER 1935

Auf der „Bremen"

Ein leichtes Zittern, ein leichtes Beben erfasste ihn hoch oben über dem Kai, es ging natürlich von den Maschinen aus, die bereits eine Weile liefen, doch er wusste in seiner Aufregung nicht auseinanderzuhalten, was aus dem Bauch des Dampfers kam und was aus seinem eigenen Inneren. Es war das Glück. Hier oben zu stehen, das Glück, auf dem richtigen Weg zu sein und nichts von dem zu bereuen, was hinter ihm lag. Keine der Entscheidungen, auch keine der schmerzhaften zu bereuen. All das hatte ihn hierhergeführt. Hier hoch.

Dort unten standen die Seinen, seine Familie, für die er all das tat, was ihn nun hierhergebracht hatte. Ganz klein dort unten – seine Vera. Dies trübte seine Hochstimmung ein wenig, dass sie ihn nicht auf dieser für ihn so wichtigen Reise begleiten konnte. Doch er war sich sicher, dies ist der Anfang, dem weitere Reisen folgen würden. Mit Vera, mit den Kindern und – vielleicht sogar ganz und gar mit der Familie dorthin in die neue Welt – ohne ein Zurück. Momentan schien alles möglich. Auch Grete winkte, die Schwester. Hans erinnerte sich, dass er die Kamera aufgebaut hatte, zum Filmen der Abfahrt. Er schaute durch das Objektiv. Sie winkten mit Taschentüchern. Vera, Grete und Inge, die Große, die wie ein kleines Mädchen vor Aufregung von einem Bein aufs andere sprang, sie hat im kommenden Jahr Konfirmation. Die Kripipse nannte Vera die Tochter, die so gar nicht damenhaft werden wollte. Und Bummi, die kleine Maja, an der Hand von Grete.

Dieser Abschied war ein Aufbruch, den er festhalten musste. Er konnte sich sowieso nicht mehr mit der Familie verständigen, zu entfernt war sie, zu laut war es ringsum, der Ozeanriese, die Passagiere an der Reling, jeder meinte, seinen Lieben ein Abschiedswort zurufen zu müssen, so ähnlich sie im Einzelnen sein mochten, es steckte gewiss stets das ganze Herz darin. Einige wenige standen weiter weg von der Reling, riefen nicht, winkten nicht, sie schienen unberührt von der Aufregung ringsum und unten und oben. Snobistisch? Arrogant? Routine? Seiner Vera würde er ein neues Kleid kaufen, nach der neuesten amerikanischen Mode.

Mist, was war das? Jetzt wackelte plötzlich das Bild – Alarmglocken schrillten. Jetzt werden die Außentüren verschlossen, wusste ein Ozeanerfahrener neben ihm. Die Verbindung nach unten wurde dünner, er hatte sie mit der Filmaufnahme halten wollen, doch es riss ihn mehrstimmig, dunkel und tief, das Signalhorn aus seinem Vorhaben, drei Mal stieß es den Gänsehaut erzeugenden gewaltigen Klang aus – das Signalhorn musste riesig sein! Hans hielt mit der einen Hand das Stativ der Kamera und winkte mit der anderen, ließ das Tuch in der Hand flattern. Die „Bremen" bewegte sich seitwärts vom Kai, alle Geräusche, das Flattern des Taschentuches, das dunkle Dröhnen der Maschinen, die scheinbar dünnen Stimmchen um ihn herum und die anderen Schiffshörner, die wesentlich heller den Ozeanriesen verabschiedeten, rissen ihn ab von dem Land, von seiner Familie. Adieu, Adieu. „Scheiß-Nazideutschland" hörte er undeutlich hinter sich, Hans sah sich nicht um, wahrscheinlich hatte er sich in dieser aufwühlenden Stimmung verhört.

Franz, der Eiermann, warf einen Arm um ihn: Nun, hab ich

dir zu viel versprochen? Nein, hatte er nicht. Ohne Franz wäre er auch nicht auf dem Weg nach Amerika. Franz mochte eitel sein, ein Filou, seine Arbeit aber machte er gut. Und er glaubte an ihn, Hans, an seine Erfindung, an seinen konstruktiven Geist, er hatte den Chef der Zerbster Maschinenbaufirma Franz Braun von Hans' Erfindung überzeugt, sodass dieser für ihn eigens einen Posten als Entwicklungsingenieur geschaffen hatte. Dass für Dr. Eiermann da auch etwas Kapital abfallen würde, gehörte dazu, das hatte er sich verdient. Er war sein Agent. So hatte er sich in New York eingeführt.

Jetzt bewegte sich der Riese langsam vorwärts. Das Schienennetz, das zum Columbusbahnhof führte, entfernte sich. Das Winken oben an Deck und unten am Kai verstärkte sich. Wie mag das von unten aussehen, ein dicker, dicker Käfer mit tausend Armen vorm Himmel. An Deck spielte eine Kapelle, die Sonne blinkte in den Öffnungen der Blechblasinstrumente. Kaiserwetter hieß das früher. Es ist eine neue Zeit und es geht in die Neue Welt. Mit dem schnellsten Dampfer der Welt. Naja, fast. Das Blaue Band haben gerade die Franzosen übernommen, mit ihrer „Normandie". Ungeachtet dessen, die „Bremen" ist ein Meisterwerk deutscher Ingenieurskunst. Dieses trug ihn jetzt sicher über den Ozean. Wie aufregend, im 20. Jahrhundert zu leben und bei diesen gewaltigen technischen Umbrüchen dabei zu sein. Einer von ihnen zu sein. Made in Germany ist kein Schimpfwort mehr. Seinen Namen auf der Passagierliste der „Bremen" zu sehen: Mister Gastrow. Franz hatte ihn vorbereitet, dass er seinen Namen nicht wiedererkennen würde, wenn die Amerikaner ihn aussprechen.

Und – Hans lächelte – die Lloyd hatte ihn zehn Jahre jünger gemacht. Er hatte schon seinen Pass in der Hand gehabt, als er bei Einchecken sah, dass sein Alter auf der Passagierliste mit 31 angeben ist. Er hatte ihn wieder eingesteckt. Der Stewart war nicht stutzig geworden. Hans musste nachher gleich in den Spiegel schauen, davon gab es hier genug. Ein 31-Jähriger mit einer Tochter, die bald Konfirmation hat. Warum nicht. Hopps, das Stativ mit der Kamera schwankte und er fing es rechtzeitig auf. Beg your pardon, sagte eine Dame. Er klappte das Stativ zusammen und nahm die Kamera unter den Arm. Gerade noch Glück gehabt, Madame. Franz hatte gleich die Gelegenheit beim Schopfe gefasst und die Dame in ein Gespräch verwickelt. Er kann nicht anders. Soll er. Hans wartete mit dem Stativ in der Hand, bis Franz mit der Turtelei fertig war.

Mit 31 wäre er gern so weit gewesen wie jetzt. Da steckte er noch als Angestellter in Onkel Karls Automobilfirma, die dann unglücklicherweise pleiteging, und kein Gedanke an das, was er nun erreicht hatte. Lagen auch schwierige Zeiten dazwischen: Die Kriegsjahre, die Inflation, die Weltwirtschaftskrise, all das hatte ihn um Jahre zurückgeworfen. Vielleicht genau um die zehn Jahre, die die Lloyd ihn nun unverhofft jünger machte. Hans fuhr mit den Fingerspitzen über die Linse der Kamera. Der Deckel lag in der Kabine. Nein, er war in keinem Film. Er war auf der „Bremen". Der Dampfer bewegte sich nun aus dem Hafen hinaus und nahm etwas mehr Fahrt auf. Noch waren sie auf der Weser. Die Möwen begleiteten das Schiff, es gab hier noch den einen oder anderen Brocken von den Passagieren, vor allem von den Kindern. Das Geräusch der Maschinen hatte sich etwas verändert. Er war gespannt, wie sie sich bei voller Fahrt anhören werden.

Die Maschinen bei voller Fahrt ruhig laufen zu lassen, das war die Kunst. Die „Bremen" war kein Cocktailshaker wie manche ihrer internationalen Vorgänger, deren Passagieren die Seekrankheit den Spaß an der Überfahrt verdarb. Hans war sich sicher, er würde nicht seekrank werden. Nicht auf der „Bremen". Er wartete auf Franz, allein fand er nicht zurück zur Kabine, die vielen Gänge und Decks, waren es neun? Und auf welchem waren ihre Kabinen? Er hatte sich vorgenommen, den Dampfer genau zu erforschen, es würde eine Brückenführung geben, vielleicht könnte er den legendären Kapitän Leopold Ziegenbein direkt beim Navigieren sehen oder beim Sonneschießen, nicht nur sehen, hach, fotografieren, noch besser – filmen, das wär ein Traum. Und in den Bauch des Riesen schauen, wollte er, in den Maschinenraum, in das Herz.

Und – er musste Englisch lernen, unbedingt wenigstens ein paar Fachvokabeln, damit er sich nicht ganz blamierte. Die amerikanischen Kollegen sollten ihn ernst nehmen. Wie leicht die Inge lernte mit ihren 13 Jahren, viel schneller als er. Vielleicht war er zum Lernen doch schon zu alt?

Vornehme Behaglichkeit

Schon wieder Essen. Vor lauter Essen kam er gar nicht dazu, sich dieses Wunderwerk der Technik näher zu besehen. Aber die „Bremen" hatte ja noch die lange Strecke über den Ozean von Cherbourg nach New York vor sich, die eigentliche Atlantiküberquerung. Southampton lag bereits hinter ihnen. Wie die Neugierigen angelaufen kamen, wenn die „Bremen" im Hafen eintraf. Er ließ sich gern beneiden, auf diesem geflügelten sausenden Haus daheim zu sein. Franz hatte sie zur Brückenführung angemeldet und er durfte sogar die Kamera mitnehmen.

Er würde morgen den Wecker stellen, damit er vor dem Breakfast in das seegrüne Schwimmbad auf dem untersten Deck eintauchen und den kühlen Marmor fühlen und das Licht durch die transparenten Onyxscheiben erleben konnte. Die „vornehme Behaglichkeit" der Ausstattung des Schiffs wollte er ganz und gar genießen. Um sie dann Vera, so lebhaft es geht, erzählen zu können. Im Vorgeschmack, denn sie würde auch all das erleben, bei kommenden Überfahrten, während er all dies schon gewohnt, ganz selbstverständlich, nur noch am Rande wahrnehmen würde. Lässig und nicht wie ein aufgeregter Schuljunge wie jetzt. Der Schiffsführer mit den lockenden Beschreibungen lag auf seinem Nachttisch und verdeckte das anstrengende Englischlehrbuch. Immerhin kannte er nun den Weg zum Speisesaal, zu seinem Speisesaal Touristenklasse. Zu einigen Dinners war der Smoking angesagt, aber jetzt gab es nur ein Gabelfrühstück. Gabelfrühstück informell ohne Smoking.

In Southampten hatte er das Beladen des Schiffes verfolgt und gefilmt. Diese riesigen Netze mit den Postsäcken. Einiges davon wird tausend Knoten vor New York mit dem Katapultflugzeug vorausgeschickt. Franz hatte ihm von seiner letzten Reise nach New York eine Karte geschickt, abgestempelt auf der „Bremen": befördert mit Katapultflugzeug. Da musste er unbedingt dabei sein, wenn das Flugzeug startete. Mit Katapult. Das musste er sehen, wie diese „Astgabel" funktionierte, das Katapult seiner Schuljungenzeit verwandelte die Astgabel mit Gummi und einem Stein in eine Waffe. Für Vögel oder Fensterscheiben. Viele technische Erfindungen hatten ihren Ursprung im Spiel. Jetzt sollte das Katapult ein ganzes Flugzeug in den Himmel schleudern. Noch stand das Katapultflugzeug festgezurrt zwischen den beiden riesigen Schornsteinen des Schiffs. Eine Junkers oder eine Heinkel? Das steht bestimmt auch im Spielführer.

Quatsch Schiffsführer, jetzt verdachte er sich schon. Das Spiel spukte in seinem Kopf, vielleicht war er nicht mehr verspielt genug? So wie er mit Inge auf der vereisten Krummen Lanke den Hanomag hat tanzen lassen. Er musste das Spiel wieder in sein Leben lassen, das würde ihn jünger machen. Hans blinzelte sich im Spiegel an. Nein, wie 31 sah er wirklich nicht mehr aus. Schlank, groß und – gut, wenn er lächelte, verschwanden ein paar Jährchen. Den Spiegelrahmen könnte man auch aus Kunststoff herstellen, in Teilen, warum nicht?

Im Speisesaal hatte er erstmals die Mitreisenden näher betrachten können. Gestern beim Willkommensdinner und heute Morgen beim Breakfast. Vom Hören her konnte er einige Amerikaner ausmachen, am Nebentisch saß sogar ein Schwarzer mit seiner schwarzen Frau. Doch, doch, er fand es gut, dass nicht nur die Klassenunterschiede mit der modernen Zeit verschwinden, sondern auch die Rassenunterschiede. Er saß mit Eiermann an einem Vierertisch, die beiden Gegenüber waren aber zum Dinner nicht erschienen, auch nicht zum Breakfast. Vielleicht waren die Tischnachbarn seekrank. Die Speisekarte ist zweisprachig, Deutsch und Englisch, da kann er schon mal etwas üben. Cucumber, was für ein putziges Wort. Umgekehrt fanden die Amerikaner bestimmt die deutsche Gurke zwar auch schön grün, aber auch schön deutsch plump. So konnte er all seine Begeisterung mit Franz teilen oder sein unbeholfenes Englisch aufmöbeln, ohne wie ein Tölpel dazustehen oder zu sitzen.

Ein Klopfen an seiner Kabinentür riss ihn aus seinen Gedanken, er fühlte sich vor dem Spiegel ertappt. Es war nur Franz, der meinte: Lass uns das Gabelfrühstück auslassen, den Weg zum Speisesaal kennst du ja jetzt. Wir gehen an Deck, ganz hoch aufs Sonnendeck. Sie stiegen die teppichbelegten Stufen hinauf, am verglasten Promenadendeck vorbei – das wäre auch schön gewesen! Nein, Hans folgte Franz nach ganz oben. Er hatte recht. Dieser

Blick. Aufs Schiff mit seinen verschiedenen Ebenen einerseits und auf das Meer, es war noch die Nordsee.

Der Wind rüttelte an ihrer Kleidung, färbte die Gesichter rot. Da, die sich in der Ferne auflösende Gischt, die Spur, die die „Bremen" durchs Meer zog. Da wäre der Blick vom Heck am besten. Dort die Brücke, die Kommandobrücke, von der aus das Schiff dirigiert wurde. Über ihnen der Mast, über 70 Meter ragte der in den Himmel, mussten da die Schiffsjungen hoch? Und die beiden unglaublich großen stromlinienförmigen Schornsteine, Riesentöpfe, aus denen es qualmte, erst vor ein paar Jahren waren sie etwas erhöht worden, damit der Qualm vom Schiff wegzog und nicht die Passagiere auf Deck mit Dreck belästigte, das hatte Hans gelesen.

Die Schornsteine erinnerten ihn wiederum an die Maschinen im Innern des Riesen, da, wo der Qualm herkam. Da musste er hin, zum Heck musste er, zur Kommandobrücke, ins Schwimmbad, aufs Promenadendeck, überall hin und am besten mit der Kamera. – Die Tage der Überfahrt werden nicht reichen, stöhnte Hans. Franz lachte, das wird alles, mein Lieber. Hans schloss die Augen vor dieser Fülle, ließ seine Hülle, den Anzug vom Fahrtwind rütteln und witterte das Salz in der Luft. Es roch plötzlich nach saurem Fisch. Franz hielt ihm einen Rollmops unter die Nase. Ach, das ist das berühmte Gabelfrühstück? Nein, natürlich nicht, es ist eine norddeutsche Verbeugung vor den Amerikanern, die mögen es zur Abwechslung auch mal praktisch, unglamourös. Aus der Hand.

Die meisten Reisenden der „Bremen" sollen Amerikaner sein. Da passt man sich an, damit sie wiederkommen. Die Auslastung war in den vergangenen Jahren katastrophal, jetzt ist die „Bremen" immerhin gut zur Hälfte belegt. Hast du dich nicht gewundert, dass wir in der 1. Klasse gelandet sind? Ich hatte 2. Klasse gebucht. Aber die Lloyd belegt gern auch ohne Aufpreis die 1. Klasse, damit es dort nicht so kahl aussieht. – Ach, staunte Hans, rentiert sich denn das? Nein, natürlich nicht. Es wird gemunkelt, dass das Reich der Lloyd unter die Arme greifen will, es wird wohl der Lloyd nichts anderes übrigbleiben. Dann wehen hier aber mehr Hakenkreuzfahnen. Na und, dachte Hans. – Und die internationalen Gäste bleiben weg, ergänzte Franz. Kapitän Ziegenbein hat sich mit seiner Liberalität bisher durchsetzen können. Aber wie lange die Lloyd ihn machen lässt, ist letzten Endes eine Frage des Geldes.

Die beiden wurden von einem Herrn abgelenkt, der neben ihnen an der Brüstung lehnte und laut sprach. Man musste hier natürlich laut sprechen, schon wegen des Fahrtwindes. Aber, so fand Hans, dieser Herr sprach besonders laut und er vergaß, was er selbst sagen wollte. – Acht meiner Romane, sagte der Herr schön laut, sind ins Amerikanische übersetzt, er schlug mit dem Strohhut auf das Schiffsgeländer, und ich kann das selbst gar nicht lesen!, lachte er. Aha, dachte Hans, muss ich den jetzt kennen? Er schaute kurz, der Herr nickte ihm zu und Hans beeilte sich, den Gruß zu erwidern. Kein Thomas Mann, da war er sich sicher.

Cherbourg – vor der Atlantiküberquerung

Hans hatte sich rechtzeitig einen guten Platz gesucht. Vom oberen Deck, zwischen den unter ihm hängenden Rettungsbooten hindurch, richtete er das Objektiv auf die Tankanlage. Diesmal verzichtete er auf das Stativ und stützte sich mit den Ellenbogen auf die Reling. Ein dicker Schlauch verband den Ölbunker im Hafen mit den Tanks im Inneren des Schiffs. Siebeneinhalb Tonnen fasste der Riese. Wahrscheinlich war es unnötig, hier noch mal aufzutanken. Aber sicher. Sicherer, denn nun stand die Atlantiküberquerung bevor. Viereinhalb Tage.

Jetzt richtete Hans die Kamera auf die Davits, die die riesigen Rettungsboote hielten. Sie waren so angebracht, dass man auf dem Deck darunter durchgehen konnte und sie die Sicht nicht behinderten. Eine Bootsübung stand auch noch bevor, sie sollte noch im Hafen stattfinden. Damit sie wussten, wohin sie im Fall der Fälle sollten und damit die Besatzung oder wahrscheinlich der Kapitän selber, keinen übersah. Ob man in den Rettungsbooten auch hinabgelassen wurde?

Neue Passagiere kamen über die Gangways hinzu. Diese wurden wie Klappbrücken herabgelassen und vor dem Auslaufen wieder hochgezogen. Auch hier wurde ein riesiges Netz mit Postsäcken an Bord gehievt. Hans fühlte sich bereits wie Zuhause auf dem Schiff, obwohl er erst wenig gesehen hatte. Doch dem anfänglichem Chaos an Eindrücken hatte er nun einen Plan entgegengesetzt: wann er welchen Teil des Dampfers filmen würde zwischen diesen ganzen Mahlzeiten erstes Frühstück, zweites Frühstück, Dinner. Das waren nur die Hauptmahlzeiten. Kurz hatte er erwogen, das Tagebuchschreiben wieder aufzunehmen wie in der Abiturzeit. Seitdem hatte er sich nie wieder darin versucht. Während des Studiums gingen alle seine Gedanken an Vera, lange Briefe hatte er damals geschrieben. Danach war nie mehr die Zeit dazu gewesen. Nein, das würde er auch hier nicht schaffen. Wenn ein Quäntchen Zeit blieb, musst er seine Nase in das Englischbuch stecken. Oder in die *Modern Plastics*. Von Zerbst nach New York. Das kribbelte immer noch in ihm, die Aufregung sollte sich nun langsam legen, damit er mit klaren Vorstellungen in die Verhandlungen mit den Amerikanern gehen kann. So, wie er versuchte, seine jugendliche Schwärmerei für dieses Schiff zu bändigen, mit Zahlen, mit den nackten Fakten. Vier Dampfturbinen, acht Gebläse, 227 Ölbrenner, 420 Elektromotoren undsoweiter. 21 000 Glühlampen. Und vier Propeller. – Wahnsinn.

Der Weg nach Zerbst war für ihn ganz selbstverständlich, die Chance als Entwicklungsingenieur alle Freiheiten zu bekommen an der eigenen Erfindung zu arbeiten. Für ihn wog das den Abschied von Berlin auf. Nicht für Vera. Zwei Jahre war er zwischen Berlin und Zerbst gependelt, zwei Jahre hin und her, das ging nicht mehr. Der Schnitt musste getan werden. Der Schritt in die schreckliche Provinz. Es war die Aussicht auf den Hausbau gewesen und darauf, endlich genügend Platz zu haben, um Grozi in den Haushalt zu nehmen. Die Aussicht auf einen Garten.

Es hatte ihm das Herz zerrissen, wie sie weinten, die ganze Fahrt von der Heimat 39 bis nach Zerbst in die Postpromenade. Vera und Inge waren in Tränen zerflossen. Vera allein hätte sicher Contenance gewahrt, aber als Inge sich gar nicht beruhigen wollte, brach auch sie in Tränen aus. Hans' leise Hoffnung, dass es mit diesem Abschiedsschmerz abgetan wäre, erfüllte sich nicht. Vera blieb unglücklich, sie vermisste die Treffen mit ihrer Cousine Karlchen, die Sonntagsbesuche bei Onkel Karl und Liesel, Einkaufen auf dem Ku'damm, einen Kaffee im Kranzler oder im KaDeWe. In Zippelzerbst gab es solche Orte nicht. Es blieben die Abende mit dem Direktor oder mit den Eiermanns. Doch die ersetzten ihr Berlin nicht. Sie beschwerte sich nicht, das ist nicht ihre Art, aber Hans spürte es. Aber nun gab es diese Aussicht auf New York. Von Zerbst nach New York. Das wird ihr schmecken. Ohne Zerbst kein New York! Das ist nun mal sein Weg. Die Signalpfeife riss ihn aus seinen Gedanken, sie rief zur Bootsübung. Da er sie einmal im Blickfeld hatte, wendete er schnell das Objektiv der übermannshohen Pfeife zu, die sich an einem der gewaltigen Schornsteine hochrankte und eine üppige Portion Dampf als weiße Blüte in den blauen Himmel schickte. Schade, dass man den Ton nicht mit aufzeichnen konnte.

Beim Dinner

Zum Dinner am Abend erschienen die Tischnachbarn. Er im Smoking, wie es der Dresscode vorschrieb, sie in einem Dazwischen von Abendkleid und Cocktailkleid, also es endete irgendwo zwischen Knöcheln und Wade. Seltsam, dachte Hans, die waren schon mal kürzer, Veras Hochzeitskleid ging nur bis an die Knie. Franz und er standen auf, als sich das Paar dem Tisch zuwandte. Sie verneigten sich vor der Dame im Dazwischenkleid, nickten dem Herrn zu, der seiner Frau den Chair zurechtschob. Dieser zwinkerte mehr als er nickte. Als die Dame saß, ließen sich auch die drei Herren auf ihren Stühlen mit Armlehnen nieder. Man stellte sich kurz vor. Die Gravensteins kamen aus Salzwedel. Ach, aus der Altmark, wie schön, rief Franz, da, wo der Baumkuchen herkommt. Ja, wo der Baumkuchen herkommt, da sind wir Zuhause. Was für ein Zufall, ausgerechnet heute hat die Speisekarte der „Bremen" Stendal zum Thema. Da wollen wir mal sehen, was sie uns Altmärkisches anbieten. Und wie es den Mitreisenden bekommt, wenn es jetzt so richtig auf den Atlantik geht, fügte die Gattin etwas süffisant hinzu.

Gestern haben Sie den thüringischen Sauerbraten mit Backobst verpasst, sagte Franz, und spielte damit auf die Abwesenheit des Paars am Vorabend an, vielleicht wegen Unwohlseins – doch das dachte er nur, Hans sah es ihm an. Ist das nicht eher ein schlesisches Rezept, fragte Gravenstein seine Frau. Das haben wir uns schon gestern Abend gefragt: Schlesisches Himmelreich. Wir haben es uns auf die Kabine bringen lassen, das machen wir am ersten Abend immer so, ein bisschen Luxus muss schon sein. Und um die Mitreisenden kennenzulernen bliebe ja schließlich noch genügend Zeit, meinte Frau Gravenstein und blickte mit gesenkten Lidern um sich, als säße sie im Zugabteil der Holzklasse. Wir nehmen öfter die „Bremen". Wie übrigens die Dietrich auch. Marlene Dietrich, Sie wissen?

Hans überlegte, wie die Konversation weitergehen würde, wenn er jetzt zu Franz sagen würde: Kennst du die? Doch Franz war Weltmann genug, um die Überlegung anzustellen, ob die Dietrich auch bei dieser Überfahrt dabei sein könnte. Selbst wenn, gab Frau Gravenstein zurück, man gönnt ihr doch gern ein wenig Diskretion. Wir lieben die „Bremen", das geflügelte sausende Haus. Aha, den Schiffsführer haben sie auch studiert. Sokrates, sagte mit bildungssatter Stimme Gravenstein. In der Übersetzung von Hölderlin, fügte seine Frau hinzu. Oh, Schule sei Dank, dachte Hans und ließ sich auch nicht lumpen: Ungeheuer ist viel. Doch nichts ungeheurer als der Mensch. – Madame neigte anerkennend den Kopf. Sie waren für würdig befunden, an diesem Tisch zu sitzen und die Gesellschaft der Gravensteins zu genießen. Und Franz hätte genügend Stoff, um hinterher die Konversation durch den Hohlspiegel seines Witzes zu ziehen. Wir sind sozusagen landschaftliche Nachbarn, sagte er nun, wir kommen aus Zerbst. Was tut man denn in Zerbst?, fragte Gravenstein als eben die Vorspeise, eine Altmärker Rinderbrühe, serviert wurde. Hans hatte den Löffel erhoben, um zu erzählen, was Spannendes man in Zerbst tun kann. Doch Gravenstein hatte Zerbst und seine Frage vergessen und löffelte im Takt mit seiner Frau die Suppe, ohne zu warten, bis Hans den

Löffel in den Teller gesenkt hatte. So behielt Hans für sich, wie man von Zerbst aus in die Neue Welt geschickt werden konnte. Und was tut man in Salzwedel, dachte er brummig und begann ebenfalls zu löffeln.

Eine große schlanke Dame im Marlene-Dietrich-Hosenanzug lief durch den Speisesalon, die Dietrich war es natürlich nicht. Sie sah sich suchend um. Ihre dunklen welligen Haare waren sehr nachlässig aufgesteckt, einige weiche Strähnen schienen sich gelöst zu haben oder sie waren absichtlich nicht mit aufgesteckt. Madame, Ihr Geld läuft weg, sagte sie zu Frau Gravenstein. Diese folgte dem Blick der Frau. Ach herrje. Die Handtasche war von der Lehne des Stuhls gerutscht und stand nun auf dem Boden. Sie klappte die Tasche auf, holte einen Taschenhalter hervor, legte ihn an die Tischkante und hing die Tasche an. Im Augenwinkel sah Hans, dass ein Stewart die Dame im Hosenanzug begleitete, um die offenbar Verirrte an ihren Tisch zu bringen. Kluge Erfindung, sagte bedeutungsvoll Herr Gravenstein, als hätte er den Taschenhalter selbst gemacht. Hm, dachte Hans, den könnte man auch aus Kunststoff herstellen, das würde er nachher in seine Liste eintragen.

Atlantiküberquerung, erster Abend

Wie viele Rettungsboote das waren und wie viele Passagiere in die einzelnen Boote passten. Über hundert. Sie mussten warten, bis ihre Namen aufgerufen wurden, sie setzten sich in das ihnen zugewiesene Boot und schließlich wurde es herabgelassen. Keine Gelegenheit für Fotos oder gar zum Filmen. Während der Übung ließen die meisten Passagiere das Warten, das Durchgehen der Liste und Besteigen der Boote gelassen, manche sogar gelangweilt über sich ergehen, eine lästige Pflichtübung. Die aber doch der Rettung dienen sollte, dachte Hans. Wohl kaum jemand dachte daran, dass es einen Ernstfall geben könnte. Zwar wurde im Schiffsführer nicht das Attribut „unsinkbar" verwendet, Hans hatte es auch nie ausgesprochen gehört. Aber jeder dachte sicher, dass die „Bremen" unsinkbar sei und auch die Rettungsboote – unsinkbar. Wirklich und keine „Titanic". Made in Germany.

Nach der Bootsübung startete der Liner zur Ausfahrt über den Atlantik, eine festliche Stimmung herrschte auf dem oberen Deck, die Musikkapelle spielte wieder, man prostete sich mit Sektschalen zu. Franz hatte sich vorausschauend in die Turnhalle verzogen mit den Worten: Heute Abend wird wieder geschlemmt! Hans hatte anderes vor, er klopfte auf die Tasche seiner Anzugsjacke. Darin steckte ein Zettel mit englischen Fachvokabeln plastic injection molds, seine heutige Portion. Zum besseren Einprägen wollte er die Stelle auf dem Schiff suchen, wo er die Motoren am deutlichsten spüren kann, jetzt, wo sie hochtouren für die Überfahrt. Wo aber spürt man die Motoren am stärksten? Auf den unteren Decks und hinten. Er kam gar nicht auf die unteren Decks, aber hier auf dem 3. oder 4. Deck, da brummte es schon ganz ordentlich. Er spürte das Vibrieren, es kribbelte unter seinen Sohlen und die Reling bibberte in seiner Hand. Hans sah in die breiten Heckwellen, die Gischt schlug zusammen. Möwen folgten dem Schiff. Eine fantastische Stimmung zum Lernen, Hans musste lachen, was hatte er sich da nur vorgenommen. Da zitterte ja sogar der Zettel in seiner Hand. Injection molds in examples. Mehr war heute nicht drin. Er steckte den Zettel ein und genoss die Vibration; bestimmt wackelten seine Hosenbeine.

Es sind mehr Plätze in den Rettungsbooten als Passagiere an Bord, sagte Franz, als der Hauptgang serviert wurde. Wildschweinbraten. Märkisches Wildschwein?, dachte Hans, doch es lag ihm fern, die Tischgenossen zu provozieren, er wollte das Essen in Frieden genießen. Herr Gravenstein zielte mit Messer und Gabel auf eine Scheibe des Bratens: Wir sind ja hier nicht auf der „Titanic", befand er. Auch Frau Gravenstein rollte ihren Kartoffelkloß durch die Soße, bevor sie ihn mit der Gabel zerteilte. Das Ehepaar machte alle Anstalten loszuessen, bevor die Zerbster mit den Vorbereitungen fertig waren. Guten Appetit, wünschte also Hans den ausgehungerten Altmärkern und breitete die Serviette auf seinem Schoß aus. Zum Wohle, erwiderte Gravenstein gut gelaunt und hob das Glas mit der Linken, während seine Rechte das Wildschwein mit der Gabel festhielt.

Dass die Musikkapelle bis zum Schluss gespielt hat, ist eine Legende, sagte er nun, als sei er dabei gewesen. Stand aber in den Zeitungen, entgegnete Franz. Ach, meinte Gravenstein mit fettigen Lippen, in Zerbst glaubt man wohl, was in den Zeitungen steht? Dann stand da auch sicher drin, dass der Kapitän betrunken war? Nein, solcher Unsinn steht nicht mal in Zerbst in den Zeitungen. Hans überlegte, wie er dem Gespräch eine ernsthafte Wendung geben konnte, ohne die Tischnachbarn zu verstimmen.

Wissen Sie, ich habe im Krieg im Telegrafenbataillon gedient. Und da wurde erzählt, dass die Funker der „Titanic" mit den privaten Funksprüchen der Passagiere beschäftigt waren, sodass die Nachricht vom Eisberg unterging. Was übrigens auf der „Bremen" unmöglich ist, da es hier eine hochprofessionelle drahtlose Telegrafie gibt mit sechs Antennen, auch ist die Schiffstelegrafie streng von den privaten Übermittlungen getrennt.

Gravenstein hieb die Gabel in den Kartoffelkloß und zerstückelte ihn weiter, als suche er etwas. Sein Schweigen nahm Hans als Respekt vor seinen Gedanken. Jetzt hatte der Mann gefunden, was er suchte, er spießte den gerösteten Weißbrotwürfel aus dem Inneren des Kloßes auf seine Gabel, betrachtete ihn und steckte ihn in den Mund. Man fragt sich, sagte er nun, was die Leute da zu telegrafieren hatten? Mir geht es gut, wie geht es dir? Sind in so-undsoviel Stunden da, ihr könnt die Gans schon mal in den Ofen schieben? Habe Halsschmerzen oder ich hab dich lieb. –

Das, Frau Gravenstein mischte sich jetzt ein, ist angesichts der Katastrophe noch die spannendste Nachricht. Aber möglicherweise kam sie später an als die Nachricht vom Untergang. Ihr Mann lehnte sich zurück: Fakt ist, sie hatten zu wenig Ferngläser. Gar keine, sagte Franz, sie hatten gar keine Ferngläser, der Offizier mit dem Schlüssel zum Schrank mit den Ferngläsern war kurzfristig verhindert. Sie hatten keine Ferngläser. Dieses Detail kannten die Gravensteins offensichtlich noch nicht. Trotzdem hatte der Alte eine Antwort: Braucht man ein Fernglas, um einen Eisberg von 300 000 Tonnen rechtzeitig zu sehen? Franz titschte mit einem Rest Kloß die Soße auf. Hans wischte sich den Mund mit der Serviette. Und jetzt einen Martini mit dem Eis vom Eisberg, rief Frau Gravenstein. Der Stewart eilte herbei. Sie winkte ab, lassen Sie, ich war Schauspielerin und kann es einfach nicht lassen. Der Steward verneigte sich ohne Regung.

Die „Titanic" fuhr mit sehr hoher Geschwindigkeit durch das Gebiet mit den Eisbergen, gab Franz noch in die Runde, er schien Spaß an diesem Untergangsdebakel zu haben. Jetzt kommen Sie aber nicht mit dem Blauen Band? Sie mussten schnell durch das Gebiet, sagte Gravenstein, wir fahren da übrigens auch durch, direkt über die „Titanic". Wenn Sie die Seekrankheit überstehen sollten, blinzelte der Altmärker listig. – Der Wein kommt aber nicht aus der Altmark, schlug Franz zurück und hob sein Glas. Kann ja noch werden, meinte Gravenstein milde. Es schien eine

Art Waffenstillstand. Doch in Hans arbeitete noch die unbeantwortete Frage, was man denn in Zerbst tun könne. – Sie reisen geschäftlich?, fragte er. Wir geschäftlich? Gravenstein lachte unbändig, seine Gattin lächelte ein Grübchen auf ihre Wange. Das habe ich nicht nötig, ich reise mit meiner Frau aus reinem Vergnügen, nicht wahr Schatz? Wir lieben den Luxus, junger Mann, wir können es uns leisten. Wie die reichen Amerikaner. Der junge Mann schmeichelte Hans, aber aus dem Mund dieses Gegenüber klang das verdächtig nach Hohn. Warte nur, du Wildschweinesser, dachte er. –

Ihre Frau konnte wohl nicht mitreisen?, fragte besorgt der „Schatz". Noch nicht, betonte Hans, aber beim nächsten Mal. Wieder kam er nicht weiter, denn das Dessert wurde gereicht: Halbgefrorenes nach Fürst Pückler Art. Hans hatte nun beschlossen, dass diese arroganten reichen Salzwedler gar nicht wissen müssen, welch spannende Mission ihn und Franz nach Amerika führte. Für mich bitte Schokoladenstreusel, wenn Sie haben, Schweizer Schokolade halbbitter und etwas Eierlikör, Herr, sagte die Frau. Der Steward nickte, selbstverständlich gnädige Frau. Hans hielt den Steward auf, für mich ebenfalls. Bitte, fügte er hinzu. Sehr gern, bekam er zur Antwort. Ach, das lieben Sie auch? Madame zwinkerte Hans zu. Haben Sie keine Angst vor der Seekrankheit? Nein, gnädige Frau.

In der Bibliothek

Hans hatte sich in einem der zu bequemen Sessel in der Gesellschaftshalle niedergelassen, die *Modern Plastics* lag vor ihm auf dem Tisch. Die sollte nun endlich dran sein. Er lehnte sich zurück, die Bilder vom Besuch der Kommandobrücke zogen in seinem Inneren vorbei, die mussten erst mal durch. Er durfte sogar Filmen. Kapitän Ziegenbein beim „Sonneschießen". Das Mittagsbesteck wurde trotz des modernen Navigationssystems der „Bremen" weiter durchgeführt. Ein wunderbares Motiv. Die Eleganz der Schiffsoffiziere, deren schöne Uniformen mit goldglänzenden Epauletten und Tressen ihnen die würdevolle Form verlieh, deren ehrfurchtgebietender Rahmen ihnen den freundlichen, fast lässigen Umgang mit den technisch interessierten Passagieren erlaubte. Der konzentrierte Blick des Steuermanns über die herrliche Konsole mit den verschiedenen Armaturen und Anzeige-Elementen von Anschütz & Co: den Kreiselkompass, Selbststeurer, Kursschreiber auf den Horizont, an dem – ja, nichts zu sehen war, nichts, nur das Meer.

Der Steuermann vertraute der Technik und seiner Mannschaft. Und nebenbei plauderte er mit dem atemlos filmenden Hans. Das Vertrauen galt vor allem der Maschinenzentrale mit ihren 30 Ingenieuren, dem Herz des Schiffes, da musste er unbedingt auch noch hin. Das Hirn aber ist diese Kommandobrücke. Diese Bilder hatte er nun im Kasten, hoffentlich sind sie geworden. Jetzt notierte Hans doch ein paar Stichpunkte auf den Rand der *Modern Plastics*, da er nichts anderes zur Hand hatte: Schottenschließvorrichtung, Unterwasserschallsignalapparat, Echolot – das Auge unter Wasser – und Peiler für die Stadtortbestimmung. Für sich zur Erinnerung. Als kleines Bonbon hatte er den Schiffsjungen beim Lampenputzen gefilmt. Seine roten Backen würden auf der Schwarz-Weiß-Aufnahme nicht zu sehen sein. Aber sein verschämt-stolzes Lächeln, wie alt mag er sein? So alt wie Inge? Vielleicht sollte er in diesem Film Untertitel einfügen? Das musste er sich noch mal genauer anschauen, wie das technisch geht, die Filmschnipsel mit der Schrift einfügen, war kein Problem, das war eine Sache des Schnitts. Aber wie kam die Schrift auf den Streifen? Sollte er das vorbereiten und abfilmen?

Seine Kinder und auch seine Kindeskinder sollten sich das anschauen und deren Kinder, er stutzte kurz, das wären dann seine Urenkel, ja, warum nicht. Sie sollen es sehen, es ist das Dokument einer großen Zeit. Das unerhörte Wunder des 20. Jahrhunderts. Entferntes Klavierspiel erklang. Ja, Vera, das nächste Mal sitzt du hier neben mir oder dort an dem Flügel im Salon. Nein, die technischen Errungenschaften sind keine Wunder. Wille, Verstand, Fleiß und Kombinationsgabe sind die Voraussetzungen, das wusste er nur zu gut. –

Huch, das war das Rührei vom Frühstück, das scrabble egg oder so. Hans musste aufstehen, fast hätte er die Zeitschrift vergessen, dort lag ein Lesezeichen drin, aber er wusste auch so, sein Artikel über seine Erfindung stand auf Seite 47. Er ging den Klavierklängen nach. Sie kamen wohl aus dem Salon oder Ballsaal. Dort hatte sich Franz gestern Nacht noch verlustiert. Franz nahm alles mit, was sich ihm bot. Heute hatte Hans ihn noch gar nicht gesehen. Auf dem Gang blieb er stehen, er warf einen Blick in das Spielzimmer hinein. Wie liebevoll es gestaltet war, eine Rutsche, ein Kasperletheater. Wie nett wäre dies für die Kleine. Bummi, den Spitznamen hatte sie nach einem Kinderbuch erhalten. War Maja nicht auch ein Kinderbuch? Hans sah sich nach einer Toilette um, irgendetwas musste an diesem Rührei nicht in Ordnung gewesen sein. –

Danach fühlte er sich besser. Warum nicht in die Bibliothek, da wollte er schon lange hin. Hans ließ sich in einen der Polstersessel fallen. So schöne Sessel, dachte er und gähnte. Wieso gähne ich in dieser großartigen Bibliothek?, dachte er verärgert. Ist doch so schön hier. Die fremden Schriftzeichen an den Wänden über den Bücherregalen schüchterten ihn etwas ein. Erinnerten ihn daran, dass er so vieles nicht wusste. Er fühlte sich gerade etwas erdrückt von der Masse an Wissen um ihn herum. Er schloss die Augen. Für einen Moment, für ein Momentchen, ein klitzekleines. Er war froh, dass er offensichtlich allein in der Bibliothek war. Zu hören war jedenfalls nichts. Fast nichts, bis auf das dumpfe Stampfen der Maschinen da ganz unten. Darauf achtete man eigentlich gar nicht mehr. Aber jetzt nahm er es wahr.

Er stand auf, ja, das war besser. Im Stehen sah er, ein paar Sitzgruppen weiter, einen Haarschopf über einer Sessellehne. Weiches, dunkles Haar, es kam ihm bekannt vor. Zwischen den Regalen leuchteten ihm Zitate entgegen: „Die Welt gehört den Tapferen." Columbus. Auch von Columbus: „Die Welt ist rund." Mark Twain, den kannte er von seinem bösartigen „Bummel durch Europa", wie hatte er sich da über die Deutschen lustig gemacht. Und Goethe natürlich, Deutschlands Exportschlager: „Die beste Bildung findet ein gescheiter Mensch auf Reisen." –

Ach, Herr Geheimrat, dachte Hans, ich weiß nicht so recht, mir geht es gerade andersherum. Mir zeigt die Reise eben, dass ich zu wenig weiß. Ich wüsste gar nicht, welches Buch ich als Erstes lesen sollte. Am besten ist es, die anderen gar nicht wissen zu lassen, dass man so wenig weiß. Vielleicht auch deshalb diese Sprüche, die man so nebenbei fallen lassen kann und dann denken die anderen, man kenne nicht nur den einen Satz, sondern hätte das ganze Buch gelesen. Die Frau, deren Haarschopf Hans bekannt vorkam, war aufgestanden. Es war die Dame, die im Speisesaal ihren Tisch gesucht hatte. Er nickte ihr zu, sie nickte zurück und schob ein Buch in eines der Regale. Haben Sie auch Probleme?, fragte sie plötzlich. Was für Probleme? Nein, keine. Na, einen „geflügelten sausenden" Magen? Nein, gar nicht, log er. Sie sollte ihn gar nicht erst daran erinnern.

Was meinten Sie, als Sie die Dame an unserem Tisch auf ihre am Boden stehende Handtasche aufmerksam machen?, fragte er sie, um vom Magen abzulenken. Sie lachte: Dass das Geld wegläuft, meinen Sie? Ja, das sagt man bei uns so. Wenn die Tasche der Dame auf dem Boden steht, dann läuft ihr das Geld davon. Ich weiß auch nicht warum. – Mein Name ist Roselin. Sie gab ihm die Hand. Aus Breslau. Ach, sagte Hans. Meine Großeltern kommen aus Strehlen in Schlesien. Hoffentlich fängt sie jetzt nicht vom schlesischen Himmelreich an, dachte er. Bitte nicht. – Backpflaumen sind ein unbarmherziges Gemüse, entgegnete sie. Unschuldig oder bösartig? Das konnte er gerade nicht so recht einordnen. Hans hielt eine Hand auf den geflügelten Magen. Virginia Woolf, rief Roselin hinter ihm her, als er davonstürzte. Nicht daran denken, beschwor Hans sich, als er zurückkehrte. Kurz hatte er erwogen, sich still zu entfernen auf die Kabine, es war ihm unangenehm, so unpässlich Konversation zu führen, doch einfach wegzugehen, das erschein ihm dann doch zu unhöflich. Entschuldigen Sie bitte. Hans bin ich, sagte er, als er zu Roselin zurückkam. Das sagten Sie bereits. Hans im Glück. Sind Sie der Hans im Glück? Haben Sie Ihren Goldklumpen verschenkt? Hans war dankbar, dass sie nicht auf seinen Zustand anspielte. Ist das nicht dumm, den Goldklumpen zu verschenken? Aber wieso heißt das Märchen Hans im Glück?, fragte sie. Er gab zu, darüber nie nachgedacht zu haben.

Sie zog ihn in eine der Sitzgruppen und holte aus ihrer Hosentasche eine seltsame Wurzel und ein Taschenmesser. Sie klappte es auf und schnitt kleine schmale Scheibchen von der Wurzel ab und reichte ihm eine auf dem Messer. Kauen Sie das, das hilft. Sie steckte sich selbst ein Stück in den Mund. Hans atmete tief durch die Nase, das Zeug war scharf. Welches Buch hatten Sie vorhin in der Hand? „Emil und die Detektive" von Kästner. Ein Kinderbuch? Hans kannte es selbstverständlich, eher vom Titel, Inge hatte es begeistert gelesen. Haben Sie das Spielzimmer hier gesehen?, fragte Roselin. Es ist mit Zeichnungen von Walter Trier ausgestaltet, von ihm sind die Illustrationen in Kästners Buch, auch das bekannte Titelbild ist von ihm. Hans nickte, klar, kenne ich. Roselin zeigte in die Richtung, wo das Regal mit dem Buch steht. Mich hat es gewundert, das Buch hier zu finden. Immerhin sind ja alle anderen Bücher von Erich Kästner verbrannt worden. Verbrannt?, fragte Hans. Die junge Frau – jetzt, als sie ihm aufmerksam in die Augen sah, merkte er, dass sie sehr jung sein musste – fragte: Haben Sie nie etwas vom 10. Mai 1933 gehört?

Hans fiel nur ein, dass im Mai vor zwei Jahren sein Automat in Serie gegangen war, endlich. Da war für nichts anderes Platz gewesen in seinem Hirn und seiner Seele. Er hielt weiter ihrem Blick stand. – Von der Bücherverbrennung haben Sie aber gehört. Nein, hatte er nicht, am liebsten wär er jetzt wieder auf die Toilette gestürzt, aber gerade blieb sein Magen ruhig. Moment, sagte jedoch Roselin nun, etwas blass, jetzt bin ich dran. Und verschwand. Trotz der Wunderwurzel, sie lag noch auf dem Tisch. Hans nahm sie in die Hand und neigte seine Nase an die gelbliche Schnittstelle, es roch frisch, nach Zitrone vielleicht, es roch nach Roselin. Die offensichtlich auch mit einem sausenden Magen zu kämpfen hatte. Er hoffte inständig, dass diese Schwäche überstanden ist. Und sich sein Magen von nun an benahm.

Es schien wie ein Fluch der Salzwedlerin, die am gestrigen Abend gar nicht aufhören konnte, von der Seekrankheit zu sprechen. Die beiden freuten sich anscheinend schon gestern auf den gelichteten Speisesaal am Abend und sahen dies wohl als persönlichen Sieg. – Das ist doch Ihre Zeitschrift, sagte die zurückgekehrte Roselin und legte die *Modern Plastics* auf den Tisch. Ja, die hatte er vorhin vor lauter Stress vergessen. Roselin schlug vor, auf das Deck zu gehen. Auf den Horizont schauen, das hilft uns.

Sie schauten, auf dem Deck angekommen, auf die schäumende Heckwelle. Der Wind sauste ihnen um die Ohren. Sie reisen öfter?, fragte Hans. Ach was, antwortete sie, am liebsten wäre ich in Großmutters Uhrkasten geblieben. Hans fragte nicht, was das zu bedeuten hätte, sie machte auch keine Anstalten, sich näher zu erklären. Sie beherrschen Englisch?, fragte sie mit Blick auf die zusammengerollte Zeitschrift in seiner Hand. Er überlegte, ob er zugeben sollte, wie grauenhaft sein Englisch sei und dass es ihm genauso gehe wie dem Mann, der in Southampton gerade an dieser Stelle auf dem Deck erzählt hatte, dass er seine acht ins Amerikanische übersetzte Romane nicht lesen konnte, das fand er ja so überheblich, aber ihm ging es genauso, er konnte den Artikel über sich selbst gar nicht lesen. Nein, antwortete er, leider nicht. Sie?

Ich? Ich liebe Fremdsprachen.

Start der Ju 46

Zwischen den beiden Schornsteinen der „Bremen" befand sich die Katapultanlage für das Postflugzeug. Das würde in dieser Stunde starten, über eine imposante Schienenanlage per Pressluft in den Himmel geschleudert werden und mit über einhundert Stundenkilometern New York anfliegen. Wind und Wetter waren günstig, dem Flug stand nichts mehr im Wege. Viele Passagiere wollten sich wie Hans und Franz diese Sensation nicht entgehen lassen.

Du musst das filmen, hatte Franz befohlen. Hans hielt die Kamera in der Hand, doch er war hin- und hergerissen. Wenn er filmte, musste er sich auf die Filmtechnik konzentrieren, den Bildausschnitt, das Objektiv einstellen, es war schwierig vom Schiffsdeck in den hellen Himmel zu wechseln. Und dann konnte er gar nicht so gut beobachten, alle Eindrücke wahrnehmen und in seiner Erinnerung bewahren. Filmte er, hatte er nur diesen unperfekten Ausschnitt des Ereignisses, den er sich allerdings so oft anschauen konnte, wie er wollte, und – vor allem – anderen zeigen. Er schwankte zwischen der reproduzierbaren unperfekten Dokumentation und dem Originalerlebnis, natürlich würde er mehr wahrnehmen, wenn er sich nicht aufs Filmen konzentrieren müsste.

Die Postsäcke lagen bereit. 200 Kilogramm konnte das kleine Flugzeug aufnehmen. Im von Deutschen und Amerikanern gemeinsam betriebenen Postamt auf der „Bremen" sortiert und abgestempelt. Ein Sonderstempel in Rot verkündete: „Deutscher Schleuderflug Dampfer Bremen – New York." Der Absender hatte 15 Pfennig mehr dafür bezahlt, dass seine Post per Vorausflug zwei Tage schneller in New York sein würde als er. Und wenn das Wetter nicht mitspielt?, hatte Hans seinen Kollegen gefragt. Dann haben Absender und Adressat Pech gehabt. Dann gibt es den Stempel: „Schleuderflug ausgefallen". Ebenfalls in Rot. Auf der Rückreise würde Hans auf jeden Fall eine Karte mit dem Postflugzeug senden.

Die Katapultanlage stand schräg zwischen den Schornsteinen, das Flugzeug würde zur Seite davonsausen. Zwei Mann standen bereit, der Pilot und der Funker. Sie befanden sich etwa auf dem Breitengrad und nicht weit entfernt von der Stelle, wo vor 23 Jahren die „Titanic" gesunken ist. Vor 23 Jahren, überlegte Hans, da war er in der Obersekunda. Und verliebt. Seine unerhörten Anrufe an die Schönen und den darauffolgenden Schmerz hatte er in Morseschrift verstrichpunktet, die keine Angebetete und auch sonst kein ungebetenes Auge entziffern konnte. Nach seiner zu dieser Reise geschehenen wundersamen Verjüngung durch die Lloyd wäre er 1912 allerdings erst acht oder neun Jahre alt gewesen. Nein, diese Überlegung schickte er zurück in seinen Kopf. Da lebte die Mutter noch und die Welt drehte sich ganz anders. Hans warf alle Zahlenspiele über Bord, zumal sich zum Finale noch der Gedanke aufdrängte, wie alt die seltsame Roselin damals gewesen sein mochte. Wenn sie da überhaupt schon auf der Welt gewesen war.

Der erste Offizier verabschiedete Piloten und Funker, beide stiegen jeder von seiner Seite ins Cockpit, sie winkten kurz den Passagieren, die dichtgedrängt auf dem Deck standen und dann doch noch etwas länger für die Fotografierenden, doch dann waren sie nicht mehr zu sehen. Zwischen den sich vor Aufregung hin und her wendenden Köpfen war es sowieso nicht einfach, irgendetwas zu sehen. Hans hätte die Kamera hoch über den Kopf halten müssen, ohne zu wissen, ob die Aufnahme gelänge. Und da waren noch nicht einmal die ganzen Hüte der Damenwelt als optischer Störfaktor dabei, denn die hatte sich dieses Spektakels diskret enthalten. Hans wird sich auf seine Erinnerung verlassen.

Zwar hatte er auf dem Flugplatz in Dessau, nahe Zerbst schon Junkers-Flugzeuge starten sehen. Aber diese Katapultvorrichtung war schon eine Sensation. Der Motor der Ju 46 lief an, vor dem Start musste er auf vollen Touren sein, um dann auf diesen nur 27 Metern so stark zu beschleunigen, dass sie mit über hundert Stundenkilometern abheben konnte. Die Techniker lösten die Halterungsseile und -gurte vom Flugzeug. Nun regte sich sogar etwas Neid in Hans, eine Art Abschiedsschmerz, das Flugzeug würde die Fahrt über den Atlantik um fast zwei Tage verkürzen. Und sie blieben hier, obwohl auch unterwegs, aber nicht so schnell. Diese zwei Tage, die er länger brauchte, schienen ihn in die Steinzeit zu versetzen. Vogel gegen Schnecke, dachte er. Und ich bin auf dem Schnelldampfer. Schnell, schnell, schneller. Der Propeller auf der Nase des Flugzeugs glich einer gleißenden Scheibe. Bei dem momentanen Lichteinfall sogar einem Schwarzen Loch, das gleich alles auffressen würde, Zeit und Kilometer. In nur einer Sekunde durchsauste das Flugzeug die 27 Meter des Startschlittens. Der Rückstoß der Pressluft ließ das ganze große Schiff erbeben.

Die Zurückbleibenden wurden mit Wucht auf ihren Platz auf dem Deck verwiesen. Sie standen da und atmeten eine Art Sehnsucht, die ihnen vorauseilte.

Auf der Schleuderpost gibt es kein Hakenkreuz, weder auf der Briefmarke noch auf dem Stempel, das haben die Amerikaner zur Bedingung gemacht. Hörte Hans hinter sich, es war eine Frauenstimme, aber als er sich umsah, konnte er nicht mehr ausmachen, wer das gesagt hatte.

Er sah dem Punkt am Horizont hinterher. Das Flugzeug war knallrot und deshalb im hellen Himmel deutlich zu sehen.

Ankunft New York

Ein Sturmtag lag hinter der „Bremen". Zu seinem Erstaunen war Hans inzwischen seefest. Auch wenn er das Verschließen der Bullaugen mit Metalldeckeln sorgenvoll registriert hatte. Nach der Erfahrung des ersten Atlantiktages hatte er sich ins Innere verzogen, dorthin, wo die Bewegung des Schiffes am wenigsten zu spüren sein sollte. Er spielte Schach mit Franz, so hofften sie, dem Sturm möglichst wenig Angriffsfläche zu bieten. Der Sturm scherte sich nicht drum, hob das Schiff und senkte es seitwärts und schob immer wieder die Figuren über die Felder dorthin, wo sie nicht hingehörten. Sie rückten sie geduldig zurück, Hans nicht ohne den Gedanken, dass die Figuren nicht nur aus Kunststoff hergestellt werden könnten, sondern auch mit einer Vorrichtung zum Einrasten. Am Tag zuvor hatte er sich mit Roselin am Heck getroffen, um keinen Preis der Welt möchte er nun dort stehen, wasserumtost.

Machen Sie sich keine Gedanken – Roselin hatte so weit ausgeholt, dass Hans zwischendrin den Faden verlor – Janáček notierte allein einhundert, ach was, über hundert Versionen des Wortes „Yes". Streng genommen Intonationen, er notierte den Klang in Noten, sinnierte Roselin. Wie kräftig die Propeller sind, dachte Hans angesichts der schäumenden Spur, die die Heckwelle nach sich zog. Ständig neue Spiralen und Strudel schossen unter dem Schiff hervor und lösten sich nach und nach in der Ferne auf. Und die Motoren, die die Propeller antreiben. Hans wusste nicht, wer der Mann war, der hundert Versionen eines kleinen Wortes, mag es noch so wichtig sein, wahrnahm und auch noch notierte. Wozu? Roselin war selbst musikalisch, er hatte sie Klavier spielen gesehen und gehört. Angezogen von den bekannten Klängen war er stehen geblieben. Vera, natürlich, hatte dieses Stück auch gespielt. Es hatte ihn früher beglückt, sie spielen zu hören. Er beherrschte selbst kein Instrument, hielt sich für unmusikalisch. Gerade das war möglicherweise der Grund, dass Musik ihn weich machte, angreifbar, ihn irgendwie auflöste. In den letzten Jahren vermied er es, Musik zu hören, eben aus dem Grund, weil sie ihn aus der Fassung brachte. Er hat lieber die Kontrolle über sich. Anderen ging es nicht so, wenn sie Musik hörten, sie stiefelten ungerührt weiter durch den Salon, in dem Roselin spielte. Er war froh, dass Franz nicht dabei war und Zeuge seiner Sentimentalität, er hätte gewiss die falschen Schlüsse gezogen. Wie kann einen etwas, das man nicht versteht, derart aufrühren? Es war, als stünde er nicht mitten im Bauch des schwimmenden Hotels, sondern direkt auf den Wellen des Meers, über sich den Himmel.

Roselin hatte ihm später, als sie sich beim Minigolf auf dem Sonnendeck trafen, angeboten, den Artikel in der *Modern Plastics* zu übersetzen.

Sie hielt nun die Zeitschrift in der Hand, den Unterarm aufgestützt auf dem Geländer. Er hatte sich den Kopf zerbrochen, womit er sich bedanken könnte. Etwas Originelleres als eine Einladung in die Cocktailbar war ihm noch nicht eingefallen. Er hat keine Ahnung von Cocktails, er mochte sie nicht einmal. Nun wollte sie ihn also wegen seines schlechten Englischs trösten mit dem Typen, der hundert verschiedene Jas hörte und in Noten verwandeln konnte. Eigentlich erreichte sie damit nur das Gegenteil. Er fürchtete sich immer mehr vor der Sprache, in der die Verhandlungen über die Zukunft seiner Erfindung geführt werden sollten – über seine Zukunft und die seiner Familie. In der Zeitschrift in ihrer Hand lagen lose Blätter, vermutlich mit ihrer Übersetzung. –

Also Janáček notierte auch Vogelstimmen und Alltagsgeräusche. Er hätte auch die Geräusche dieses „sausenden geflügelten Hauses" festgehalten. Tja, wer das hören will, weiß ich auch nicht, sagte sie, als hätte sie seine Gedanken erraten. Dann, dachte er weiter, hätte er auch die Geräusche meiner Maschine in Musik verwandeln können. Klavier konnte er sich dazu nicht vorstellen, schon gar nicht Geigen, eher Bläser, Posaunen, eine Militärkapelle? Blödsinn, das Meer verwirrte seine Sinne endgültig.

Sie zeigte mit der Zeitschrift nun hinunter auf die schäumende breite Spur der Heckwelle. Hoffentlich hält sie die *Modern Plastics* gut fest. Bis da hinunter, wie viele Meter mögen das sein? Sich fallen lassen. Ist es nicht toll, sich fallen lassen, wie fliegen – oder? Nein, antwortete er und dachte, nicht meinen Artikel. Nein, fallen lassen ist zu einfach, man folgt doch lediglich der Schwerkraft. Ist doch viel spannender und lohnenswerter ihr entgegenzuarbeiten, also hinauf! Da in den Mast hinauf, die Erdanziehung überwinden und mit einer unglaublichen Aussicht belohnt werden. Für mich wäre das Fallenlassen ein Zurück. Roselin schien nicht überzeugt: Aber kennen Sie nicht den Wunsch, von einer solchen Höhe sich fallen zu lassen? Nein, das kannte er nicht, es hatte so was Irrationales, das war nicht sein Gebiet. Vielleicht, sagte sie, ist es die Angst vor dem Vorwärts, weiter, höher. Und die Sehnsucht nach Großmutters Uhrkasten.

Hans hatte schon überlegt, sie zu fragen, ob sie ihm bei den Gesprächen, bei den Verhandlungen mit den Amerikanern als Übersetzerin helfen könne. Aber Roselin schien ihm nicht klar genug, auch hatte er manchmal das Gefühl, sie nähme ihn nicht ernst. Es hing ja einiges von den Gesprächen ab. Gerade jetzt, wo sich die Angelegenheit sogar beschleunigt. Franz hatte am Morgen ein Telegramm von den Amerikanern bekommen, ein Vertreter aus Mexiko wird an den Gesprächen teilnehmen und ob sie einverstanden wären … Nein, er hatte kein Vertrauen in diese unbekannte Frau und wer weiß – obwohl – in der Passagierliste hatte er gesehen, dass sie in New York wohnte. War Mexiko schon Südamerika? Oh, oh, Geografie war nicht so sein Fall gewesen. Roselin drehte sich um zum Schiff. Wissen Sie, woran mich diese Katapultvorrichtung erinnert, jetzt ohne Flugzeug?

Hans sah in Richtung der Schornsteine, zwischen denen sich diese Anlage befand. An FP1, haben Sie doch sicher gesehen? Natürlich hatte er den Film gesehen: „FP1 antwortet nicht". War er nicht sogar im Bordkino gelaufen? Eine geniale Erfindung von dem Droste, so hieß der doch im Film, sagte Hans. Gar nicht so weit von der Realität entfernt, dachte er, solche Plattformen im Atlantik werden inzwischen gebaut für Überseeflüge, zum Tanken und Reparieren. Eine völkerverbindende Idee. Zwischen den Ländern, den Kontinenten eine gemeinsame Station. Technik überwindet die nationalen Grenzen. Und verbindet sie nicht auch die unterschiedlichen nationalen Interessen, die zum Krieg führten? Früher. Technik verbindet die Menschen, wie schon die Telegrafie oder das Eisenbahnnetz. Das sagte er nun doch: Technik verbindet die Menschen. –

Ich glaube, entgegnete Roselin, es wird Zeit, die Technik, den Fortschritt nicht mehr zu besingen, sondern zu zähmen. Jetzt weiß ich es wieder, das ist nicht von mir, das hat Majakowski schon vor ein paar Jahren geschrieben, übrigens, als er New York besuchte. Und der war ein großer Besinger der Technik, der Elektrizität, der Motoren. Sie drückte ihm endlich die Zeitschrift in die Hand. Produziert Ihre Maschine auch was Nettes, was ich gebrauchen könnte? Hans war erleichtert. Da würde sich doch irgendein Döschen oder Kämmchen finden. Das müsste Eiermann nur aus seinem Musterkoffer rausrücken. Dann wäre das mit dem Dank erledigt. Und er müsste keinen Cocktail mit ihr trinken.

Ich such was Schönes raus, sagte er und klemmte die Zeitschrift unter den Arm. Haben Sie vielen Dank, Roselin. Gern, sagte sie, ich bin für die Überwindung der sprachlichen Grenzen zuständig. Ob er wisse, dass der Film „FP1 antwortet nicht" in drei Fassungen gedreht wurde, drei Filme in drei Sprachen in drei Besetzungen. Sie sehen, der Film ist auch ein Beitrag zur Völkerverständigung. Da könnten wir uns treffen, dachte Hans. Technik und Sprache.

Dieses Gespräch ging ihm beim stürmischen Schachspielen mit Franz noch weiter durch den Kopf. Die Technik zähmen? Bedenken wir Ingenieure das beim Entwickeln nicht gleich mit? Andererseits, warum das zähmen, was uns das Leben praktisch erleichtert?

Der Sturm hatte sich am Abend gelegt, pünktlich zum Abschlussabend, dem letzten auf der „Bremen". Zu dem formelle Kleidung gefordert war, mindestens ein Smoking, den hatte Hans, auf seine Kleidung achtete Vera. Sie brachte aus Karls großbürgerlichem Wannseevilla-Haushalt die entsprechenden Kenntnisse mit. Das Dinner fand mit Kapitän Ziegenbein statt. Der trägt seine schöne Gesellschaftsuniform mit goldenen Streifen und Tressen, damit darf er auch fotografiert werden. Endlich hatte Hans auch den Maschinenraum der „Bremen" gesehen, dort durfte er leider nicht filmen. Eine Kathedrale der Technik, gesunde Maschinengeräusche, der Duft des Maschinenöls, den liebte er. Außerdem ein sehr deutscher Duft. Das dachte Hans, als er mit Franz – der den sauberen Duft des Geldes bevorzugte – entsprechend gekleidet den Speisesaal betrat.

Wollen wir nicht deine Übersetzerin zu uns an den Tisch bitten?, meinte er. Hans blieb unschlüssig, er konnte sich Roselin einfach nicht in der Gesellschaft der Gravensteins aus Salzwedel vorstellen. Auch schien es an diesem hochformellen Abend ihm doch etwas seltsam, wenn sie beide als verheiratete Männer mit einer allein reisenden Dame am Tisch der Salongesellschaft Stoff für Klatsch lieferten. War er jetzt spießig? Die Gravensteins konnten ihm auf jeden Fall den Buckel runterrutschen. Franz war an Roselins Tisch getreten, aber er kam allein zurück. Frau Roselin dankt, aber sie geht gleich auf die Kabine, sagt sie. Hans nickte ihr zu, weil sie sich zu ihm umdrehte. Was hast du mit ihr gemacht?, fragte Franz. Na nichts, antwortete Hans, ich hab ihr eine ISOMA-Dose gegeben als Gegenleistung für die Übersetzung, mehr wollte sie nicht.

Achtung, sie kommen! Die Gravensteins in vollem Wichs. Doch, sie lieben den Budenzauber an Bord, das haben die beiden inzwischen mitbekommen. Sie nehmen fast alles mit, was geboten wurde. Hans und Franz hatten gelernt, wie lange und ausführlich man über jede einzelne Zutat der Speisen, es waren zum Dinner immerhin jedes Mal fünf Gänge, diskutieren und sie analysieren kann. Einschließlich der Soßen, die zugegebenermaßen wirklich köstlich waren. Aber selbst wenn die Ingredienzien nicht ihre vollste Zustimmung fanden, wurde alles, was sich hier bot, von den Gravensteins komplett verputzt, das haben sie schließlich bezahlt. Was sie eigentlich in New York vorhatten, war noch nicht klargeworden. Offensichtlich war die Atlantikpassage das eigentliche Event, dieses Wort ließ Frau Gravenstein gern bei dieser oder jener Gelegenheit einfließen.

Ihre Bekannte verschmäht unsere Gesellschaft?, merkte sie nun mit scheinheilig bedauerndem Blick an. Ihr entging nichts. Nein, es ist ihr nach diesem Sturmtag nicht wohl, entschuldigte Franz Roselin in aller, aber, wie Hans fand, der neugieren Kuh gegenüber doch allzu beflissener Form. Auswanderin, meinte Frau Gravenstein, wahrscheinlich Jüdin. Auf der Passagierliste können Sie sehen, dass sie bereits in New York wohnhaft ist, sagte nun Franz. Hans wunderte sich etwas über Franz Interesse an Roselin. Die Gravenstein wackelte mit dem Kopf, um ihn mit dem Blick auf ihren Mann einzurasten: Das kennen wir doch, die arbeiten mit allen Tricks. Sie nippte an ihrer Sektschale und wechselte abrupt das Thema: Werden Sie die Nacht an Deck verbringen? Warum, fragte Hans, sollten wir das tun? – Nun, morgen erreichen wir das Ambrose Light, dann sehen Sie die Skyline von Big Apple und Liberty Island mit der Freiheitsstatue. Ihre englischen Angebereien schienen mit der Nähe des Ziels zuzunehmen. Es ist doch schließlich Ihre Jungfernfahrt in die Neue Welt. Alle, die zum ersten Mal hierherkommen, wachen die Nacht an Deck. Hans legte das Messer auf den Tellerrand. Ganz bestimmt nicht, antwortete er ernst. Wir fahren nicht zum Vergnügen nach New York. Sondern geschäftlich, da muss ich ausgeruht sein. Er hob sein Glas. Er hoffte, es ihr endlich gegeben zu haben. Gravenstein wischte sich mit der Serviette den fettigen Mund: Sie Armer. Hans blieb keine Zeit etwas zu entgegnen, Kapitän Ziegenbein erhob sich zu einer kurzen Ansprache und die Gesellschaft im Saal bedankte sich mit einem langen Applaus, nach und nach standen alle auf und erhoben ihr Glas auf den Kapitän. Das wird eine seiner letzten Fahrten sein, sagte Franz, ich bin froh, dass wir mit ihm fahren konnten. Du hast ihn gefilmt?, fragte er Hans. Das hab ich. Das hab ich.

Nach ein paar Stunden Schlaf stand Hans mittendrin in seiner Kabine, es ging nicht weiter, das Schlafen. Es hatte ihn nicht im Bett gehalten. Irgendetwas war anders. Nur noch Stunden bis zur Ankunft in der Neuen Welt. Die Entscheidungen, die ihm bevorstanden, wühlten in ihm. Er näherte sich einem wichtigen Punkt seiner Karriere. Dem Gipfel? Höchste Zeit – mit knapp über 40, fand er. Wenn es jetzt nicht deutlich vorangeht, dann wird es nie. Er stand da in seiner Kabine im Schlafanzug und wusste nicht, wohin mit sich. Er versuchte sich abzulenken, dachte an die gewaltigen Maschinen, die das Schiff pulsierend vorantrieben, an die Maschinisten, die alles im Blick hatten und jede Ungenauigkeit überprüften, er dachte an die Offiziere auf der Kommandobrücke, an das gesamte Ineinandergreifen der Gewerke oben und unten, selbst an den Schiffsjungen, den er beim Putzen der Signalleuchten gefilmt hatte. Sie alle sorgten dafür, dass er und Franz diesen entscheidenden Verhandlungen entgegenfuhren, dass die Passagiere in bequemer Behaglichkeit ihr Ziel erreichten.

Er zog sich an und als er das hellerleuchtete Treppenhaus betrat, merkte er, was anders war: das Nebelhorn! Dieser hohle seltsam traurige Ton, der sich in die Nacht hinaus schwang, auf der Suche nach einer Seele, die ihm dort auf dem Meer Antwort geben möge. Es kam ihm jetzt so vor, als er die hellerleuchtete menschenleere Treppe hinaufstieg, er sei ganz allein auf dem Schiff und die anderen wären alle schon umgestiegen in die Rettungsboote und weggefahren und ihn hatten sie vergessen. Auf dem Deck angekommen, verschwand der Albtraum, hier waren sie alle. Im Nebel schwammen sie in Decken gewickelt wie schemenhafte Säulen, zwischen denen er hindurch wandelte.

Hans!, wurde er gerufen. Es war Franz. Neben ihm fror Roselin. Mal sehen, ob die „Bremen" die Einfahrt in den Hudson findet, der Spott war ihr auch im Nebel nicht vergangen. Ich weiß, Sie vertrauen der deutschen Ingenieurskunst. Ich schätze sie übrigens auch, ich kann hier vom Schiff telegrafieren, dass ich bald ankomme. Sie sind New Yorkerin?, fragte Hans. Ja, gleich, antwortete sie. Onewayticket. Die Deutschen machen mir Angst. Auch ihre Anbetung des technischen Fortschritts. Haben Sie mal darüber nachgedacht, wie viel Unsinn die Telegrafisten übermitteln müssen? Und wie ernst der von den Lesern genommen wird? In der Bordzeitung konnten Sie es jeden Tag lesen. Dazu diese geniale Erfindung der Telegrafie? Um irgendwelchen Klatsch von einem Ende der Welt zum anderen durchzugeben? Oh, ich rede mich gerade in Rage, entschuldigte sich Roselin, um gleich fortzufahren: Vielleicht sind schon Kriege dadurch entstanden, weil wichtige Feinheiten nicht richtig durchgegeben wurden. Denken Sie an die Emser Depesche. Dagegen ist doch so ein Nebelhorn ein klares Signal: Hier bin ich und wo bist du?

An Land

Er glaubte sich immer noch auf dem Schiff. Der Boden schien unter seinen Füßen nachzugeben, jeder Schritt wie auf einer Wattewolke. Dazu heulte der Wind vor den Fenstern und die Gardinen bewegten sich unheimlich oder bildete er sich das nur ein? Diese Wahrnehmungen beunruhigten Hans, denn er war schon seit Stunden an Land und nun bereits seit einer Weile im Hotel. Allerdings trennten ihm vom Erdboden 27 Stockwerke. Als wär er noch auf der „Bremen". Dabei war das Hotel, in das Mr. Green ihn und Franz gebracht hatte, kein Wolkenkratzer, eher ein Zwerg in der Schlucht dazwischen und im Schatten der Giganten.

Nein, er mochte sich nicht vorstellen im hundertsten Stock des Empire State Building etwa zu stehen. Er hatte schon in dem Hotel das Gefühl mit dem Gebäude hin- und herzuschwanken wie ein Halm im Winde. Wahrscheinlich war das nicht einmal ein Sturm, aber das Heulen in den Fensterritzen und der da hindurch dringende Luftzug machten ihn nervös. Welche Naturgewalt vergnügte sich da in den Häuserschluchten. Und ihre Perlenkette von Autoscheinwerfern verschob sich in mehreren Reihen gegeneinander am Hals der erregten Dame Naturgewalt. Hans riss sich von dem Anblick los. Er fantasierte. Dabei hatte er sich ganz fest vorgenommen, nicht in kopfloses Erstaunen zu fallen. Die Silhouette von Manhattan, die bei der Einfahrt aus dem Nebel stieg, hatte ihn nicht umgeworfen, er war doch kein Naivling aus Salzwedel.

Kein Erstaunen, aber etwas kopflos kam er sich doch vor. Der Blick aus den Fenstern machte ihn kopflos. Da leuchtet die Neonreklame im Farbenwechsel, rannte eine Häuserwand hinunter und wieder hinauf, es drehten sich irgendwelche Räder und Flügel zum Lobpreis von Autos und Flugzeugen, da purzelten endlos Erdnüsse aus einer Riesenpackung in Richtung Straße und bevor sie sie erreichten, wieder hinauf und hinein in die Packung – oder war das eine optische Täuschung. Sein ganzer Kopf war voller schrillbunter bewegter Lampen, er glaubte, nie wieder einen nüchternen Gedanken fassen zu können. Dazu dieses unwirkliche Geheul vorm Fenster. Als hinge da kopfüber eine amorphe Norne aus Lichtern bestehend und rief um Gnade oder hatte sich vorgenommen, ihn herauszuholen und hinunterzuziehen in the centre of …

Hans suchte in seinen Papieren nach einer seiner Zeichnungen, die er Mr. Green zeigen wollte, wenn sie dazu kämen. Er strich mit den Händen das gerollte Papier flach. Die geraden, mit Lineal oder Dreieck gezeichneten Linien, die sorgfältig mit dem Zirkel gezogenen Kreise bewegten sich nicht, blieben schön am von ihm bestimmten Platz. Dieser Anblick zeigte Wirkung, erdete ihn und hielt die bunten Kreise und Erdnüsse hinter ihm in Schach.

Nein, die Skyline der Stadt hatte ihn nicht aus der Ruhe gebracht. Da war er ja noch auf dem Dampfer mit aufgebauter Kamera natürlich, das musste sein.

Das Nahen des Landes kündigten die Möwen an, da war noch nichts zu sehen gewesen. Und in dieser Gänze, dieses Postkartenmotiv konnte man nur vor der Einfahrt in den Hudson sehen. Das Versprechen nach den Tagen auf dem Meer zwar eingelöst, jedoch aufgelöst im Nebel. Das Meer war so eintönig gar nicht gewesen, wie mancher ihm prophezeit hatte. Es gab die aufgewühlten Zeiten, die die Passagiere vom Deck ins Innere des Schiffes nötigte, wo genügend zur Ablenkung bereitgehalten wurde. Und es gab die stillen Tage mit Sonne, an denen man ohne Angst, von der Gischt nassgepeitscht zu werden, Shuffleboard spielen konnte, auf einer der Liegen die Fahrt mit der Lektüre eines schönen Buches genießen, mit Sonnenbrille. Oder man stand einfach an der Reling und schaute auf das in der Sonne gleißende Wasser, aus dem am Abend plötzlich Scharen von glitzernden Fischen aus dem Wasser sprangen, ganze Schwärme, und man sich hinterher fragte, war das jetzt wirklich oder habe ich mir das eingebildet? Ein in seiner Flüchtigkeit beglückendes Lichtspiel. Selbst Franz, der ihm bestätigte, dass dies keine Einbildung gewesen war, zeigte sich regelrecht bewegt, obschon er dies bereits auf seiner vorigen Reise beobachtet hatte.

Wie schofelig ihre Tischnachbarn waren, zeigte sich am letzten Abend, nach der kurzen Ansprache von Kapitän Ziegenbein. Vor aller Augen steckte Ms. Gravenstein den zum Dessert gedachten Löffel, der wie alle Besteckteile die Gravur „MS Bremen" trug, in ihre Tasche. Wahrscheinlich lagen daheim in Salzwedel bereits Messer und Gabel von der „Bremen". Nicht einmal vor ihren Tischnachbarn schien sie sich zu genieren. Im Gegenteil. Hans hoffte inständig, ihnen nie mehr begegnen zu müssen, weder auf der Rückfahrt, schon gar nicht in den Straßenschluchten von Manhattan. Da waren sie wieder. Nein, diese Bilder mussten aus seinem Kopf, das hin- und her schwankende Haus, die endlos rieselnden Erdnüsse. Lebten dahinter Menschen oder waren das alles nur Büros? Wozu in aller Welt brauchte man so viele Büros?

Auf dem Tisch lag eine Ansichtskarte der „Bremen", sie kam zum Vorschein, als er das Papier mit seiner Konstruktionszeichnung wieder zusammenrollte. Von Roselin mit ihrer New Yorker Telefonnummer auf der Rückseite. Kurz entschlossen hatte er sie vor dem Einlaufen des Dampfers doch gefragt, nach Rücksprache mit Franz, ob sie, sofern sie Zeit und Lust hätte, sie bei ihren geschäftlichen Terminen als Übersetzerin begleiten und helfen könne. Amerika ist Ihre Chance, hatte sie geantwortet, soweit ich Ihre Erfindung in der *Modern Plastics* einschätzen kann. Amerika wird Sie lieben. Sie werden sich entscheiden müssen. Diesen Satz fand er salomonisch und rätselhaft, wie manches, was Roselin auf dieser Reise gesagt hatte. Aber das Wichtigste war, dass sie bereit war, ihm zu helfen. Ihnen zu helfen.

Amerika ist das Bakelit-Land. Alles, alles ist hier aus diesem Kunststoff. Fenstergriffe, Türklinken, Dosen aller Art, Telefone, Gehäuse für Radios. Auch in dem Hotelzimmer stand ein Radioempfänger, nicht nur das Gehäuse, auch die Tasten und Drehregler waren aus Bakelit. Noch mochte er das Radio nicht einschalten, sich nicht dem amerikanischen Wortschwall aussetzen, den er nicht verstand. Telefone befanden sich offensichtlich auf jedem Zimmer. Wenn er wollte, könnte er sich jetzt Club-Sandwiches kommen lassen. Aber er wollte nicht, er fürchtete sich vor Nachfragen, welchen Belag er wünschte, mit Salat oder ohne, was er dazu trinken möchte, and so on. Nein, er hatte keinen Hunger.

Leo Hendrik Baekeland, der Patentinhaber des Bakelit, lebte hier in New York. Der Belgier hatte weit vor ihm an der technischen Hochschule in Charlottenburg studiert. Ihn würde er gern treffen, diesen Wunsch äußerte er bereits gegenüber Green, der meinte, das wäre gar kein Problem. Baekeland wusste sicher schon vor Auslaufen seines Patents, dass es inzwischen bessere Materialien gibt, die elastischer sind und sich geschmeidiger verarbeiten lassen: thermoplastische Stoffe. Polysterol hatte Bakelit längst überholt. Und sein, Hans', Automat spritzte Polysterol. Der körnige Rohstoff musste erwärmt werden, damit er zur formbaren Paste wird. Dieses Problem hatte er gelöst mit einem Heizzylinder.

ISOMA, so hatte er den Automaten genannt, denn das Isoliermaterial für elektrische Leitungen wird der Hauptmarkt sein für alles, Kraftfahrzeuge, Flugzeuge, Schiffe, in den Betrieben, öffentlichen Gebäuden.

Seltsam, dass es hier keine Lichtschalter aus Bakelit gab. Er hatte lange gesucht, als er das Licht im Hotelzimmer einschalten wollte, war durch den Raum getappt, hatte über die Wände neben der Tür gestrichen und nichts gefunden. Schließlich klopfte er an Franz' Tür, dessen Zimmer neben dem seinen lag. Der lachte: Das ist nun wirklich vorsintflutlich hier – jede Lampe hat eine Kette, wie in der Toilette, einmal ziehen – Licht an. Noch mal ziehen – Licht aus. Das wars. Das musste er Vera erzählen. Unbedingt wird er ihr jetzt schreiben, sein letztes Lebenszeichen war ein Telegramm von der „Bremen" gewesen. Sie sollte teilhaben und etwas getröstet werden über seine lange Abwesenheit. Was hat er für Briefe geschrieben als Student, als sie heimlich verlobt waren. Bestimmt sie auch etwas gelangweilt mit den Details aus seinem Studium, das sich länger hinzog als geplant. Er wollte erst nach seinem Diplom heiraten. Was könnte er ihr schreiben, um ihr New York schmackhaft zu machen? Was schreiben, was sie gut stimmt, was sie nach vorn schauen lässt. Wenn das hier so läuft, wie er und Franz sich das vorstellen, dann gibt's einen Umzug über den Teich mit allem und mit allen, auch mit Anna. Und das Haus, das sie eben begonnen haben zu bauen? Endlich das Haus in angemessener Größe mit einem Büro für ihn, einen Wintergarten für Anna, für jede der Töchter ein Zimmer. Ein wunderschönes großes Grundstück, das an den Zerbster Schlosspark grenzte, in dem Katharina II. als Kind spazieren ging. Das Haus müsste verkauft werden. Je eher, desto leichter würde es ihnen allen fallen. Inge dürfte sich hier am wohlsten fühlen, sie liebte die Großstadt. Vera braucht ihre Bekannten, Freundinnen. Vielleicht findet sie diese hier eher als in Zerbst.

Etwas Sehnsucht packte ihn nun doch. Wie sie die Sonnenblumen gerodet hatten. Wie Prometheus war er sich vorgekommen. Das riesige in Parzellen geteilte Grundstück des Vorbesitzers lag hinter einer Bretterwand. Als sie als neue Besitzer die Tür in der Bretterwand aufschlossen, begrüßten sie Hunderte Sonnenblumen, ein ganzes Feld. Das musste für die Baugrube sowieso weichen, also gab es ein unglaubliches Sonnenblumengemetzel. Ein Spektakel. Vera hieb ihre Wut über den Verlust Berlin hinein. Inge ihren Frust über diese provinzielle Kleinstadt. Er selbst voller Vorfreude auf das Kommende. Nur die kleine Maja brachte es nicht übers Herz und rettete einige und brachte die Sträuße den Nachbarn. Anna fasste keine der stachligen Blumenhälse an, weder sie zu massakrieren, noch sie zu retten. Sie maß mit den Augen die Größe des Grundstücks. Ein Zehntel vielleicht von Onkel Karls Anwesen, auf dem sie fast zwanzig Jahre gelebt hatte. Und statt des Wannsees begrenzte dieses Grundstück ein Bach mit dem Namen Nuthe. Sie nahm es hin.

Verlaufen

Über eine Brücke sind wir vorhin aber nicht gefahren, sagte Franz, der sich auf das Unternehmen eingelassen hatte, den Weg vom Engineer's Club zum Hotel zurück zu Fuß zu gehen. Natürlich wollten Mr. Green und seine Leute ihn selbstverständlich mit dem Auto bringen. Aber Hans meinte übermütig, er hätte Lust, die Stadt zu Fuß zu erkunden. Green lächelte mit allen Zähnen, das sollte wohl Verständnis für diesen seltsamen Wunsch signalisieren: Theoretisch kann man sich auch nicht verirren. Die Anatomie der Stadt ist die übersichtlichste der Welt, jedenfalls in Manhattan. Die Avenues verlaufen längs zwischen den Flüssen und die Streets quer. Ganz einfach.

Roselin grinste, als sie in Mr. Greens Ford einstieg. Hat sie „viel Spaß" gedacht oder „New York City ist nicht Zerbst"? Soll sie sich fahren lassen, wir erkunden das Pulsieren der Stadt. Einen Stadtplan haben wir dabei! Und beleuchtet ist die Stadt wie keine andere. Hier kann nichts und niemand verloren gehen. Nur der Franz, wo ist der denn hin? Da – wir sollten uns was ausmachen, für den Fall, dass wir uns verlieren, rief Hans. Man stürzt hier voran, als würde man etwas verpassen. Da ist nichts mit Schlendern, Flanieren gar. Man muss im Strom mitrennen. Wenn wir uns verlieren, treffen wir uns im Hotel, rief Franz, der vorweg trabte. Ein Stück eilten sie so am Ufer entlang, kaum einen Blick auf das Wasser, auf dem bunt beleuchtete Motorboote fuhren, auch sie in Eile.

Wir nehmen eine der quer verlaufenden Streets, dann müssten wir auf unserer Straße rauskommen, dachte Hans. Ganz einfach. Franz war auch nicht ganz zufrieden mit dem Abend im Club, obwohl er die „amerikanische" Art schon kannte. Freundlich unverbindlich. Lächeln, Zähne zeigen, nicken. Hatte er Hans auf der Toilette anvertraut. Roselin brauchen wir gar nicht, der Herr, der die mexikanische Firma vertrat, hat nicht viel zu sagen gehabt oder kommt da noch was? Und ob Mr. Baekeland überhaupt anwesend war, wusste auch Franz nicht. Hans hätte gern mit ihm gesprochen. Immerhin haben wir an derselben Hochschule studiert. – Mit der Kleinigkeit, dass ein Krieg dazwischen lag, foppte Franz ihn. Ein Herr hatte sie mit einem bösen Blick gestreift, man unterhielt sich nicht im Restroom.

Und hier auf der Straße konnten sie sich nicht unterhalten.

Hielten sie sich im Strom der anderen, wurden sie getrennt oder waren zu sehr außer Atem. Sich in das Zerbster Tempo zurückfallen zu lassen, versuchten sie erst gar nicht, sie würden gnadenlos auseinandergetrieben. Franz winkte nun in eine der Querstraßen, ob es da besser sein würde, zweifelte Hans. Und tatsächlich, als hätten die Autos die gleiche Idee gehabt, die Straße war verstopft, man hupte, was das Zeug hielt, als könnte man damit die anderen Autos davonhupen.

Ja, der Abend hinterließ einen seltsamen Beigeschmack. Mr. Green präsentierte ihn als den Deutschen, dessen Erfindung nun Amerika glücklich machen wird. Aber über die Erfindung an sich wurde gar nicht gesprochen. Er hätte so viel zu erzählen! Stattdessen prostete man ihm zu, die Herren vor allem und die Damen nickten ihm zu, wobei ihre Locken wippten wie mechanische Federn außer Funktion. Zum ersten Mal in seinem Leben musste er Austern essen. Blue Points from Long Island, versicherte ihm Ms. Green, lächelnd natürlich. Sie sind auf alles stolz, was ihre Stadt hergab. Kann man mal essen, aber nicht jeden Tag. Die Suppe war gut, aber warum sie Railey Princesse hieß, traute sich Hans nicht zu fragen. Prinzessin Eisenbahn? Als Hauptgang wählte er das Frühlingslamm in Minzesoße, das verstand er wenigstens.

Was er nicht verstand, warum Roselin an die Seite von Ms. Green platziert worden war. Sie sollte doch seine Übersetzerin sein und ihm beim Gespräch mit Baekeland helfen. Letzten Endes verdankte er ihm seine Anwesenheit hier. Baekelands Bakelit-Patent ist seit einigen Jahren abgelaufen. Und garantiert ist er in den neuen synthetischen Kunststoffen unterwegs, dem Material der Zukunft. Er, Hans, hatte das Know-how für die technologische Verarbeitung des neuen Kunststoffs. Das muss doch diesen Bakelit-Pionier interessieren! Aber wo ist er bei diesem Club-Dinner?

Franz war stehen geblieben und hielt ihn fest. Hier kreuzt jetzt die Straße, von der wir dachten, es sei unsere. Ist sie aber nicht. Weitergehen? Stehen bleiben und was tun? Taxi rufen? Hans zog den Stadtplan aus der Tasche. Ihn hier auszubreiten, schien unmöglich, Franz versuchte tapfer, sich gegen den Strom zu stemmen, der ihn von seiner Seite wegtreiben wollte. Da hatte er nicht einmal die erste Faltung des Plans aufgeschlagen. Franz zeigte auf ein Schaufenster, vor dem sie standen: ein Automatenrestaurant. Da drin vielleicht? Sie setzten sich gleich an den ersten Tisch und breiteten die Karte aus. Hast du dir gemerkt, die wievielte Street das hier ist? Hans hatte gar nicht hingesehen. Aber du weißt doch, dass die Längsstraße nicht unsere ist, wie heißt denn die. Franz erinnerte sich nicht. Das wollten sie den Mann mit dem Suppenteller fragen. Der deutete mit einem Schwung seines Tellers an, dass er diesen Tisch als seinen betrachtete und sie sich samt Karte davonmachen sollten. Dann setzte er sich, senkte seinen Kopf dicht über den Teller und begann seine Automatensuppe zu löffeln.

Hans sah sich um. Auch hier rannten Reklameneonbilder um die Wette: Zigaretten, Kaugummi, auch die Anzeigen des Menüs blinkten, kreisten, rieselten und zuckten. Wie kann man hier eine Mahlzeit genießen? Wieder auf der Straße fragten sie sich: Und nun? Von einer Zelle aus Roselin anrufen? Was sollte er sagen, dass sie sich verlaufen haben? Sie würde ihm auch nur raten, ein Taxi zu nehmen. Im Stau in ein Taxi stiegen, um dann bei laufendem Taxometer keinen Meter voranzukommen … Wie sollte diese Stadt in hundert Jahren aussehen? Franz beschloss, die angefangene Street weiter zu verfolgen, irgendwann musste „ihre" Straße kommen. Amerika ist Ihre Chance, das hörte er noch von Roselin. Wollen die Amerikaner überhaupt seine Erfindung und könnte er hier in diesem Durcheinander leben?

Schau mal, hielt Franz ihn fest. Schau mal. An der Kreuzung vor ihnen stand ein Auto, auf seinem Dach ragte ein Teleskop in die Höhe. Hier in diesem Dschungel ein Teleskop? Sie stellten sich in die Warteschlange, das mussten sie nun wissen, was es hier zu sehen gab. Das Rohr des Teleskops war auf eine Lücke zwischen zwei Wolkenkratzern gerichtet. Man sah – den Mond. Aber, den hätten wir doch auch mit bloßem Auge erblickt. Ja, aber nicht the silver top of Empire State Building. Erklärte man ihnen. Das Ding leuchtete in seiner einsamen Höhe vom Mond beleuchtet wie die schneebedeckte Zugspitze. Doch, das war das Schauspiel wert. Das Auto schien auch die Ursache für den Stau, denn nun wurde der Verkehr etwas flüssiger. Die Stadt strudelte in ständiger Bewegung, die Menschen, die Autos und Bahnen, die Flugzeuge. Im Kosmos der Nacht spiegelten sich die laufenden Reklamebilder, die Scheinwerfer der sich nähernden und entfernenden Autos verzerrten sich, das Licht wurde größer, kleiner, breiter, schmaler, zerfiel plötzlich in kleine Stücke in den Scheiben der Schaufenster, der Autos, in den Pfützen und Brillengläsern. Selbst der aus den Gullys aufsteigende Dampf wechselte die Farbe im rotierenden Licht dieser schnell atmenden Stadt.

Do you like America?

Mr. Green und sein Team gaben sich alle Mühe, ihr Land den Gästen aus Zerbst von den besten Seiten zu zeigen, wohl in Hinblick auf die Frage Do you like America?, die ihnen als Gastgebern ständig von der Zunge rollte. Eine längere Tour führte sie nach Washington und schließlich an die Niagarafälle. Aus Höflichkeit und der leichteren Verständigung wegen lud Green Roselin zu der

Tour ein. Den geräumigen Packard steuerte Green selbst, neben ihm Roselin, Hans und Franz auf dem Rücksitz. Die Höhepunkte des Landes lagen weit auseinander, verbunden durch Highways. Lange, lange Strecken führten durch uninspirierende Landschaften, nur unterbrochen von Tankstellen, offensichtlich die einzige kulturelle Unterhaltung, dort schien man sich zu treffen. Orte gab es wenige, auch sie unattraktiv, nicht einmal die Kirchen setzten Akzente.

Da ist unser provinzielles Zerbst spannender, was denen hier fehlt, ist Geschichte, meckerte Hans im Brummelton, von dem Roselin schon wusste, das Hingebrummelte war nicht für eine Übersetzung gedacht. In solchen Fällen gab sie Green neutral Belangloses weiter, wie: Ein großes Land, sehr interessant. Da war so ein Autofriedhof schon eine willkommene Abwechslung, er setzte Hans regelrecht in Erregung. Wie schnell moderne Technik friedhofswürdig werden konnte. Schrott. Das waren doch nicht nur Unfallwagen. Und selbst wenn, könnte man noch Ersatzteile verwenden? Die Schnelligkeit dieses Lebens lässt Demut vermissen, Demut vor der technischen Leistung, die in jedem dieser Autos steckt. Oh, er hatte wohl laut gedacht, denn Roselin meldete sich aus dem Fond des Wagens: Ich bin mir nicht sicher, ob das Wort Demut im Amerikanischen das Gleiche bedeutet wie im Deutschen. Green lächelte nickend Roselin von der Seite an und die Herren im Rückspiegel. Roselin sagte wieder etwas Freundliches zur Landschaft.

In Washington gab es genügend Zeit für Filmaufnahmen, auch genügend Platz. Die Stadt war derart großzügig angelegt, dass die paar Menschen, die sich nicht in einem Auto bewegten, wie durch ein Sieb fielen. Sie sammelten sich in kleinen Häuflein an den Sehenswürdigkeiten, sämtlich imposante monumentale Gebäude in Weiß. So hieß es ja auch: das Weiße Haus. Aber auch das Capitol, das Lincoln Memorial, die Kathedrale, das Hohe Gericht, alles, alles weiß. Auch die Grabsteine auf dem Friedhof Arlington. Die mehrspurigen Straßen führten autosummend von einer Sehenswürdigkeit zur nächsten und über den Fluss Potomac.

Auch in der Hauptstadt gab es einen Empfang, diesmal in der American Chemical Society. Hans wunderte sich nun nicht mehr, dass zwar alle Honoratioren nebst Gattinnen überaus freundlich grüßten, aber kein Bedürfnis auf ein Gespräch über seine „grandiose" Erfindung verspürten. Den Vertrag mit der Company über 65 ISOMA-Automaten hatten sie in der Tasche. Dieser Ausflug war schon die Kür. Hans dachte an die Wahrsagerin in einer der Straßen in New York. Sie war nicht echt, sondern ein Automat, dem er seine Geburtsdaten in einen Schlitz steckte. Ein mechanisches Kunstwerk, das weibliche Merkmale hatte, dunkle Locken, die unter einem Kopftuch hervorquollen wie auch die goldenen Ohrringe. Nachdem Hans das Kartenformular, auf dem er seine Geburtsdaten ankreuzte, eingeworfen hatte und ein Mechanismus es auf den Tisch vor sie legte, wiegte die mechanische Frau bedenklich den Kopf. Nach einer geheimnisvollen Weile spuckte das Fach ein gedrucktes Kärtchen mit seiner Zukunft aus. Gedruckt! Vorgefertigt, was hatte er erwartet – die Prophezeiung interessierte ihn nicht, sondern die Mechanik, die die Abläufe, bedenkliches Kopfwackeln, Ausstrecken des Arms, der die Karte zog und in den Ausgabeschacht warf. Er sah förmlich die Mechanik dahinter, die Federn, Spulen und Scharniere, deren Motion durch den Münzeinwurf ausgelöst wurde. Die Karte hatte ihm natürlich eine glänzende Zukunft vorausgesagt und eine dazu passende Frau.

Die letzte Station in Washington war das Weiße Haus samt Rosengarten gewesen. Roselin bewunderte die Rosenrabatten. Wir lieben den Präsidenten, es ist der beste bisher. Übersetzte Roselin Greens Begeisterung. Sein New Deal habe viele Unternehmen gerettet und Hoffnung gebracht. Hitler hat uns in Deutschland auch wirtschaftlichen Aufschwung gebracht, warf Hans ein. Stop that!, rief Mr. Green erregt. Über diesen Mann werden wir hier nicht reden. Schon gar nicht in einem Atemzug mit Roosevelt, Mr. Gastrow. Hans begriff schon an der heftigen Reaktion des immer freundlichen Green und der strengen Nennung seines Nachnamens – er sprach ihn gewöhnlich mit Hans an, dass er etwas Falsches gesagt hatte, bevor Roselin übersetzte. Natürlich, sich aus Gründen der Diplomatie zurückhalten, diesen Rat hatte der Firmendirektor ihm mit auf den Weg gegeben.

Er hatte das kurz vergessen. Roselin war nichts anzumerken, Hans glaubte sogar an der Art, wie sie den Kopf neigte, zu sehen, dass sie sich amüsierte. Franz blitzte ihn aus dem Augenwinkel an und er verstand sofort: Hier galt nicht, was in Deutschland galt. Alle nationalistischen Gedanken sind der völkerverbindenden Idee unterzuordnen.

Etwas beunruhigte Hans, dass mit der Entfernung von Deutschland und von seiner Sprache sich vieles mitentfernte, dünner wurde. Alles so weit weg plötzlich. Hier galt nicht der Parteigenosse als Erfinder der ISOMA, hier galt der Mann mit dem Spritzgussautomaten. Dass er Deutscher ist, wurde sozusagen nur in Klammern mitgedacht. Er musste etwas gegen die unangenehme Stille, die er gegen sich gerichtet fühlte, tun. Kann ich bitte ein Chewing Gum bekommen?, fragte er in den Wagen. Roselins Haarschopf wippte wie amüsiert, als sie einen Streifen aus der Packung zog, den Green ihr mit Blick zu Hans in den Rückspiegel hinhielt. Sie reichte den

Streifen nach hinten. Hans mochte den Kaugummi nicht. Dieses plötzliche Verlangen sollte eine Art Friedenspfeife sein, die einzige, die ihm jetzt einfiel. Green bleckte seine freundlichen Zähne in den Rückspiegel. Angenommen, die Kaugummifriedenspfeife. Hans kaute brav und nickte zurück. Gefällt Ihnen Amerika?, übersetzte Roselin Mr. Greens freundliches Angebot, zum Wesentlichen zurückzukehren.

Do you like America? Oh, yes, beeilte sich Hans zu antworten und musste plötzlich an Roselins Komponisten mit den hundert verschiedenen Arten „Ja" zu sagen, denken. Vor dem Autofenster glitt die ereignislose, konturlose Kulisse vorbei, die man nicht Landschaft nennen konnte. Jes. Die hundert Arten passten hier, immer freundlich, immer positiv, eben nur in Abstufungen. Auch ein, diese Landschaft ist gerade langweilig, nein, eben gefällt mir Amerika nicht, wäre so ein Jes auf der Skala. Und – was bedeutet Amerika, dieses riesige Land, von dem er einen Bruchteil sah? Seine Menschen nicht verstand, nicht nur ihre Sprache, sondern auch ihr amorphes Wesen. Aber er konnte dieses kümmerliche Jes nicht so unkommentiert im Raum stehen lassen. – Wir sind so glücklich, hier zu sein. Ein gastfreundliches Land, so modern, so technisch hochgerüstet. So viele Überraschungen. Es wird so viel gebaut, beeindruckende Architektur. Dieses Flatiron in New York – Hans war froh, dass ihm der richtige Name einfiel, grandios. Wonderful.

Er orientierte sich an den Superlativen, die er in den Gesprächen mit den Amerikanern gehört hatte, die Roselin nicht immer vollständig übersetzte, da er sie ohnehin inzwischen verstand: fantasic, great, excellent, awesome, wonderful. Die hundert Arten, seine Begeisterung auszudrücken. Wie werden Sie erst staunen, wenn Sie die Niagarafälle sehen! Ja, davon war Hans überzeugt, das wird ein überwältigendes Erlebnis. Diese gewaltigen Wasserfälle sprühten ihren inspirierenden Ruf bereits bis in sein Studentenzimmer. Was er in Kunst und Musik nur ahnte, in der Natur fand er mehr Antworten, konkretere. Auch ging sie ihm mehr zu Herzen als ein Gemälde, als ein Buch, als ein Violinkonzert von Beethoven. Und wenn so ein Naturschauspiel auch noch dazu dient, Maschinen, ein ganzes Kraftwerk anzutreiben, dann sprach daraus auch Poesie, seine Poesie, technische Poesie. Denn es erzählt von dem Menschen, der diese Wildheit zähmt, bändigt, sich zu Willen macht. Hier das schwache Menschlein – aus dessen großer Idee dort das Kraftwerk steht, von vieltausendfacher Pferdekraft angetrieben und hundertfach verzweigt und verästelt seine Arbeit tut.

Mit diesen Gedanken wollte er einst Vera für seine Ideen begeistern. Was für ein Heißsporn er gewesen war. Vera machte der Anblick eines Kraftwerks Angst und die wollte er ihr nehmen, dazu schrieb er Seiten über Seiten an sie, um ihr die Poesie der Technik nahezubringen. Seine Ingenieursphilosphie. Auch wenn er keine Kraftwerke baute, seine technische Kreativität steckte ganz in seinem Spritzgießautomaten, in seiner ISOMA. Wenn sie läuft, ist das die schönste Musik, seine Sinfonie. Wenn das Granulat des Kunststoffs in den Trichter geschüttet wurde, es ins Innere rieselte, dann in die Schneckenwelle gleitet, im Heizkanal erhitzt und zur Paste geformt, die wie Zahnpasta in die Formennester gespritzt, aus denen die fertigen Gegenstände ohne lästigen Grat genommen werden können. Und die Werkzeuge für die Formen können in kurzer Zeit ausgewechselt werden. Für Becher, Kappen, Zifferblätter, Tablettenhülsen, Lippenstiftkappen, Pistolengriffe. Einzeln bei den größeren Teilen, je kleiner, desto mehr Nester. Bis zu 16 pro Spritzvorgang. Er hatte mit seinen Meistern den Automaten auf den Hof geschoben, zum Filmen benötigte er das Tageslicht. Der Film zeigte seine Maschine beim Arbeiten, jeder Vorgang einzeln gefilmt und schließlich die ganze Produktpalette. Das Schneiden des Filmmaterials war viel Arbeit gewesen, doch das war der Mühe wert.

Franz hatte den Film der Company von Mr. Green vorgeführt, dazu eigens den Projektor mitgenommen, der einigen Platz im Gepäck einnahm. Das hat sich gelohnt, die amerikanischen Spezialisten lobten dieses neuartige Plastspritzgießverfahren enthusiastisch: fantastic, great, excellent. Ein Vertrag aufgesetzt für 65 Automaten, jeder kostete knapp 9000 Reichsmark, ein Volkswagen kostete 900. Der nächste Automaten-Typ, der größere Mengen Kunststoff verarbeiten kann, geht demnächst in Serie. Der wird das Doppelte kosten. So soll es weitergehen. Franz war überaus zufrieden. Und Hans glücklich – sie hatten sich diesen Ausflug verdient als Krönchen auf diesem Deal. Meine ISOMA ist mein Niagarafall, mein Kraftwerk am Niagarafall, dachte Hans.

Roselin schien mit den Gedanken ebenfalls am Niagarafall zu sein. Mir persönlich sind die bescheidenen Naturereignisse lieber, sagte sie. Beim Niagara stürzen die Wassermassen hinunter, da beeindruckt die Höhe und die mehrere hundert Meter Kantenlänge des Falls. Der Nebel, der Regenbogen, die Legenden. Haben Sie den Niagara denn schon gesehen?, fragte Franz. Nö, kam es kurz von vorn. Und an welche bescheideneren Landschaften denken Sie so? Roselin überlegte kurz: An das schlesische Elysium etwa. Franz lachte, das gilt nicht, das ist die Sehnsucht nach der Heimat! Der Bober ist tatsächlich ein schöner Fluss, ich bin mit dem Paddelboot auf ihm gefahren, auch der kann ganz schön wild! Roselin übersetzte für Green. Der lachte, aber das haben Sie am Niagara hoffentlich nicht vor. –

Und dann waren da noch die Mexikaner, die wollten erst mal nur vier Automaten. Erst mal. Und dann kommen vielleicht noch die Brasilianer – Hans fühlte sich seinem persönlichen Niagarafall sehr nah.

Rollen und Stampfen/Windsbraut

Ich hört' in meiner Koje
Die Windsbraut, wie sie gelacht,
Und der neue Mond hielt den alten
Im Arme die letzte Nacht.

Aus Theodor Fontane: Sir Patricks Spens

Hans verspürte keinen Drang, Franz Vorschriften zu machen. Dennoch arbeitete es in ihm, ihm etwas zu sagen. Dazu etwas zu sagen, was zwischen ihnen stand. Komplizierte Angelegenheiten. Sie schwammen in der grünen Schwimmhalle, ganz unten in der „Bremen" nebeneinander. Gelegentlich gaben sie sich gegenseitig Tempo, ein Stückchen kraulten sie um die Wette. Sie waren allein im Becken und in der ganzen Halle. Hier merkten sie die raue See nicht, die da draußen schon den zweiten Tag tobte. An Deck gehen war unmöglich, wenn nicht gar verboten; Hans kam auch keine Lust an, den Helden zu spielen.

Die Getränke auf den Tischen im merklich gelichteten Speisesaal zitterten und schwappten in den Gläsern und Tassen, kündeten vom Rollen und Stampfen des Dampfers, mit dem die aufgewühlte See spielte. Hier unten im Wasser des Schwimmbads spürte man die Bewegung des Schiffes nicht, nur die Rettungsleinen schwangen an den Haken hin und her. Hans wollte der Seekrankheit ausweichen, dieser Aufenthalt im Wasser schien eine gute Lösung. –

Warum hast du das gemacht, überfiel er den Freund. Was denn?, fragte der zurück. Hans zweifelte, ob er das Richtige tat, mit Franz darüber sprechen zu wollen. Roselin, die leichte, spöttische, hatte sich in den letzten Tagen verschlossen, kam zu keinem der Treffen mehr, der Abschied blieb kühl. Keine Bemerkung, kein Blick, die Abschiedshand schlaff, ohne Bedauern oder gar Hoffnung auf ein Wiedersehen. Franz schwamm an den Beckenrand, stützte die Unterarme auf die Kacheln und sah Hans fragend an. Der musste nun deutlicher werden: Du hast eine so großartige Frau, die deine Eskapaden klaglos hinnimmt, sie kennt dich und akzeptiert, dass du hin und wieder ausbrechen musst. Aber – Hans strich mit der flachen Hand über die Wasseroberfläche, spürte den leichten Widerstand – warum Roselin?

Franz neigte den Kopf zur Seite und sah Hans in die Augen: das, er betonte das „das", fragst du, er betonte auch das „du", mich, das er nach einer kleinen bedeutsamen Pause ebenfalls betonte. Hans runzelte die Brauen. Glaubte Franz, er selbst habe Roselin zu viel Aufmerksamkeit geschenkt? Er dachte an das aufgeregte Meer da draußen, das an die „Bremen" schlug und ihr Deck mit Wellenkämmen überschwemmte. Dass das „geflügelte Haus" hier wie ein Spielzeugboot in der Atlantik-Badewanne auf und nieder, hin- und herschwankte. Nein, die Frau passte gut in den amerikanischen Plan. Er hatte sie kennengelernt und mit in das Projekt gebracht. Aber die Augen hatte Franz ihr gemacht. Das fragst du mich? Wiederholte Franz und fügte hinzu: Nicht ich habe Mist gebaut, sondern du. – Hans schüttelte den Kopf. Sag bloß, du Ahnungsloser hast das nicht mitbekommen?! Wer stand da im Nebel der Niagarafälle und legte seinen Regenmantel um sie? Aber das hättest du doch auch gemacht, entgegnete Hans. Ich hatte ja gar keine Chance dazu, weil du ständig an ihrer Seite warst. Das war er tatsächlich, aber dass Franz ihm das neidete? Sah es nach außen aus, als hätte er ihr Hoffnungen gemacht? Sie beide, Hans und Franz waren verheiratet und von Roselin wussten sie nicht, ob sie nicht auch gebunden war. –

Und warum war sie in den letzten Tagen so distanziert? Franz setzte sich auf den Beckenrand. Du weißt, dass sie ausgewandert ist und vor allem, warum. Hans wusste es nicht genau, darüber hatten sie nicht gesprochen. Franz sagte, ich gebe zu, es war etwas gemein, aber ich wollte ihr den Abschied erleichtern und habe ihr erzählt, dass du nicht nur Mitglied in der NSDAP bist, sondern auch Blockwart. Was für ein scheußliches Wort, Hans zog die Schultern hoch. Was hast du ihr gesagt? Die Wahrheit, Franz blieb ungerührt, ich bewahre sie davor, unglücklich in Amerika zurückzubleiben. –

Ach herrje. Hans stützte rückwärts die Hände auf den Beckenrand und hob seinen Körper hoch. Sie saßen nun nebeneinander, vor ihnen das Becken, die Wasseroberfläche zappelte wie die Getränke in den Gläsern und Tassen des Speisesaals. Hans meinte, die Schrägung des Wasserspiegels im Becken zu sehen. Was war hier nur los. Hoffentlich wurde ihm jetzt nicht auch noch übel. Also war Franz eifersüchtig, wenn Roselin ihn, Hans, mit ihren spöttischen Bemerkungen stichelte. Das konnte er überhaupt nicht gebrauchen, oder wollte Franz ihn seinerseits zur „Wahrheit" ermuntern?

Nein, was hatten seine, ja eigentlich ihre Geschäfte mit den Amerikanern mit seiner Funktion als Blockwart zu tun? Was tat er da? Nichts! Die Mitgliedsbeiträge sammelte Inge ein, die kannte die Nachbarn in Zerbst besser als er. Und für die Winterhilfe verkaufte sie Plaketten, auf seiner ISOMA hergestellt. Mancher kaufte sie nur deswegen, weil da das Firmenzeichen eingeprägt war. Eines der ersten Produkte in geringer Grammzahl im 8er-Nest. Aber was ging das Roselin an? Hans war sich sicher, Franzens Stich, er war ja natürlich selbst Mitglied der NSDAP, kam aus einem anderen Grund. Nein, nein, das kam woanders her.

Hans stand auf und nahm das Handtuch. Die Wahrheit. Was ist die Wahrheit?, fragte er Franz. Die Wahrheit ist: Du bist ein Nazi, ich bin ein Nazi. Und das hören sie hier nicht so gern. – Daran gab es keinen Zweifel. Doch haben die amerikanischen Wochen alles Deutsche so weit weggerückt. Waren die Amerikaner in den Clubs in New York und Washington deshalb so nichtssagend höflich, weil sie mit Deutschen, das sind für sie ja die Nationalsozialisten, nicht zusammenarbeiten wollten? Hans dachte an seinen unbedachten Vergleich von Roosevelt und Hitler, der Green so in Rage gebracht hatte. Aber sie wollten doch mit den Deutschen zusammenarbeiten, ihr Know-how kaufen.

Ihn kaufen. Wusste Franz von dem Gespräch im Piccadilly? Mit dem Herrn von der Company im grauen Anzug. Nicht einmal Roselin durfte dabei sein. Kein Franz, kein Mr. Green. Doch, er hatte verstanden, dass er dieses Angebot, diesen Deal für sich behalten sollte. Er sollte seinen Agenten Franz Eiermann, er sollte die Firma Franz Braun Zerbst verraten. Das war ihm nicht egal und doch war es natürlich ein überaus verlockendes Angebot, nach Amerika überzusiedeln, selbstredend mit Familie. Von der Parteizugehörigkeit war keine Rede. Die würde im Atlantik versinken. Ahnte Franz etwas von diesem Deal? Sah er sich deshalb veranlasst, war das seine Rache, einen Keil zwischen Roselin und ihn zu treiben? Lächerlich. Natürlich hätte er ihr das selbst nicht gesagt, dass er in der Partei ist, wozu auch? Das ist so weit weg. Was spielt es hier für eine Rolle, in welcher Partei er ist? Hier zählt, was er kann. Hier? –

Stopp, befahl er seinen Gedanken. Was ist jetzt hier? Mit dem Betreten der „Bremen" befand er sich sozusagen auf deutschem Boden. Also war das „hier" Deutschland. Aber eben hatte er mit „hier" Amerika gemeint. Was denn nun?!? Was ist hier, was ist dort. Es fiel ihm schwer, die Fäden wieder aufzunehmen, die in Zerbst für ihn bei seiner Abreise ausgelegt waren. Außer Vera selbstverständlich. Im Kopf war der Brief schon geschrieben, der mit der Schleuderpost nach Cherbourg vorausgesendet werden sollte. Ein Zukunftsbrief, ein Blick in die amerikanische Glaskugel. Er will an den Ton der Verlobungszeit anknüpfen. Vera soll ihm vertrauen. Eine Roselin hatte da in dem Brief nichts zu suchen.

Aber wenn Franz seine Rolle als Schicksalsgott weiterspielen will, musste er ihm natürlich zuvorkommen. Wenn alles so käme, wie der unbekannte Herr von der Company und er per Handschlag besiegelt hatten, dann blieb der Franz draußen. Dann liefe Amerika ohne ihn. Diesen Gedanken mochte Hans noch nicht zu Ende denken. Es war Verrat. Damit kam er noch nicht klar. Da war Franzens Indiskretion ihm gegenüber nichts. Es handelt sich ja nicht um etwas, wofür er sich schämen musste. Nur hier in Amerika kam das nicht so gut. Schon wieder dachte er: hier in Amerika. Als wäre schon alles entschieden. Es war völlig unnötig, Roselin von seiner Parteimitgliedschaft zu erzählen. Völlig unnötig. Er war kein Schuljunge mehr. Er mochte es nicht, dass Franz versuchte, ihm eine Karte aus der Hand zu nehmen. Nein, er war am Zug und hatte die besseren Karten in der Hand. Genau genommen hatte er ein neues Spiel in der Hand. Eines ohne Franz. Fair war das nicht. Hans rubbelte mit dem Handtuch die Gedanken weg. – Hast du schon die Passagierliste gesehen?, fragte er Franz.

Sind unsere Freunde aus Salzwedel mit an Bord? Nein, sagte Franz, ich hatte noch keine Zeit. Hoffen wir mal nicht. Aber irgendwelche Müllers, Schulzes, Meyers aus Pinneberg, Neuss oder Rudolstadt finden sich sicher an unserem Tisch ein. Es sah so aus, als hätte Franz sich von seiner „Wahrheit" ablenken lassen. Wie lange, Hans durfte sich nun keine schwache Stelle erlauben, sonst würde Franz da gleich reinfassen. Eine ungemütliche Situation. Sollte er seine Zukunft auf dem Verrat eines Freundes aufbauen? War Franz wirklich sein Freund? Was macht eine Freundschaft aus? Vertrauen. Kann man mit einem Geschäftspartner befreundet sein? Dabei konnte er sich auf ihn als Geschäftspartner verlassen – bisher. Es war eher die menschliche, zwischenmenschliche Beziehung, die zwischen ihnen verrutschte. Er würde ihn geschäftlich verraten, ja sogar hintergehen. Das Argument des grauen Herren von der Company, dass die Amerikaner mit Nationalsozialisten, mit Hitleranhängern keine Geschäfte machen wollen, ließ Hans nicht gelten. Bei ihm setzten sie ja auch voraus, dass seine Parteimitgliedschaft im Atlantik versinken würde.

Jetzt sah er es: Der Wasserspiegel stand schräg im grünen Becken, schwabberte mit vielen kleinen Kippelbewegungen. Das Stampfen des Schiffes war auch hier im Schwimmbad deutlich zu spüren. Hans sah die Gegenbewegungen außen und innen vor sich. Das Schiff im Atlantik als große Bewegung hin- und hergeworfen. Und im Wasserbecken die kleine Gegenbewegung. Hoffentlich fühlte sich der Magen nicht bemüßigt mitzutun.

Wollen wir es wagen, meinte Franz, einen Cocktail zu uns zu nehmen nach dem erfrischenden Bad? Ohne die Seekrankheit herauszufordern? Einen Versuch ist es wert, sagte Hans.

DER KRIEG IST EIN TRAURIGES GESCHÄFT
ZERBST 1945

Veras Tagebuch

Nun raus, ihr Guten, put, put, put. Schaut euch um, ihr findet bestimmt was zum Picken und legt mir dann ein paar schöne Eierchen. Vera öffnete den Hühnerstall in ihrem Garten, der ihr als letztes Refugium geblieben ist. Zwar war der Garten nicht mehr so prächtig, wie sie ihn einst mit der Mutter angelegt hatte, wie lange war das jetzt her? Nur zehn Jahre, es kam ihr wie eine halbe Ewigkeit vor. Damals ein reiner Blumengarten mit Pfingstrosen, Dahlien, Frühblühern wie Tulpen, Narzissen und Osterglocken. Die Obstbäume sind geblieben, die Apfelbäume, die Quitte, die Pflaume. Und das kleine Kräuterbeet. Schweren Herzens hatte Vera die Blumenrabatten umgegraben und Kartoffeln gesetzt, Rüben, Möhren, Weißkohl. Und Hans hatte ihr diesen improvisierten Hühnerstall hingebaut, damit sie sich etwas selbst versorgen konnten.

Vera atmete die frische Maienluft ein, was für ein unglaublicher Frühling! Der Flieder blühte bereits. Der Salat zückte seine ersten Blättchen. Es könnte alles so schön sein. Sie lauschte auf das leise zufriedene Glucksen der Hühner, hach, aber nicht die zarten Salatpflänzchen! Sie scheuchte sie vom Beet: Nix da, ihr müsst euch schon selbst was suchen. Da musste der Hans unbedingt einen Schutz bauen, vor den gierigen Hühnern und den Eisheiligen. Seltsam diese Ruhe, verdächtig. Unheimlich. Sonst war immer etwas los gewesen. So viel, dass sie sich gar nicht mehr erinnern konnte, was war gestern, was war vorgestern, was vor einer Woche? Es passierte so viel in den letzten Wochen. So viel, dass sie begonnen hatte, jeden Tag wenigstens ein paar Stichpunkte zu notieren. Papier war rar, die wenigen Blätter benötigte sie für die Briefe an Inge, die wer weiß wo war. Zuletzt in Italien mit dem Reichsarbeitsdienst. Wenn sie nur am Leben wäre. Und genug zu Essen hätte. Und sie endlich mal was von ihr hörten. Inge hatte ihnen im vergangenen Jahr einen winzigen italienischen Kalender geschickt. Für das Jahr 1945. Und in diese wenigen für eigene Notizen vorgesehenen Zeilen des Kalenderchens schrieb Vera nun Tag für Tag in winziger Schrift, was passierte.

Sie begann am 10. April: Martedì.

„Heute wurde der Zerbster Flughafen, z. Z. der größte in Mitteldeutschland, beschossen. Nach dem Alarm ging ich noch zum Lazarett-Einsatz, dann war wieder Alarm."

Für mehr Einzelheiten reichte die Zeit nicht und auch nicht der Platz. Im Nachhinein wusste Vera, dass ein einziger Gedanke in diesen Wochen für sie bestimmend war: Raus aus Zerbst! Weg, weg, weg, mit dem Kind. Maja war nun 15 Jahre alt – weg, weg, weg. Sie kam sich hier vor wie in einer Falle. Einer seit Jahren verdunkelten Falle, sommers wie winters und obendrein seit einigen Monaten auch noch fremd im eigenen Haus. Von den ganzen Fremden belagert, die sie unterbringen mussten. Die Bombenopfer aus dem Rheinland, dort muss es schlimm zugegangen sein. Und seit ein paar Wochen auch welche aus dem Osten. Flüchtlinge. Vor gar nicht so langer Zeit schickte man die Kinder dorthin in den Osten, nach Pommern, Schlesien, Ostpreußen, weil sie dort sicher wären und es dort was zu essen gab! Und nun kommen die alle hierher. Und nehmen Platz weg und müssen obendrein natürlich auch versorgt werden.

Der schöne Wintergarten von Grozi war zum Gewächshaus umgebaut, in dem Vera die Nutzpflanzen vorzog, die demnächst im Garten ausgepflanzt werden können, Kartoffeln, Kohlrabi, Möhren, Rüben. Ach, die Mutter, die Grozi, eigentlich ist es gut, dass sie dies alles nicht erleben musste. Drei Jahre fehlte sie nun schon. Sie war das Zentrum des Hauses gewesen, hatte sie alle benäht, bekocht, bemuttert. Die Mädchen liebten sie und lernten so viel von ihr. So tapfer hatte sie den Umzug vom geliebten Berlin in die Provinz ertragen. Doch, sie schätzte Hans, den Schwiegersohn und dessen Bemühen, ihr einen gewissen Luxus zu bieten. Aber sie litt unter der Einsamkeit, obwohl sie die als Witwe seit immerhin schon 40 Jahren gewohnt war. Sie litt wohl eher an der Provinz. Das großzügige, freie, leichte und muntere Leben bei Bruder Karl am Wannsee hatte doch mehr Reiz und Abwechslung gehabt. Und ausgerechnet sie als die beste Köchin am Wannsee und in Zerbst sowieso musste am Magenkrebs erkranken.

Mercoledì: „Am 11. April hörten wir zum 1. Mal Artillerie."

Vera schaute zum Fenster, die Jalousien waren schon im Hellen herabgelassen worden, wie eine Zelle kam ihr dieses einst so gemütliche Wohnzimmer mit der grünen Sitzecke vor. Und Hans, der Zellenwärter, schweigsam und verbissen. Sie würde so gern mit Maja den Ort verlassen, die Russen waren doch schon ganz nahe. Warten auf den Bombenalarm, Warten auf Hans, der zum Volkssturm musste, Angst vor der Zerstörung des Hauses, Angst vor den Russen, Angst vor der Zukunft und was aus ihnen allen werden soll.

Vera fasste nach dem goldenen zierlichen Henkel des KPM-Mocca-Tässchens, es war Grozis Lieblingstasse. Zwei Tränen trafen auf die Oberfläche der Zichorienplörre. Ob sie je wieder Mokka trinken können wird? Wie schmeckt der überhaupt? Nicht mal ein anständiger Muckefuck ist mehr im Haus. Haus, eigentlich lebte man ja mehr im Keller bei dem häufigen Bombenalarm. Das wird sie morgen machen, das Bett für sie und Maja gleich dort unten einrichten. Sie schlafen schon seit einer Woche im Esszimmer, waren von oben herunter in die erste Etage gezogen und nun noch weiter hinunter – unter die Erde. Hans muss sowieso in der Volkssturm-Unterkunft bleiben. Es wurde von Mal zu Mal voller im Keller, entweder hatten sie keinen Keller, die Nachbarn, oder er war schon verschüttet. Obwohl es gar kein ausgewiesener Luftschutzkeller war. Da hatte doch keiner daran gedacht 1935, als das Haus gebaut wurde, dass sie zehn Jahre später einen Luftschutzkeller benötigten. Trotzdem war er wohl sicherer als die der Nachbarn. Und die Lehmann schleppt jedes Mal ihre gelähmte Freundin huckepack in den Keller. Die arme Maja gruselte sich vor diesem Gespann, wie zwei ineinander geklammerte Insekten stapfte die Lehmann mit der Freundin auf dem Rücken die Stufen hinunter.

Giovedi: „Am 12. April Sachen unter dem Hühnerstall vergraben. Eingekauft, immer wieder gezögert, zu Gramms (Kolonialwarenhändler) rüberzugehen, da immer wieder Tiefflieger. Amerikaner besetzen Brückenkopf an der Elbe."

Was vergrub man wohl unter dem Hühnerstall? Das, von dem man annahm, es interessiere die Russen. Schmuck, Gold, das gute Service noch aus den guten alten Wannsee-Zeiten? Schlüssel zu gewissen Schränken im Haus. Und ja, die Lebensmittelläden hatten sogar in diesen Tagen geöffnet, aber man kam nicht hin, wegen der Tiefflieger. Bei der Nachricht, dass die Amerikaner einen Brückenkopf der Elbe besetzt hatten, mag eine gewisse Erleichterung mitgeschwungen sein, so konnte man in Zerbst auf ein Eintreffen der Amerikaner hoffen. Bisher glaubten sie, alles östlich der Elbe würde von den gefürchteten Russen eingenommen.

Venerdì: „Nachmittags am 13. April unsere Wäsche von der Waschanstalt Toberenz geholt. Hans' Matratze in die Volkssturm-Unterkunft gebracht. Kämpfe in Magdeburg, Feind in Walternienburg. Tochheim unter Feuer."

Freitag der 13., auch den gab es im Krieg und man brachte die Wäsche in die Wäscherei und holte sie ab, ein Stück Alltag im Chaos. Ein Restchen bürgerlicher Haushalt. Der Mann musste außerhalb schlafen, damit er für den Volkssturm schnell einsatzbereit ist. Immerhin auf der eigenen Matratze, die Vera wie hingebracht hat? Mit einem Bollerwagen? Der Feind in Walternienburg, das sind die Amerikaner, die den Brückenkopf an der Elbe besetzt hatten. Die Amerikaner sahen diese Pontonbrücke, die nur für Stunden bestand, als Weg nach Berlin. Doch schlugen die Deutschen noch einmal kräftig zurück. Zerbst war die Stadt direkt an der Front, hinter der Front geworden. Tochheim war auch ein umkämpfter Elbübergang westlich von Zerbst.

Sabato: „Am 14. April schlugen wir unser Nachtlager im Esszimmer (untere Etage) auf, weil wir dauernd ca. alle zwei Stunden wegen Angriffen in den Keller mussten. Hans blieb in der Nacht zuhause, sollte wohl eigentlich Munition nach Walternienburg fahren. Artillerie Einschläge Käsperstraße. Tochheim feindfrei."

Tochheim an der Elbe hatten die Deutschen kurzfristig zurückerobert. Ob Hans deshalb zu Hause blieb, weil ihm sein Leben lieb war und er seine Lieben nicht allein lassen wollte … Er wusste ganz bestimmt, dass in Walternienburg an der Elbe die Hölle los war und von dort wenige zurückkamen.

Domenica: „Am Morgen des 15. April, sechs erneuerte Fensterscheiben kaputt. Hans organisierte noch Bretter mit der Nachbarin zusammen, die mit ihrer invaliden Freundin mit bei uns im Keller hauste. Andere Tage richteten wir uns ganz im Keller ein. Nachmittags Panik: ‚Frauen und Kinder dürfen die Stadt in östlicher Richtung verlassen.' Ich wollte, aber Hans sagte: ‚Da lauft Ihr den Russen in die Arme.' Gegenüber fuhren sie mit hochbepackten Wagen davon. Ich nehme Gardinen ab u. dgl. In der Nacht vorher dauernd Artillerie, jetzt ganz still. Frau Renner, die es schon im Rheinland mitgemacht hatte, sagte: ‚Nach der Stille kommen die Flieger.'"

Das war bitter, dass sie diese Gelegenheit, die Stadt mit Maja zu verlassen, verstreichen lassen musste. Schule gab es schon seit Wochen nicht mehr. Natürlich, wie sollte Inge sie finden, wenn sie nach Zerbst käme. Wo mag sie sein? Hoffentlich in Sicherheit. Ohne Bomben. Es wäre bestimmt besser, wenn sie nicht versuchte nach Zerbst zu kommen. Was sind das für Zeiten. Ja, hier auf dem Schreibtisch lagen die dünnen Durchschläge der Rundbriefe der Klassenkameraden. „Frontberichte." Die Inge verteilte, wenn sie hier war. Wann war sie das letzte Mal hier? Vor zwei Jahren? Als ihre Klassenkameraden zur Front gingen, hatte sie ihr Studium in Heidelberg begonnen. 1942. Ja, hier schreibt sie in dem einen „Frontbericht": „… drei bis vier Mal Alarm am Tag, seit Tagen sind an der Uni die Kohlen alle – im Februar. Neulich sind in Heidelberg Bomben gefallen, wir sitzen am Tage durchschnittlich zwei Stunden im Keller." Die Kellergeneration. Der die Männer abhandenkommen. Vera mochte gar nicht mehr hineinsehen in den kleinen Stapel dünnen Durchschlagpapiers. Der erste Frontbericht ist im Dezember 1942 geschrieben, da war dieser Jahrgang gerade mal ein halbes Jahr aus der Schule nach einem Notabitur. „Lebenszeichen" nannte dieser Mitschüler von Inge diesen ersten

Bericht, wohl wissend, was das Wort für eine Bedeutung hatte in diesen Zeiten, denn schon ein halbes Jahr später waren bereits zwei der Klassenkameraden tot. Inges Klasse war die erste gemischte Klasse am Francisceum. Sie war eines der drei Mädchen, die in der Untersekunda aufgenommen wurden. Und diese jungen Männer starben nun den Heldentod. Doch, jetzt kam auch der erleichternde Gedanke, dass Maja kein Junge geworden ist, auch wenn sie Hans das gewünscht hätte. Dieser Klassenkamerad von Inge bedauerte, dass die beiden jungen Toten „wie üblich zwei der besten" sind. Aus der geplanten Chronik drohte in kürzester Frist ein Totenbuch zu werden. Andere berichteten von schnellen Beförderungen. Nach einer Blitzausbildung Gefreiter zu werden, schien keine Seltenheit zu sein. Und zackzack an die Ostfront. Genau dort, in Stalingrad, starb einer der Ersten. Ein „Liebling der Götter", so ruft man ihm tröstend hinterher, denn diese Lieblinge sterben früh. Mit 20 Jahren!

Fritz, ja Vera erinnerte sich, spielte gut Klavier, davon gab es ja nun wirklich nicht viele, vor allem nicht in Zerbst, wo jeder Bauer ein Klavier sein Eigen nennt und seine Polka hinlegen kann. Nein, dieser Fritz war ein Pianist. Ein Feinsinniger, so einer, den man sich zum Schwiegersohn wünscht. Nicht Hans, der braucht etwas Handfesteres als Schwiegersohn. Wenn es dann, wenn der Krieg endlich aus ist, noch irgendeinen Schwiegersohn zum Aussuchen gibt. Dieser eine Klassenkamerad – ach einer der vielen Apothekersöhne – rief dem begabten Fritz mit Cicero nach: „Du habest uns hier liegen sehen, wie wir die heiligen Gesetze des Vaterlandes befolgten." Na, klang da etwas Hohn durch: die heiligen Gesetze. Diesem Klassenclown ist alles zuzutrauen. Und hier, da meldet sich der Lehrer zu Wort. Dr. Lenz. Der scheint ja mächtig stolz auf seine toten Schüler zu sein. Die er seine „geistigen Kinder" nennt. Die nun den „Opfergang" gehen mussten. Für jeden Heldentod seiner geistigen Kinder gibts eine Gedenkminute im Klassenraum und noch mal eine in der Aula. Die „geistigen Kinder" hatte Inge unterstrichen, mit offenbar von höhnischem Kichern verwackeltem Strich. Echt der Lenz – hatte sie an die Seite gekritzelt. Zwei Mal eine Minute Gedenken.

Der ist vermutlich jetzt auch beim Volkssturm. An der Heimatfront. Und seine „geistigen Kinder" liegen in den Schützengräben oder sind schon tot und wenn nicht, fliehen sie vor dem Iwan, obwohl er, so schreibt einer aus Russland, bisher noch keinen Russen gesehen hat. Fliehen vor überraschenden Panzerangriffen, es heißt schon gar nicht mehr „taktischer Rückzug" wie in den offiziellen Verlautbarungen der Wehrmacht, fliehen vor Tiefangriffen russischer Jäger, schwimmen bei minus 15 Grad durch einen Fluss. Der Traum von der Frontbewährung scheint ausgeträumt. Auch Inges Tanzpartner Paul, der es gar nicht erwarten konnte, endlich auf das U-Boot zu kommen, ist im August 44 tot. Der Iwan am Narew, schrieb er im letzten „Frontbericht", das ist immerhin schon westlich von Warschau. Die Läuse sind auch schon da. Sie sind überall.

Der Iwan ist nun bald an der Elbe. Der Ami auch. Und wir sitzen hier in der Falle. Der Iwan wird sich schrecklich rächen. Insofern gut, wenn Inge weit weg ist, weit im Westen. Aber Maja und sie selbst … Hans will sie nicht gehen lassen. Er muss hierbleiben, nach all den Jahren der Freistellung vom Wehrdienst ist er nun beim Volkssturm. Er muss Munition in die Frontgebiete bringen, die jetzt schon die Nachbardörfer sind. Und sie? Geht jeden Tag zur Firma Braun, Papiere vernichten. Auch die ihres Entwicklungsingenieurs Gastrow. Nichts darf dem Feind in die Hände fallen, schon gar nicht die Unterlagen zur ISOMA. So einfach zu bedienen wie ein Radiogerät, so warb die Firma damals. Und nun einfach verbrennen. Da hatte Vera kurz überlegt, ob sie sie mitnimmt und im Garten vergräbt oder unterm Hühnerstall. Aber wenn der Feind das dort findet, wird alles noch schlimmer. Schade um das oft nur einseitig beschriebene Papier, die Pläne, die sie in den Ofen schieben musste. Schade um die Wärme, die nutzlos verflog. Hans hatte seine Konstruktionsunterlagen im Kopf, jederzeit kann er die verschiedenen Serientypen seiner Maschine aus dem Gedächtnis aufzeichnen. Wie schade, dass der Krieg alle Pläne zunichte gemacht hatte. Bestimmt hätten sie endlich wieder nach Berlin zurückgehen können, wäre Deutschland nicht in diesen Krieg gezwungen worden. Oder noch früher, vielleicht hätte sie sich nicht so vehement gegen den Gedanken nach Amerika zu gehen, sträuben sollen. Die Stille scheint noch schwerer auszuhalten. Die Renner hat gesagt: Nach der Stille kommen die Flieger.

Lunedi: „Am 16. April. Ein herrlicher Frühlingstag mit klarblauem Himmel und strahlender Sonne. Hans kam sehr bald von Brauns zurück und wir sollten Matratzen etc. auf den Handwagen packen, hatten von der Nacht her noch sämtliche Ski-Hosen und warme Mäntel übereinander und ab in den Braun'schen Bunker. Frau Renner weinte noch hinter uns her: ‚Also glauben Sie, dass wir hier nicht sicher sind.‘ Ich glaube, um 10 Uhr gings damals los, der Stadtkommandant war gewarnt, die Stadt zu übergeben, aber die Stadtväter saßen volltrunken im Schloss in unserer unmittelbaren Nähe. Ca. eine dreiviertel Stunde dauerte der Angriff. Maja und ich geduckt im Bunker auf einem der unteren Feldbetten eng umschlungen, ich immer das unbewusste Verlangen, ihr Köpfchen in meinen Schoß zu betten, alles zitterte und schaukelte, wenn die Angriffe näher kamen, aber das Volk sollte wohl unberührt bleiben. Als wir endlich auch einen Blick hinauswarfen – die Männer guckten immer nach, wenn eine Pause war –, von dem blauen Himmel nichts mehr zu sehen, kohlschwarzer Rauch, die Innenstadt war ausgebrannt. Da das ‚Hauptquartier' im Schlosspark lag, hatten wir keine Hoffnung, dass unser Haus noch stand. Aber dies Glück, als wir oder zuerst Hans, um die Ecke bogen und sahen es! Unsere Keller-Genossen hatten fliehen müssen, denn eine Granate hatte vor dem Haus die Abwasser-Kanalisation getroffen und das ganze Dreckzeug stieg in unseren Keller hoch und stank."

Den ganzen nächsten Tag blieben Vera und Maja im Bunker der Firma Braun und am übernächsten gratulierten sie Franz Eiermann, mit dem sie die Zeit im Bunker verbracht hatten, zum Geburtstag. Die Kirche, in der Inge und Maja konfirmiert wurden, St. Bartholomäi, brannte aus und das Feuer griff über bis auf Sanitätsrat Fiedlers Haus. Die alten Leute hatten Gift genommen, wie so viele. Vera hörte noch den Feuersog oder wie nennt man das, dieses furchtbare Heulen vom Brand der Kirche. In ihren Notizen steht: „vorm. Büro gearbeitet", das muss wohl bei Braun gewesen sein, vielleicht Sachen vernichtet. Was für Sachen? Die Unterlagen, die für die Kriegsproduktion gefälscht worden waren? Oder vernichtete Vera hauptsächlich die Konstruktionsunterlagen ihres Ingenieur-Mannes?

Giovedi: „Unser Haus wurde am 19. April durch 4 neue Sprengbomben in der Nähe weiter zerstört. Am 20. April kam abends der Befehl: Käsperstraße usw. räumen. Viel Flieger, schönes Wetter, immer raus aus dem Bunker und wieder rein in den Bunker."

Sabato: „21. April schlechtes Wetter".

Hans muss sich konzentrieren

Er hatte überlegt, ob er die Papiere aus der Firma Braun, die seine Maschinen betreffen, die Unterlagen für die Patente, die Lizenzverträge mitnehmen sollte und in einem der Dörfer verstecken, die er nun mit dem Volkssturm aufsuchen musste, um die Front mit Munition zu versorgen. Doch da war derart die Hölle los, dass er diesen Gedanken nicht nur schnell verwarf, sondern an einem besonders aufregenden, stürmischen Tag, als die Amerikaner den Brückenkopf am Westufer der Elbe besetzten und die Deutschen ihn überraschenderweise wieder zurückeroberten, dann doch lieber in Zerbst geblieben war. Das Leben in diesen verlorenen Krieg zu geben war ihm keine lange Überlegung wert. Auch überlegte er, ob er diese für ihn so wichtigen Unterlagen nicht lieber in seiner Nähe behalten sollte, unter Veras Hühnerstall etwa vergraben. Die Ereignisse überschlugen sich und jederzeit können die Russen von der einen oder die Amis von der anderen Seite eintreffen oder die Front geht mitten durch Zerbst, dann müssten sie tatsächlich raus aus der Stadt. Dann würden sie auch gemeinsam gehen. Aber vorher muss er sie hier halten. Es nützt nichts, wenn sie jetzt auseinandergerissen werden. Und solange es geht, will er auch in seinem Haus bleiben, retten, was zu retten ist. Frau und Tochter vor den Russen schützen. Wenn sie jetzt gingen, dann liefen sie den Russen direkt in die Arme. Wie die anderen Frauen, denen Vera hinterher weinte.

Hans musste sich konzentrieren, er fuhr Munition. Privatfahrzeuge gab es schon seit 1939 nicht mehr. Es war ein – naja, sollte man dies Ding Auto nennen – Fahrzeug der Wehrmacht, das hier übriggeblieben war und mit dem der Volkssturm die Front, die sich bereits in den umliegenden Dörfern befand, mit Munition versorgte. Den Himmel im Auge behalten, Alarm würden sie hier nicht hören, nicht hier auf dem Land und nicht in diesem Höllenfahrzeug. Auch musste man jederzeit mit einem Vortrupp des Feindes rechnen.

Der Junge an seiner Seite war so alt wie Maja, herrje. Hans bremste, der Verkehr stand auf dieser Landstraße. Vielleicht hatte eine Bombe die Straße getroffen? Es half nichts, er musste warten.

Nicht zum ersten Mal dachte er an seine Zeit im Ersten Weltkrieg. Es ist die Zeit, als er Tagebuch führte, weil er glaubte, dass er an der Weltgeschichte mit herumwerkeln würde. Als er im hohen Ton der Wichtigkeit schrieb, dass es für ihn eine Freude und Verpflichtung sei, für das Vaterland zu sterben. Mit allerdings der gleichen Gefühlstemperatur widmete er sich auch seiner ersten Liebe, die ihn verschmähte. Das war bitter. Fast so bitter, wie die Tatsache, dass er nicht gleich im August eingezogen wurde.

Da war er so alt wie Inges Klassenkameraden, als sie nach dem Notabitur loszogen, auch wieder nach Russland. Die meisten würden auch nicht älter werden als 20. Als er ein Jahr im Feld war, 1915, hatte er geglaubt, dass es bald Frieden mit Russland geben würde. Wie naiv er gewesen war, so wie dieser Knabe auf dem Beifahrersitz, der glaubt, wenn er nur mitmischen kann in diesem Krieg, dann ist der bald vorbei. Was für eine Enttäuschung war das gewesen, als er den Drill, den erniedrigenden Schliff eines bestialischen Vorgesetzten überstanden hatte und er endlich als Funker an der Front eingesetzt wurde. Sein Einsatz war ein Nichts, er glaubte nicht, dass es an ihm lag, dass der Krieg so schmählich zu Ende ging. Wenn sie solch motivierte Leute wie ihn nicht einsetzten, sie waren technisch hervorragend ausgebildet, aber man brauchte sie nicht. Sie saßen trocken und warm in den requirierten Unterkünften und hörten den Funksprüchen der anderen zu. Viel

Privates, kaum Krieg. Man beförderte sie nicht. Wofür auch? Fürs Schachspielen? Ja, er hätte gern den Krieg 18 als Offizier verlassen. Da waren Schwachköpfe am Werk gewesen. Und jetzt? Es dauerte wieder viel zu lange, sinnlose Opfer, Städte und Kultur zerstört. Die Entwicklung seiner Maschine stagniert. Die internationalen Verbindungen liegen auf Eis. Stattdessen darüber grübeln, warum in den Stiefeln die Strümpfe so schnell entzwei gerieben werden. Nein, nicht jeder seiner Gedanken war gut, nicht alles, was er über andere dachte, wohl auch nicht jede seiner Lebensentscheidungen.

Hans sah kurz zu dem schweigsamen Bengel auf dem Beifahrersitz. Was geht in seinem Kopf vor? Hat er Angst? Warum nimmt er nicht die Beine in die Hand und sieht zu, dass noch etwas von ihm übrigbleibt, dass noch etwas aus ihm wird? Stattdessen läuft er dem Tod in die Arme oder in lange Gefangenschaft in Sibirien. Was glaubt der, welchen Blumentopf er noch gewinnen kann, wenn der mit ihm die Munition an die ein paar Schritt weit entfernte Front bringt. Dorthin, wo er schneller hingemäht wird, als er gucken kann.

Nein, wenn der Krieg vorbei ist, werden sie seine Maschine benötigen, er musste rechtzeitig Verbindungen knüpfen. Warum nicht Südamerika, wo Heini gelebt hat und wieder hinwandern wird, wieder auswandern, wenn dieser Krieg endlich vorbei ist. Die Pläne wieder aufgreifen, die sie in lauen Sommernächten zu spinnen begonnen hatten. Das war auf Onkel Karls Potsdamer Grundstück auf dem Hermannswerder, da lebte Karl noch. Der hatte nach dem großen Verlust durch die Inflation und damit auch des wunderschönen Anwesens am Wannsee sich wieder aufgerappelt, er ließ sich nicht unterkriegen, Hans' großes Vorbild nach wie vor. Aber ein Auto hatte ihn umgeworfen, diesen Kraftkerl und keiner wollte es glauben. Von diesem Unfall erholte er sich nicht.

Dieser Verlust berührte Hans. Onkel Karl war zu seinem Mentor geworden, der ihm seinerseits Respekt zollte für seine Erfindung, die ISOMA.

Wenn man wenigstens eine der Maschinen retten könnte, bevor sie dem Feind in die Hände fallen. Leider kann man sie nicht unter den Arm klemmen und mitnehmen, dahin, wohin einen das Schicksal als Nächstes spült. Und schon gar nicht in Zeiten, wo man das nackte Leben retten musste. Wie dumm, dass die mit Amerika begonnenen Geschäfte dann nicht weitergingen. Noch auf der Weltausstellung in Paris 1937 sah es so hoffnungsvoll aus. Aber mit Heini nach Chile zu gehen, um dort die Kunststoffindustrie aufzubauen, war auf jeden Fall eine Idee, wie es nach dem Krieg weitergehen könnte. Nicht nur in Chile, überall auf der Welt würden Alltagsdinge, Gebrauchsartikel benötigt werden, die man inzwischen alle aus Kunststoff herstellen kann. Zu Chile gab es nur erst mal den Kontakt über Heini.

Ihr mit Munition vollgeladenes Auto wurde von einer Gruppe trauriger Gestalten überholt, die Handwagen hinter sich herzogen. Viel zu warm angezogen für dieses Frühlingswetter. Flüchtlinge? Sollte er sie warnen? Sie gingen in Richtung Elbe, da war der Teufel los. Überall war der Teufel los. Das nackte Leben retten, etwas Hab und Gut und – meine Idee, meine Maschine. Vielleicht war es doch ein Fehler gewesen, sich so eng an die Firma Franz Braun zu binden, aber ohne sie wäre die Maschine wohl nicht in der Welt. Das große Firmenjubiläum vor drei Jahren, das war auch seine Feier, er und die ISOMA sind mit der Firma verwachsen, all das hat er in seinen Filmen dokumentiert. Die großartigen Betriebsausflüge nach Hamburg oder in den Harz. Mit der gesamten Belegschaft. Das war noch ein Gefühl der Zusammengehörigkeit. Vom Betriebsdirektor bis zum Lehrling. Von der Telefonistin bis zum Chefkonstrukteur. Wer würde sich die Filme nun noch anschauen? Wie viele der fröhlichen Betriebsangehörigen lebten nicht mehr? Grewe, der Firmenchef, hat an ihn geglaubt. Sogar den Rundfunk ins Werk geholt, damals 1942. Das war für alle ein Erlebnis, nicht nur für Hans. Grewe müsste verschwinden, wenn ihm sein Leben lieb ist. Doch Hans versteht zu gut die Abwägung zwischen – bei der Familie bleiben – und – das bisschen Hab und Gut retten. Er selbst macht es nicht anders.

Eine Woche Bunker

Und dann ging plötzlich alles so schnell. Das Bangen hatte ein Ende, als der erste Panzer in Zerbst einrollte. Es war kein Russe. Was Vera nicht verstand, denn auf dem Panzer war doch ein Stern!, rief sie. Sie war kaum zu beruhigen. Es waren die Amerikaner, Gottseidank! Aber der Stern, was ist mit dem Stern? Es war zu viel nach diesen Tagen. Eine knappe Woche fast täglich Artilleriebeschuss, die verbrachten sie im Bunker auf dem Gelände der Firma Braun. Der eigene Keller war sowieso kein wirklicher Luftschutzkeller. Doch aus der Luft kam in diesen Tagen nichts. Es war Artilleriebeschuss ganz aus der Nähe, ein Feuerüberfall nach dem anderen, sie verstanden es nicht, würden Amerikaner und Russen gar auf dem Stadtgebiet aufeinandertreffen? Leisteten überhaupt noch Deutsche Widerstand. Einer der Gruppenführer meinte im Volkssturm, von der Ostfront bis zur Westfront ist es ein Fußmarsch von nicht mal einem Tag. Inzwischen wohl noch weniger, denn die deutschen Verbände flohen nach Norden.

Als Hans mit Vera und Maja im Bunker der Firma Braun saß, dachte er: Wie lange noch? Und was kam dann? So viele hatten sich schon umgebracht, aus Angst vor den Russen. Sie wollten ihnen auch nicht in die Hände fallen, aber sich umbringen? Die Tage im Bunker waren furchtbar, kalt und feucht, draußen das Feuer. Die Kanonen standen direkt hinter der Gartenstraße, von ihrem Haus nicht weit entfernt. Sollte ihr Haus nun doch noch zerstört werden? Wie das der Nachbarn, das im Keller getroffen wurde. Die drei Etagen sackten hinunter samt Dach. Wie ein Turm aus Bauklötzern, dem man den untersten Stein herauszieht. Mit hinuntergesunken war das Klavier und ganz geblieben! Vera konnte es kaum glauben, dass es heil im Keller stand, sauber auf seinen Rollen gelandet. Das war ihr ein Trost, die Musik überlebt. Daran hielt sie sich fest.

Sie kamen kaum raus aus dem Bunker in diesen Tagen. Auch, als es am Donnerstag ruhig geblieben war. Nach der Stille kommen die Flieger, diesen Spruch der Rheinländerin Frau Renner hatte Vera verinnerlicht. Aber es kamen keine Flieger. Am Freitag wussten sie warum: Die Russen und die Amerikaner waren sich an der Elbe begegnet! Das war noch nicht das Ende des Krieges, aber fast. Diese Nachricht ermunterte einige, sich auf den Weg zu machen in Richtung westlich der Elbe, dorthin, wo die Amerikaner sind. Auch die Potsdamer Verwandtschaft, drei Damen unterschiedlichen Alters, Carla, eine Freundin von ihr, und Traudel, eine von Liesels Töchtern, verließen das ausgebombte Potsdam. Es war Zufall, dass Hans und Vera im Haus waren, als die drei mit ihren Rucksäcken im Vorgarten standen. Vera weinte vor Glück, sie lebendig zu sehen. Ob sie denn bleiben wollten. Auf keinen Fall, sie mussten über die Elbe! Zu den Amerikanern. Einen Tag später waren die Amerikaner in Zerbst, aber das konnten sie ja nicht wissen.

Sie ermunterten Vera mitzukommen und sie hätte sich ihnen

auch zu gern mit Maja angeschlossen. Doch da musste der Hans streng werden. Sehr streng: Niemals. Dann werden wir auseinandergerissen. An der Elbe ist immer noch der Teufel los! Wieder flossen Tränen, doch Vera gehorchte und winkte den dreien hinterher: Viel Glück! Die Nacht verbrachten sie wieder im Bunker und Hans sagte nichts, als in derselben Nacht das Feuer tatsächlich wieder loslegte. Er konnte nur hoffen, dass die drei heil durchkamen. Am Vormittag ging Vera ins Haus und rührte einen Teig für einen Kuchen an. Vielleicht war es ihre Art der Stressbewältigung.

Der Kuchen war eben aus dem Ofen, da krachte es wieder. Sie stürzte zu den Nachbarn, wollte dort in den Keller, wurde aber abgewiesen, er wäre schon voll. Früher hatten sie auch Nachbarn in ihren Keller aufgenommen, doch der war nun eine Kloake, das Abwasser stand darin. Vielleicht nahm man es ihnen auch übel, dass sie in Brauns Bunker untergebracht waren und die Abweisung bedeutete: Geh doch in deinen Bunker. Der Kleinen hatte Hans im Bunker eine Ecke eingerichtet mit einem Bummibären, einer Taschenlampe und Büchern. Vera ging zu ihrem Kuchen in die Küche und überlebte auch diesen Angriff, ein paar Stunden später wurde die Stadt an die Amerikaner übergeben. Es war Sonnabend, der 28. April.

Hans im Gefängnis

Dieser Stern hat auch fünf Zacken, aber er ist rot. Wieso verwenden die die gleichen Symbole? Beide Sterne stehen auf zwei Zacken, zwei Zacken seitlich sind die Arme, einer oben der dünne Kopf ohne Gehirn. Ein Männeken. Wie kommen die auf die Idee, mit einem Stern in den Krieg zu ziehen? Ein Stern steht für Gott?

Vera konnte nicht denken, waren die Sterne nicht Symbol für die Harmonie zwischen himmlischem und irdischem Geschehen? Oder steht jeder Stern am Himmel für einen Toten auf Erden? Da wurde ja in den vergangenen Jahren intensiv dran gearbeitet.

Die Ereignisse überschlugen sich weiterhin. Hans saß im Gefängnis in der Kommandantur. Der russischen, die Russen waren ein paar Tage nach den Amerikanern auf ihren Panjewagen eingerollt. Und plünderten mit dem roten Stern an der Mütze die Stadt. Jetzt war sie auch noch allein im Haus verantwortlich, das langsam von Einquartierungen überquoll. Die russische Kommandantur quartierte sich in der Dessauer Straße ein, nicht weit weg von ihrem Haus, und Vera ging jeden Tag hin und schob ein Essenspaket durch das Kellerfenster. Das sollte das Gefängnis sein, ein Kellerloch. Ilse Bilse keiner willse, kam der Koch, nahm se doch, steckt sie in das Kellerloch.

Warum Hans, warum nicht den Betriebsdirektor Grewe? Oder ist er doch geflohen? Was wollten die Russen von ihm? Die hielten alle auf Trab. Einquartierungen in den verbliebenen Häusern. Beschlagnahmung der letzten Möbelstücke, Teppiche. Erst wollen sie einen Sessel, Grozis Sessel! Dann wieder doch nicht, ach, der Teppich ist schön, den bringen Sie mal da und dahin. Ach was, hier ist noch Strom? Die Sicherungen rausgeschraubt und mitgenommen und dunkel und nix kochen, die ganzen Einquartierungen kochten ja mit Elektroplatten.

Und – die Nächte? Verstecken, unsichtbar werden vor den Russen und den Ausschreitungen gegen Frauen. Ja, irgendwas hatte das mit dem Schritt zu tun. Vera zog die Luft zwischen den Zähnen ein, bis jetzt Glück gehabt. Ach ja, dann wollten sie, die Russen, die ganze obere Etage, einstmals ihre Schlafzimmer, für einen Oberst. Doch der Oberst schüttelte den Kopf, nix gutt. Dann eben die Einquartierungen, die das Wohnungsamt zuteilte. Ein junges Paar aus dem Osten, mit Baby. Ein älteres Paar, dem auch nicht alles gefällt. Ach, und dann Bett für Kommandantur. Gestell, Matratzen, Auflage, Federbett, Kopfkissen und Bezüge, also komplett.

Dann stellten sie das Wasser an. Welch ein Geschenk! Bevor Hans in das Gefängnis in der Kommandantur kam, unterhielt er sich mit zwei angeheiterten Russen. Wie? Mit deren Brachialdeutsch. Wetter gutt? Vera wusste nicht, welche Brocken ausgetauscht wurden, aber sie machte sich nun doch Sorgen, dass Hans etwas Unbedachtes von sich gegeben haben könnte. Es sah aber aus wie ein Plausch unter Nachbarn. Was für Nachbarn, wenn einer den anderen in den Keller steckt. Aber lachen musste Vera doch, als der eine Russe eine „germanski Frau, was nicht arbeitet" suchte, sie solle seine „Chosen" waschen. Alle waren fix in ihren Löchern. Im Nullkommanichts. Es blieben genug junge Mädchen, die sich bereit erklärten, die „Chosen" vom Kriegsdreck zu befreien, in der Hoffnung auf Schutz oder eine Extraration Kartoffeln.

Das Wetter unglaublich „gutt". Was für ein Frühling. Was für ein Wetter zur Siegesfeier der Russen, sie ließen die alten Zerbster in Ruhe, zu denen Vera sich zählte. Und die jungen Dinger gingen freiwillig hin und tanzten mit den Russen. Die Musik plärrte aus den Lautsprechern, die an den Straßenlaternen, die noch standen, angebracht waren. Immerhin auch Tschaikowski, hach ja, es ist ja „ihrer". Und als Nächstes, das wunderte Vera noch mehr, weil es reine Klaviermusik war: aus Mussorgskis „Bilder einer Ausstellung" das große Tor von Kiew. Das konnte sie auch mal spielen, herrje, wie lang ist das her. Sie heulte wie ein Schlosshund, gleichzeitig kullerten Lachsalven aus ihrer Mitte, von diesen Lautsprechern klang es durch den lauen Maiabend entsetzlich, gequetscht, gequält. Dass es vorbei war, dass Grozi all dies nicht erleben musste, dass der Himmel blau und ihr für ein paar Minuten leicht war. Doch wo ist Inge, was wird aus Hans, was aus ihr und Maja, aus dem Haus. Wird sie nun mit 45 Jahren noch Russisch lernen müssen? An der Stelle, an der die Hände auf der Tastatur hin- und herfliegen müssen – das klang fast wie eine Persiflage des Themas, fiel ihr eben auf, aber kein Wunder bei dieser Quetschmusik, der arme Pianist, der das mal eingespielt hat, hoffentlich musste der das nie hören, wie es hier über die wackligen Lautsprecher kam – an der Stelle mit den hin- und herfliegenden Händen öffnete sie den Hühnerstall und scheuchte ihre sechs Hennen durch Wedeln der Schürze hinein. Schluss für heute, meine Lieben. Koniez.

Und die Traudel, ach, das Kindchen ist zurückgekommen, taucht hier mittenmang den Russen auf, mit ihrem Rucksäckchen auf dem Buckel, da kann ja nun wirklich nicht viel drin sein. Die beiden anderen hat sie verloren, da an der Elbe, aber sie schaffen das, versicherte sie. Wo wollen die eigentlich hin? Na, zum Großvater Paul nach Bargteheide, da soll es noch was zu essen geben, der hat allein hundert Hühner! Und du, Traudel? Ich wollte sowieso nach München, da ist eine Freundin, wir wollten schon länger dort eine Gymnastikschule aufmachen. Vera schloss die Augen und sah dann das Kindchen an. Sie verkniff sich, zu bemerken, dass eben der Krieg verloren, das ganze Land besetzt, hier die Russen und in München, weiß der Himmel, die Franzosen? Ne, die Amerikaner und in Bargteheide? Die Briten?

Nach München, eine Gymnastikschule aufmachen! Als wär da noch irgendwas, was Fenster und Türen hat und einen Parkettboden, auf dem man Gymnastik machen könnte. Und doch verspürte Vera etwas Neid auf die Unbekümmertheit, den Mut, mit dem das junge Ding losplante. Vielleicht kommt man so durch? Dachte sie und seufzte, denn nun musste auch Traudel ein Bett haben für ein paar Nächte. Und verköstigt werden. Momentan ist jeder zu viel. Nein, sie ärgerte sich über ihre Hausfrauengedanken. Willkommen Traudel, sagte sie, wie schön, dass du heil von der Elbe zurück bist.

Vera musste nun Hamstern gehen in die Dörfer. Nach Bone zu der Familie von Inges Klassenkameraden. Die wissen vielleicht, wem man die Becher, Schalen, Kämme und Eierbecher aus der ISOMA zum Tausch anbieten kann, gegen Kartoffeln und Eier. Manche kennen die Artikel noch aus Friedenszeiten, die ersten Kunststoffprodukte und das in Zerbst. Zwei Kartons hatte sie noch stehen, aus dem verseuchten Keller gerettet und alles wieder saubergeputzt. Was hatten sie sonst noch anzubieten? Das Fahrrad brauchten sie selbst. Hoffentlich warf da nicht mal ein Russe sein Auge drauf, die waren ja ganz scharf auf die Räder. Grozis schönes Porzellan? Niemals, das brachte sie nicht übers Herz. Ganz bestimmt kommen wieder bessere Zeiten und wenn Inge zurückkommt und Grozis Service ist weg, nein. Auch die Gläser, wie nutzlos sie jetzt sind. Mal wieder einen Sherry mit Hans … wenn die Russen ihn wieder freilassen. Majas Puppenstube? Aus dem Alter ist sie nun wirklich raus.

Das arme Kind, was ist das für eine Kindheit – seit sechs Jahren mit Verdunklung leben. Im Keller sitzen, immer mit der Angst, den Angriff nicht zu überleben. Was hatten sie für Glück letzten Endes, dass das Haus noch stand. Nur den Keller voller stinkenden Abwassers, als die Kanalisation getroffen wurde. Aber es stand. Das Haus der Nachbarn weggeputzt. Nur das Klavier im Keller. War durch die ganzen Etagen runtergerutscht und stand da aufrecht, bereit, dass jemand den Deckel aufklappt und spielt. Nun muss man auf alles aufpassen. Nicht nur die Russen klauen wie die Raben. Auch den Einquartierungen ist nicht zu trauen. Man kriegte sie vom Wohnungsamt zugeteilt. Hans wollte die Nachbarn aufnehmen, denen nur das Klavier im Keller geblieben ist, das fanden sie besser, jemanden aufzunehmen, den man kannte. Alle taten Vera leid, die alles verloren hatten. Aber diese Menschen aus dem Osten mit ihrer harten Sprache. Und wer nur noch ein Hemd auf dem Leib hat, der ist zu allem fähig. Vera schämte sich gleich wieder, so etwas gedacht zu haben. Ohne Hans wird sie das nicht schaffen. Dieses Chaos, täglich diese neuen Herausforderungen. Sie brauchte ihn und wenn es nur dazu ist, sich zu beklagen. Sie konnte doch jetzt nicht das Kind volljammern. Sie dachte, glaubte, hoffte, dass er bald wieder bei ihr sein könnte. Was wollen denn die Russen mit ihm.

WARTESCHLEIFE RUSSLAND
ORECHOWO 1951

Winter

Poststunde! Jeder verzieht sich mit seinem Deputat an Korrespondenz, an Nachrichten aus der anderen Welt, in seine Ecke des kleinen Häuschens. Die andere Welt, in die sie hofften, bald wieder
einkehren zu können, nach Deutschland, das nun ein anderes war
als das, was sie vor viereinhalb Jahren verlassen hatten. Verlassen
mussten. Es sind nun zwei Deutschlands, aus der Ferne, hundert
Kilometer östlich von Moskau, hatten sie erstaunt zugesehen, wie
sich aus den Westsektoren die Bundesrepublik gründete und aus
dem Ostsektor die DDR.

Unter den deutschen Spezialisten wurde heiß diskutiert, ob es
nicht besser sei, wenn es dann endlich nach Deutschland zurück-
ginge, gleich in den Westen zu gehen. Aber das hieße dann, das
Hab und Gut, das Häuschen aufzugeben, das Umfeld, die Verwandten. Für Hans hieße das auch möglicherweise, seine Ansprü-
che auf Anteile und Lizenzen an seiner ISOMA aufzugeben. Sein
Lebenswerk. Er würde also in die DDR gehen. Doch in das völlig
zerstörte Zerbst? Zu seinem heruntergewohnten Haus? Da könnte
er gleich ein neues bauen. Er hatte hier in Orechowo genügend
Zeit zum Überlegen und sich schon nach zwei Jahren gegen Zerbst
entschieden. Onkel Willi, der Bruder vom verstorbenen Onkel
Karl, wurde in dieser Zeit sein Vertrauter in all diesen finanziellen
Dingen und Überlegungen zur Zukunft nach der Rückkehr, seine
Nabelschnur nach Deutschland, denn ein Teil von Hans blieb die

viereinhalb Jahre in Deutschland. Willi, der einst mit Karl die Pfaueninsel parzellieren und bebauen wollte! Willi, besser Onkel Willi,
wie er ihn immer noch nannte, hat in Kleinmachnow für Hans
ein Häuschen gekauft, direkt an der Grenze zum amerikanischen
Sektor. Den Westen schon mal im Blick, grinste Hans in sich hinein. Gemeinsam mit Willi richtete er im Kopf und auf dem Papier
das Häuschen ein, in dem die bisherige Besitzerin noch wohnte.
Es war ausgemacht, dass sie bis zu ihrer Rückkehr im Haus bliebe.

Endlich war in seiner Post auch ein Brief aus Nikolassee. Der
Austausch mit Willi über das Einrichten des Hauses ging schleppend voran, ein neues Schlafzimmer? Oder sollten sie das von
hier mitnehmen. Ein neues Büro? Oder das Herrenzimmer mitnehmen, es könnte als Büro dienen. Auch, ob das Klavier noch-
mals diese 2000 Kilometer im Güterwaggon nebst der ruppigen
Behandlung durch das Begleitpersonal überlebt, war fraglich. Man
könnte es Nina überlassen, Inges Klavierlehrerin, die nicht einmal ein eigenes Klavier hat. Diese Überlegungen gingen furchtbar schleppend voran, die Post dauerte schnellstens zwei Wochen,
meist eher vier Wochen, manchmal kam sie gar nicht an. Sie num-
merierten die Briefe, damit sie wussten, ob etwas verloren geht.
Auch war anfangs nicht klar, ob die Post von einer Zensurinstanz
mitgelesen wurde, eigentlich wussten sie es immer noch nicht. Ein
Brief von Hans an Willi, der in Nikolassee im amerikanischen Sektor von Berlin lebt, war von einer amerikanischen Militärbehörde
abgestempelt und, wie Willi ihm schrieb, wohl auch geöffnet.

Hans lebte mit dem verschiedenen Fließen der Zeit, hier gab
es genug davon, die Jahreszeiten wechselten sich in schöner Zuverlässigkeit ab – die zu kurzen heißen Sommer, die elend langen
grauslich kalten Winter –, während sich in Deutschland, speziell
in Berlin die Welt ohne ihn immer schneller zu drehen schien,

das machte ihn kribbelig. Er wartete auf verschiedene Antworten, die Einrichtung des Häuschens betreffend, damit er hier schauen kann, wem er dies und das verkaufen oder verschenken kann, denn ihre russischen Bekannten zeigten sich sehr interessiert an dem bürgerlichen deutschen Interieur. Und wieder keine Antworten auf seine vielen Fragen – was ist denn mit dem Willi los! Stattdessen teilte er mit, dass die ehemalige Besitzerin auszieht. Das ist ärgerlich, hatte Willi ihr nicht genügend klar gemacht, dass sie damit warten sollte, damit das Haus nicht monatelang leer steht? Das ist wieder so richtig deutsch, dass sie sich nicht vorstellen können, dass sie das nicht sagen können, wann sie kommen.

Natürlich, sie kennen das russische „Saftra" nicht. Die russische Antwort auf alle Fragen: morgen. Und morgen heißt es wieder morgen. Keiner weiß, wann Saftra ist. Weder der Senior, der die Interessen der Spezialisten gegenüber dem russischen Kommandanten vertritt, der Kommandant weiß es nicht, die Rote Anna, die Politoffizierin, weiß es nicht. Wahrscheinlich weiß es Stalin auch nicht oder ihr Rückreisedatum steckte in irgendeiner Schublade des Waggonministeriums. Hans hatte über Willi der Besitzerin immer wieder versichert, dass sie kommen, und er war sich sicher, dass es in diesem Mai so weit sein wird. Alle in der Kolonie sehnen diesen Mai herbei und die blöde Kuh zieht ein paar Wochen vorher aus. Das Haus darf auf keinen Fall leer stehen, das wäre zu riskant. Willis Sohn studierte in der Bundesrepublik und kam leider nicht in Frage. Hans seufzte und wandte sich der anderen Post zu. Leider wieder nichts von der Zerbster Maschinenbauanstalt, die bauten seine ISOMA munter weiter und „vergaßen", ihm die Tantiemen zu zahlen.

Hans ging zu Vera, die in einem Sessel im Wohnzimmer saß und weinte. Wie immer, wenn Post kam. Schon bevor sie die Umschläge öffnete, weinte sie vor Angst, was drinstehen könnte. Und hinterher, weil das immerwährende Heimweh neue Nahrung bekam. Auch sie hatte eine umfangreiche Korrespondenz mit den zahlreichen Verwandten in Ost und West und mit den Berliner Freundinnen. Wie aus einer verstopften Leitung kam die Post in Schüben, lange gar nichts, dann ganze Packen auf einmal, das war jedes Mal emotionale Schwerstarbeit. Was machen die mit unseren Briefen, klagte Vera. Abschreiben? Dabei durften sie die tatsächliche Adresse verwenden, und nicht wie in den großen Kolonien, verschlüsselte Adressen ähnlich wie Feldpostnummern.

Ihnen hatte man in der kleinen Kolonie mit nur neun Spezialisten 1947 das letzte Haus gegeben, eines der Finnenhäuser, die so hießen, weil das Holz als Reparationsleistung von Finnland kam, gebaut wurden sie von deutschen Kriegsgefangenen. Ihr Haus wurde als Letztes nach einem Dreivierteljahr fertig, weil Hans, im Häuserbauen schließlich erfahren, verschiedene Extras wünschte, die Küche verkleinern, damit es ein Bad gibt. Die Wohnzimmerfenster vergrößern, er fand die russischen zu winzig. Doch im Winter wussten sie, warum man hier so kleine Fenster baute. Die Post kam direkt hierher in die Uliza Krupskaja 8 a. Unwichtig, dass der Straßenname Lenins Frau oder Lebensgefährtin würdigte, von der sie nichts Näheres wussten. Es gab schlimmere Straßennamen. Schlechte Nachrichten?, fragte Hans seine Frau. Er sah über ihre Schulter hinaus aus dem schönen großen Fenster auf den nicht weit entfernten Wald, den sie im Sommer und Herbst so gern aufsuchten, er war jetzt tief verschneit. –

Wenn die Anemonen blüh'n, sind wir in Berlin, sagte er. Und freute sich über den zufälligen Reim. Ach, hör doch auf, sagte Vera, ich kann das nicht mehr hören. Und glauben schon gar nicht. Mein gesamtes Hoffnungspotenzial ist verbrannt wie unser

Winterholz. Ich versuche mich besser mit dem Gedanken abzufinden, dass wir für immer hierbleiben. Dann kann Maja wenigstens ihr Studium beenden. Dann wird wenigstens aus einer was, seufzte Vera. Das war das Stichwort für Hans, denn die andere ist Inge, die Einzige, die Vera aus dieser düsteren Stimmung reißen kann. Ist Inge in ihrem Zimmer? Lass sie ihre Post lesen, wehrte Vera ab. Hans setzte sich in den anderen Sessel am Fenster. Sie waren beide grün und gemütlich. Er klopfte auf die Lehne: Weißt du noch, woher wir die haben? Vera neigte den Kopf: Aus Onkel Karls Villa am Wannsee, du glaubst doch nicht, dass ich das vergesse. Sie helfen mir mehr, als du dir vorstellen kannst. –

Dann nehmen wir sie mit nach Kleinmachnow. Vera schlug die Augen nieder. Geht es dort voran? Wahrscheinlich war es ungünstig, in diesen Hoffnungsschimmer einen Wermutstropfen zu geben, aber Hans war ungeduldig und erzählte nun doch, dass die Besitzerin des Kleinmachnower Hauses ausziehen wird. Weißt du jemanden, den wir dort für ein paar Wochen reinsetzen können, jemanden, der wir bei unserer Ankunft auch gleich wieder hinauskomplimentieren können? Nein, über Veras Augen zogen dunkle Wolken: Sie glauben alle nicht, dass wir zurückkommen. Ich weiß niemanden. Hans ließ nicht locker: Eigentlich wäre das doch für einen Studenten eine schöne Übergangslösung, vielleicht jemand, der einen Passagierschein hat? Vera hob den Kopf: Na, Inge schreibt sich doch schon lange mit dem Klassenkameraden, dem Apothekerssohn aus der Ratsapotheke. Sie erzählte unlängst, dass er in Zehlendorf studiert. –

Na, das ist doch eine gute Nachricht. Hans ließ sich nicht aufhalten. Er ging die paar Schritte zu Inges Kemenate, ein winziger Raum, den er diesem auf zwei Zimmer und eine Küche angelegten Grundriss des einstöckigen Häuschens abgerungen hatte. Ein

Stück Diele musste für das kleine Inge-Kabuff abgeknapst werden, das sie die meiste Zeit ihrer für das Abitur büffelnden Schwester überlassen hatte und sich dafür im Wohnzimmer mit der Couch begnügte. Wand an Wand mit der Mutter und dazwischen – irgendwo in der Wand – zu jeder Jahreszeit eine hungrige Maus, die beiden den Schlaf raubte. Seit Maja in Gorki studierte, seit einem halben Jahr, konnte Inge nun diesen winzigen, eigentlich für sie gedachten Raum endlich für sich in Anspruch nehmen. Hans klopfte an die Tür.

Inge lag in ihrem Bett auf dem Bauch. Gute Post?, fragte Hans. Inge nickte. Jaja. Sag mal, begann Hans, du bist doch mit deinem Klassenkameraden in Kontakt, dem Apothekerssohn. Hat er dir geschrieben? Hm, ja, Inge bemühte sich, nicht ertappt oder überrascht zu wirken, doch Hans sah, dass seine Tochter etwas fahrig reagierte. Ja, der Klaus Voigtländer, aber den kennt ihr doch. Mit dem bin ich seit 42 in Kontakt, da war das Abitur und er ging gleich an die Ostfront. Hans hatte die Apothekerskinder nicht alle vor Augen, es waren viele. Doch, das hatte sich in Zerbst herumgesprochen, alle Kinder waren aus dem Krieg zurückgekehrt. Sechs oder sieben, unglaublich. Auch der Ratsapotheker hatte überlebt, auch seine Frau, nur die Apotheke selbst nicht, die seit fast einem halben Jahrhundert am selben Platz stand. In der Bombennacht am 16. April 1945 wurden 80 Prozent der Stadt zerstört, auch das Schloss, die Stadtkirche St. Nikolai und direkt daneben die Stadt- und Ratsapotheke. Alle Gebäude am Markt samt Butterjungfer, die stand ganz in der Nähe der Apotheke. Von der Frau Apotheker geht das unvorteilhafte Gerücht, wahrscheinlich von den Angestellten und Helfern verbreitet, dass sie bei den Bombenangriffen das Hitlerbild mit in den Keller genommen hat. Na, da war sie bestimmt nicht die Einzige. Nein, Hans wischte den blöden Gedanken weg, er schätzte die Familie. Aber er wusste nicht, welcher von den vielen Söhnen der Klassenkamerad von Inge war. Der Klaus also. –

Und der Klaus, fragte er, ist das der, der Archäologie studiert? Und hast du nicht erzählt, in Zehlendorf? Inge schüttelte den Kopf. Doch nicht in Berlin? Dochdoch, sagte sie. Aber nicht Archäologie. Sie sah ihren Vater an: Er studiert Theologie. Oh – Hans stöhnte innerlich: Habe nun, ach, Philosophie, Juristerei und Medizin und leider auch Theologie! Durchaus studiert mit heißem Bemüh'n. Ausgerechnet. Ich weiß, Paps, sagte die Tochter. Ihr Großvater, sein Vater, der Paul, war Pfarrer – nun in Bargteheide. Der Vaterpfarrer war ein eigenes Kapitel. Aber der Klaus ist in Zehlendorf? Inge nickte. Gleich in der Nähe von Kleinmachnow, unser Häuschen ist direkt an der Grenze zu Zehlendorf. Inge hörte auf zu nicken: Aber da ist doch die Sektorengrenze dazwischen! – Ja, aber wenn man dort arbeitet oder studiert, bekommt man einen Passagierschein. Inge sah ihren Vater ungeduldig an, was hat das mit Klaus zu tun? Hans erzählte, dass er einen Zwischenmieter suche, bis zu ihrer Rückkehr. Was meinst du, würde er da einziehen und vor allem – er hob die Stimme – wenn wir kommen, wieder ausziehen? Das ist doch für einen Studenten ein schönes Angebot. Jetzt sah Inge ihn lange an und Hans meinte ein Funkeln in ihrem Blick zu sehen.

War es der belebende Gedanke an die Rückkehr, die jetzt bei minus 20 Grad in diesem nicht enden wollenden Winter, der sogar selbst den Russen auf die Nerven ging, so unvorstellbar schien und doch Formen annahm mit dem Haus dort in Kleinmachnow. Schreibst du ihm? Er wird ja nicht gleich das halbe Studentenheim mitnehmen. Inge sprang vom Bett auf: I-wo, dafür lege ich meine Hand ins Feuer. Und er wird uns ein Käffchen kochen, wenn wir ankommen! Die Freude seiner Tochter beschämte Hans, hatte er bei all seinen Plänen zu wenig an sie gedacht? Sie lebten hier alle in einer Art Parallelwelt, halb hier, halb dort. Welche war Inges Parallelwelt?

Neubeginn? Joker ISOMA

Hans dachte daran, dass sie Inge schon verloren geglaubt hatten, im Krieg. Die letzten Nachrichten aus ihrem Arbeitsdienst in Meran klangen so überschwänglich. Während halb Europa unter den letzten Kriegsmonaten litt und in Schutt und Asche ging, verlebte sie im Tirol die „schönste Zeit ihres Lebens". Sie machten sich die größten Sorgen und das Fräulein Tochter plantschte im Gardasee. So dachten sie damals etwas neidisch. Sie war nicht freiwillig dort, vom Dolmetscherstudium in Heidelberg aufgrund ihrer Italienischkenntnisse dorthin beordert, hatte sie dort nicht viel zu tun. Diese Insel der Idylle inmitten des Kriegschaos erinnerte Hans an seine Schachspielerei im Ersten Weltkrieg. Doch dann hörten sie nichts mehr von ihr. Ein Jahr oder waren es sogar zwei? Jedenfalls war es lange. Die erste Nachricht kam im Herbst 45 aus Heidelberg. Sie hatte noch genug abbekommen an Hunger, Frieren und Sehnsucht nach Hause. Inge war im Sommer aus amerikanischer Kriegsgefangenschaft entlassen worden, sie erzählte, sie hätte gar nicht bemerkt, dass sie „gefangen" gewesen war.

Doch in die von den Sowjets besetzte Zone, nach Zerbst, wollten die Amis sie nicht entlassen. Ein Wohlmeinender beschaffte ihr auf dem Papier einen neuen „Heimatort", Heidelberg, das ebenfalls im amerikanischen Sektor lag. Und doch wucherte in ihr der Plan, über die Grüne Grenze zu gehen. Im Februar packte sie ihren spärlichen Kram, immer noch zweifelnd, ob es nicht vernünftiger sei, im amerikanischen Sektor zu bleiben. So stampfte sie wider besseres Wissen schweigend mit einer Schleusergruppe im Gänsemarsch durch den Harz, angeführt von einem ehemaligen SS-Mann, der später, als Inge ihres Gepäcks verlustig ging, sich ihrer speziell annahm und von der großartigen vergangenen Zeit, von Kameradschaft und so weiter, schwärmte. Er half ihr nicht bei der Suche nach ihren Habseligkeiten, vermutlich hat er mit dem „hilfreichen" Geist, der angeboten hatte, Inges Gepäck tragen zu helfen, zusammengearbeitet. Wer flieht, nimmt die kostbarsten Sachen vor allem an Kleidung mit, die sich immer auf dem Schwarzen Markt verkaufen lässt. Die Urkunden und wichtigen Dokumente hatte Inge vorsorglich bei ihrer Zimmerwirtin gelassen. Aber das Tagebuch wollte sie bei sich haben, es war nun in dem geklauten Gepäck. Wütend ging sie zur Polizei und meldete den Diebstahl. Die Beamten zuckten die Schultern und meinten, diese Gruppe würde wie so viele eh im Kreis herumgeführt und nie die Grenze übertreten. Irgendwie schaffte sie es dann doch. Hungrig, durstig, nur mit den Kleidern am Leib wurde sie in Zerbst von einem Russen mit „Stoj" – Stehenbleiben – empfangen. Der Posten begehrte ihre Armbanduhr, die sie opferte und die ihm zu ihrem Erstaunen als Wegegeld genügte. Da war sie nun, die verlorene Tochter, 22 Jahre alt, gerade rechtzeitig, denn Vera wurde krank, eine Krebsdiagnose. Die kranke Frau machte Hans hilflos. Endlich hatte er sich nach dem Krieg eine sichere Existenz aufgebaut. Die Firma Franz Braun gab es nicht mehr. Nach 78 Jahren. Bis April 45, bis zuletzt, gingen monatlich 20 seiner Maschinen in alle Welt. Die Werkzeugfirma war natürlich kriegswichtig, mit den Drehmaschinen wurden Granathülsen angefertigt, und in den letzten Jahren sogar Getriebe für Panzer hergestellt. In den Werksbüchern wurden sie als „Ölgetriebe" geführt. Als die Amerikaner vor den Toren Zerbsts standen und die Russen vor der Hintertür, schafften die Arbeiter die Panzergetriebe auf den Hof und hieben mit Vorschlaghämmern auf sie ein. Aus den Werkzeugmaschinen bauten die Arbeiter wichtige Funktionsteile aus und nahmen sie mit in die umliegenden Dörfer, wohin sie vor den Bomben flohen, und versteckten sie in den Hühnerställen.

Erstaunlicherweise blieb die Firma Braun fast unversehrt. Hatte da schon jemand von den Alliierten die Zeit nach dem Krieg im Blick? Die Arbeiter kehrten ins Werk zurück und räumten auf. Wunderten sich doch sehr, dass die Amerikaner kein Interesse an der Firma für Werkzeugmaschinenbau hatten. Umso mehr interessierten sich aber die Russen dafür, die wenige Tage später eintrafen, sie bemerkten das Fehlen der Teile und drohten mit aller Deutlichkeit, was passieren würde, wenn die Teile nicht schnellstens aus den Hühnerställen zurückgeholt würden. Doch nicht, wie die Arbeiter dachten, damit hier in der Firma wieder gearbeitet würde. Nein, schon Ende November 1945 mussten die Arbeiter die Maschinen demontieren und sie verschwanden als Reparationsleistung in der Sowjetunion, auch die ISOMA-Automaten. Hans hatte Glück gehabt, dass die Russen sich offensichtlich schon frühzeitig für ihn und seine Maschine interessierten. Deshalb kam er vermutlich schon nach zwei Tagen Haft in der Kommandantur frei.

Als die Arbeiter auch ISOMA-Maschinen für den Transport fertigmachten, dachte er, gut, ich warte ab, was da passiert, meine Maschine ist mein Joker. Und er eröffnete als Selbstständiger in seinem Haus ein Konstruktionsbüro für Spritzgussformen. Boxte damit ein paar der Flüchtlinge im Haus beiseite. Stellte Zeichnerinnen ein und nutzte die internationalen Kontakte, die er in ein-

einhalb Jahrzehnten aufgebaut hatte. Auch bot er die Gestaltung von Spritzgussformen aus thermoplastischen Massen an, sowie selbstbewusst „Beratung in allen spritzgusstechnischen Fragen". Das druckte er sich auf den Kopf von Briefbögen nebst der schließlich nicht unwichtigen Kontoverbindung. Seine internationalen Kontakte gingen bis Südamerika, nach Argentinien, Brasilien, Venezuela und Chile, wohin seine ISOMA geliefert worden war. Da passte es, dass Cousin Heini plante, nach Chile auszuwandern, um sich dort als Kaufmann in der Kunststoffindustrie zu profilieren, und er Hans fragte, ob er nicht mitkommen wolle, ob sie nicht Geschäftspartner werden wollten. Diesen Weg für eine neue Existenz in Südamerika hielt er sich ebenfalls offen, denn im ausgebombten, ausgebluteten, viergeteilten Deutschland gab es keine Rohstoffe für die Kunststoffherstellung und für seine ISOMA nichts zu spritzen. Eine Reihe von Patenten für Spritzgussformen waren auf ihn angemeldet, und weiter aktiv. Und Vera freute sich auf die Aussicht, mit der Familie des Cousins gemeinsam in Chile leben zu können.

All dies lief so gut an und da fällt plötzlich Vera aus, brauchte Aufmerksamkeit und Hilfe. In dieser Situation kam die verlorene Tochter genau zum rechten Zeitpunkt. Damit sie Anspruch auf Lebensmittelkarten hatte, arbeitete sie für die Russen, eigentlich eine Männerarbeit, aber da fragte kein Russe danach. Gräben für Kabel ausheben. Und irgendein Instinkt sagte ihr: Lern Russisch. Da sie schnell Sprachen lernte, nahm sie sich eine Lehrerin und los ging's, zwischendurch verzweifelnd, die Schwierigkeit der Sprache hatte sie unterschätzt. Dass man ihn, Hans, von russischer Seite im Blick hielt, war ein Glück, sein Glück, seine ISOMA schien hierbei der Joker zu sein. Denn den Firmendirektor Grewe hatten sie abgeholt, nach Buchenwald gebracht, ins Speziallager, das führten die Russen als KZ weiter. Von ihm hat Hans nichts mehr gehört. Den Gedanken, dass auch ihm das hätte passieren können, schob er beiseite. Dass sein Leben so auf der Kippe gestanden haben sollte. Vielleicht hatte sich sein Schicksal in den zwei Tagen Internierung in der Zerbster Kommandantur im Mai 45 entschieden …

So wunderte es ihn nicht, als auch Inge mehrmals von ihrem Major gefragt wurde: Warum nix Moskau? Und eines Tages hatten sie in seiner Küche gestanden, der Oberstleutnant Sujew und der Major, und wollten Nägel mit Köpfen machen. Sie brachten einen Vertrag mit, in dem stand, dass er, Hans Gastrow, die sowjetische Kunststoffindustrie aus der Taufe heben solle, bei hervorragender Bezahlung. Das klang nicht schlecht, seine Qualifikation war gefragt, er würde in seinem Bereich vorankommen und er würde den Seinen dort ein besseres Leben bieten können als in Zerbst. Die Töchter gerieten bei der Aussicht auf ein solches Abenteuer aus dem Häuschen, Inge plante sofort, sich am Fremdsprachen-institut in Moskau zu bewerben. Nur Vera brach fast zusammen. So forderte er bei der Vertragsunterzeichnung den Zusatz „unter Vorbehalt" ein, in der Annahme, sich damit einen Verhandlungs-spielraum geschaffen zu haben.

Das war Anfang August 46, es verging die Zeit und nichts rührte sich. Im September fuhr Inge mit Vera nach Berlin zur Operation, die erfolgreich verlief, sodass Inge sich endlich nach einer Ausbildung umsehen konnte. Russlands Verheißung und Schrecken waren zunächst vergessen. Inge bestand im Oktober die Aufnahmeprüfung für eine Ausbildung zur medizinisch-technischen Assistentin in Halle und lebte dort bereits in einem kleinen Zimmer. Doch am 21. Oktober 1946 kurz vor Mitternacht schreckte sie ihre Familie in Zerbst auf. Am Boden zerstört und völlig aufgelöst erzählte sie: Da hatte sie gedacht, jetzt geht es los das Leben.

Und gepaukt und gepaukt, die sperrigen naturwissenschaftlichen Fächer, mit Formeln und Naturgesetzen jongliert, zwischendurch Russisch, Russisch, w Kremleje Lampa jescho swetit, das brauchte man jetzt überall. Und wie genial sie sich geschlagen hätte und nun alles umsonst. Etwas Schmus über den gewünschten Sieg des Sozialismus in der schriftlichen Arbeit, ohne den ging ja gar nichts mehr. Und die mündliche! Die Taktik aus den Abiturprüfungen ging sauber auf: Auf alle Fragen gaaaanz laaaangsam aaant---wor---ten, damit viel Zeit vergeht und man dabei noch nachdenken kann und – natürlich um die Prüfer zu paralysieren. DAS hatte sie bestanden, sie war eine der 25 von 40 Bewerberinnen, die genommen wurden. Sie war dabei! Sie ließ sich extra noch ein schönes Kostüm schneidern, das lag jetzt in Halle und wer weiß, wann das zum Einsatz kommt! Denn nun war alles umsonst. Bitter. Und das schöne kleine Zimmer, das kleine eigene Heim! Heute hieß es, 15 Plätze weniger, SED-Mitglieder bevorzugt, das wurde nicht gesagt, aber gemacht. Sie war rausgeflogen. Wie ungerecht. Hätte sie doch in der amerikanischen Zone bleiben sollen. Wie gemein, nicht Wissen und Können zählen, sondern das Parteibuch. Wohin mit der Wut. Sie fuhr noch am gleichen Tag nach Leipzig, das war nicht weit. Da lief noch eine Bewerbung zur Dolmetscherin an der Bachschule. Dies wäre doch eine Wendung: Sie legten Lose / das Leben bestimmten sie / den Geschlechtern der Menschen / das Schicksal verkündend. – Denkste, das Los war eine Niete. „Im März können Sie noch mal nachfragen." Alles von vorn mit 23 Jahren. Irgendwann geht einem die Puste aus, gar nichts gelingt mir, ein verfehltes Leben, jammerte sie und ahnte nicht, dass ihre Lose ganz woanders längst geworfen waren. Ihre Jugend ging in dieser Nacht tatsächlich zu Ende. Es begann das Kapitel Russland.

Der 22. Oktober 1946

Die Absprache mit dem Oberstleutnant in der Zerbster Küche zu Hans' Beitrag zum Aufbau der russischen Kunststoffindustrie, nebst seinen vertraglichen Vorbehalten, war, im September und Oktober 1946, wenn nicht vergessen, so doch verblasst. Warum, fragte sich in dieser Zeit wohl niemand, und jeder machte, so gut es ging, seine eigenen Pläne. Hans gehörte zu den ganz wenigen der zweieinhalbtausend deutschen Spezialisten, die am 22. Oktober 1946 morgens aus dem Schlaf gerissen wurden, durch deren Kopf zumindest der Plan Russland schon mal gegangen war. Beim Klingeln früh um fünf fühlte sich keiner angesprochen. Wer sollte um diese Zeit etwas von ihnen wollen? In der Käsperstraße 12 lag man an diesem Tag zu dieser Stunde sowieso noch im Koma, weil Inge sie erst kurz zuvor mit ihren trostlosen Nachrichten vom Schlafen abgehalten hatte.

Irgendwann öffnete doch irgendwer und herein quollen sowjetische Soldaten, ein Offizier nebst Dolmetscher; der Offizier verlas eine Passage aus dem Potsdamer Abkommen auf Russisch und der russische Dolmetscher wiederholte sie holprig deutsch. Es ging um Reparationsleistungen Deutschlands, die den Siegermächten zu leisten seien. Den entscheidenden Satz, dass die Reparation auch Fachleute, „Spezialisti", betraf, hörten sie schon nicht mehr. Nur Hans dachte kurz an die Absprache und den Vertrag mit dem Oberstleutnant im August – was bedeutete das jetzt? War das noch eine Einladung, die russische Kunststoffindustrie aufzubauen oder war das hier eine Deportation? Ja, natürlich nimmt er die ganze Familie mit. Das hatte ihm der Dolmetscher nahegelegt. Er hätte jetzt vier Stunden zum Packen. Dreißig noch nach frischem Holz riechende Kisten stapelten sich vor der Tür, etwa zehn Soldaten standen in seinem Wohnzimmer herum und warteten auf Befehle. Einer hockte mit der „Mandoline" auf den Knien im Flur.

Hans erinnerte den Dolmetscher an den Vertrag und das Gespräch im August und ob es da einen Zusammenhang mit dieser „Aktion" gäbe. Der Dolmetscher sprach kurz mit dem Offizier, der nickte. Das beruhigte Hans und gab ihm das Gefühl, dieses aus dem Ruder laufende Geschehen doch noch selbst in der Hand zu haben. Alle parierten und begannen zu packen. Seine Zeichnerinnen eilten herbei, es hatte sich in Zerbst herumgesprochen, dass die Russen vor der Tür der Gastrows standen und sie legten das Reißbrett zusammen, suchten alle Aktenordner und Zeichenrollen heraus, wenigstens das lief unter Hans' Aufsicht. Alles andere überließ er Vera, die die Ruhe selbst schien, Maja noch zum Schuster schickte, die reparierten Schuhe abholen, und in die Schule, sich abzumelden. Vera befahl der konfusen Inge, die Vorhänge von den Fenstern abzunehmen, die Kisten mit den Äpfeln aus dem Garten aus dem Keller hochzuholen, die selbstgemachte Marmelade. Sie selbst sammelte die letzten frischen Eier von den sechs Hennen auf. Das Packen der Betten, der Möbel, des Klaviers, der Teppiche besorgten die Soldaten und hilfsbereite Nachbarn. Einiges schloss Vera auf dem Boden ein, um es später unter den Verwandten und Bekannten zu verteilen.

Inge heulte wegen der Sachen, die in Halle verblieben waren. Der Offizier versprach, dass jemand über Halle fahren würde, sie zu holen. Daraus wurde natürlich nichts: eine erste Lektion, was von russischen Versprechen zu halten sein wird. Da hörten sie es erstmals, das „Saftra". Morgen. Alles war Saftra. Und am nächsten Tag hieß es wieder Saftra. Also morgen oder übermorgen oder irgendwann, vielleicht nie. Das hieß Saftra. Nichtsdestotrotz war der Ingenieur Gastrow beeindruckt von der Logistik dieser Aktion, die – was er am 22. Oktober noch nicht wusste – zeitgleich in zweieinhalbtausend Haushalten Deutschlands stattfand. Eine logistische Meisterleistung. Er hatte keine Angst nach Russland zu gehen. Er hatte ja einen Vertrag. Seine Töchter freuten sich auf das Abenteuer. Und Vera funktionierte, in solch Situationen zeigte sie ihre pragmatische Seite ohne jede Emotion. Es dauerte noch bis zum Mittag, bis alles verpackt war und es blieb keine Zeit, lange Tränen zu weinen. Das empfanden sie sogar als wohltuend. Erst, als sie auf dem stinkenden russischen Laster saßen, die Nachbarn und Zeichnerinnen hinterher winkten und eine Freundin von Inge, schon im Fahren noch schnell ein paar Schmalzstullen hochreichte, fingen die drei Frauen an zu weinen. Sie fuhren zum Bahnhof, wo auf dem Güterbahnhof ein Zug bereitstand, eine Lok mit einem Güterwaggon. In dem befand sich ihr gesamter Hausrat. In ihrem schönsten Clubsessel lümmelte ein Soldat mit der „Mandoline", für die abtransportierte Familie war kein Platz. Das Lokpersonal nahm sie seufzend auf.

Für die 50 Kilometer bis Bitterfeld brauchten sie zehn Stunden. Weitere Waggons wurden unterwegs angehängt. In Bitterfeld standen insgesamt vierzig Familien auf dem Bahnsteig herum. Verzweifelt, manche ohne Hausrat, manche Spezialisten ohne Familie. Manche mit zu viel Angehörigen, so hatten die Russen einen Spezialisten samt Geliebter eingesammelt, die Frau hatten andere abgeholt. Eine Hochschwangere war dabei. Und keiner hat etwas gewusst. Sie wussten nicht wohin, sie wussten nicht für wie lange. Hans schien der Einzige gewesen zu sein, mit dem vorher gesprochen worden war. Und er hatte zwei, höchstens drei Jahre in Erinnerung, die sie dortbleiben sollten. Ein Spezialist war geflüchtet, man flüsterte, er sei erschossen worden. Gerüchte aller Art wurden nun für die nächsten Jahre in Ermangelung jedweder verbindlicher Informationen ihr täglich Brot. Etwa 10 000 Personen, darunter viele Kinder, begannen in dieser Nacht auf verschiedenen Wegen mit Hab und Gut per Bahn die wochenlange Reise mit unbekanntem Ziel für unbekannte Zeit.

Sie wussten nur – es ging in Richtung Osten. Sie waren von den Russen auf den Nutzen hin eingeschätzt worden, den sie dem Aufbau der Sowjetunion bringen würden. Nach der Qualifikation der Fachleute richtete sich, welche Bahnklasse und wie viel Platz in den Waggons die Spezialisten und ihre Angehörigen bekamen. Wie Hans Gastrow eingeschätzt wurde, sahen sie schon an der opulenten Verpflegungskiste, die er zusätzlich zu den schon unglaublich üppigen Proviant einheiten noch bekommen hatte. Und so löste die stoische Gelassenheit, mit der sie bisher alles hinnahmen, eine entfesselte Fressorgie ab, der sie sich ohne einen Gedanken an ein Morgen hingaben. So weit konnte es gar nicht gehen, wie dieser Proviant reichte. Sie hätten bis Sibirien weiterfuttern können. Und rauchen. Es gab für jeden, auch für die gerade siebzehn gewordene Maja, 288 Zigaretten. Inge hat einen Zählzwang und sie alle durchgezählt. Wer hatte sich diese Rationen ausgedacht? Ein Kettenraucher? Und sie stöhnten mit den Speckstullen im Bauch, ach, wenn wir doch den Lieben in Berlin etwas davon abgeben könnten. Die Mädels schämten sich nicht, den Verwandten von der Fressorgie vorzuschwärmen, denn, als sie es schrieben, ging es längst nicht mehr so üppig zu, aber es ging ihnen allemal besser als den Lieben in Berlin und im übrigen Deutschland, die den schlimmsten Winter des Jahrhunderts erlebten.

Der Kohlrübenwinter 1916/17 war vielen noch in Erinnerung, aber 1946/47 dauerte die Kälte monatelang, obendrein war vor allem die Versorgung katastrophal. Die verschleppten Spezialisten reisten relativ ahnungslos in den russischen Winter, der mit minus 30 Grad punkten konnte, was ihnen noch einige Verwunderung und Nach„pelzung" abnötigte, aber die Nachrichten aus dem deutschen Nachkriegswinter übertrafen die eigenen Probleme um vieles. Vor allem mussten sie nicht hungern, sie hatten ein Dach über dem Kopf und zu Weihnachten gar eine russische Gans auf dem Herd aus Lehm. Was sogar Vera mit der Situation versöhnte, war der Respekt, mit dem sie von den Russen behandelt wurden, meist höhere Ränge, die des Deutschen mächtig, sich um ihr Wohlsein sorgten, mit vollendeten Formen, die Vera den Russen vorher gar nicht zugetraut hatte. Hans sah es mit stiller Zufriedenheit, dass sie sich zurücklehnte und dieses Umsorgen genoss, irgendwas erinnerte sie gar an die Wannseezeit bei Onkel Karl, dies stellte in ihrem Kosmos die höchste Auszeichnung dar. Es ließ sie beide zeitweise vergessen, dass sie die besiegten Deutschen waren, die Verursacher und Verlierer dieses Krieges und diese sie umsorgenden Russen, zu den Siegern gehörten. Naja, dachte Hans, sie wissen, was sie an mir haben.

An Moskau ging es vorbei, auch wieder so ein russisches Versprechen. Moskau? Warum nix Moskau? Wir sind zwar nur zwei Schwestern, sagte Inge, aber nach Moskau wollten wir doch auch, oder? Wie die drei Schwestern bei Tschechow, die „nach Moskau" seufzen. Maja kannte ihren Tschechow auch: Es ist nur Irina, die nach Moskau will, die Jüngste, die Älteren hatten es längst aufgegeben. Es durften einige wenige Familien aussteigen, von den Verbleibenden heftig beneidet. Für die Weiterreisenden ging es in den unbekannten Osten. Die Waggons neu sortiert, nach Süden an den Don oder in die Ukraine, nach Baku oder in den Norden nach Leningrad. Hans und die Seinen fuhren noch hundert Kilometer nach Osten, das dauerte drei Tage. Die Russen mit Manieren wurden abgelöst von einem Herrn in einem unkleidsamen Ledermantel, er kam von dem Werk, für das Hans vorgesehen war. Er sprach auch ein bisschen Deutsch und erzählte etwas von einem Häuschen mit drei Zimmern, das jede Familie bekommen sollte. Kurz vorm Ziel waren es nur noch zwei Zimmer und angekommen, waren die Häuschen noch nicht fertig und sie sollten „vorübergehend" in einem Gostiniza wohnen.

Wo neun Familien sich gemeinsam einrichten mussten, wie in einer echten russischen Kommunalka mit nur einer Küche auf dem Gang. Dieses „Vorübergehend" dauerte dann ein Dreivierteljahr. So lange hockten die Familien dicht aufeinander und vor allem die verzogenen Kinder aller Altersklassen sorgten dafür, dass sie miteinander und untereinander auskommen mussten. Die Väter, sämtlich Doktoren der Chemie aus Bitterfeld, aus Leuna, begannen im Dezember ihre Arbeit im Karbolitwerk in Sujewo. Ein klappriger Bus brachte sie jeden Tag in den Chemiebetrieb, der bis zu ihrer Ankunft Kunststoff noch aus Torf herstellte und den sie mit ihrem deutschen Know-how modernisieren sollten. Die sowjetische Kunststoffindustrie aus der Taufe heben, mit diesem Lockspruch hatte man versucht, ihnen die Verschleppung schmackhaft zu machen. Wie viel sie tatsächlich dazu beitragen konnten, haben sie nie erfahren. Ein strenges System der Geheimhaltung verhinderte den fachlichen Austausch.

Hans hielt sich zurück, einer der älteren Kollegen sprach Russisch und sorgte für die Kommunikation vor allem mit dem Kommandanten, der fachlich keine Ahnung hatte, aber ihnen ohne Ende Vorschriften machte. Ihnen Russischunterricht verpasste, an denen auch die Frauen teilzunehmen hatten, und dem Hans sich verweigerte. Ihm genügten die Worte strastwujte und doswidanja, die er mit Genuss verkehrt anwendete: Auf Wiedersehen und Guten Tag.

Der Kommandant oder die „rote Anna" setzten anfangs alle paar Abende Sitzungen oder Besprechungen an und erzählten den Deutschen, wie wunderbar Väterchen Staat für sie sorgen würde, wie großartig der Sozialismus sei, in dem sie hier leben dürfen. Wie glücklich die Sowjetmenschen seien und niemals schlagen würden und nie schimpfen. Und sie, die Deutschen dankbar sein sollten, dass sie befreit wurden. Der russisch sprechende Kollege übersetzte nur das Nötigste, alle verfolgten den Weg der Lebensmittelkarten, die fest in der Hand des Kommandanten, bei seinen Reden durch die Luft fuhren. Erst am Ende dieser Rotlichtbestrahlung wurden sie verteilt. Die Töchter vertieften sich in die verflixt schwere russische Sprache, sie trieb der Wunsch nach Ausbildung, Maja wollte ihr Abitur ablegen und Inge endlich studieren. Sprachen lagen ihr, sie lernte leicht. Und konnte schon bald mit den Damen in der Küche, die sie anfangs bekochten, palavern, mit den Leuten auf dem freien Markt und dem Schofer Alexej. Immerhin hatten sie begriffen, dass er der Fahrer der Kolonie war. Er hatte sich so vorgestellt: Schofer. Das passte auch besser als die Bezeichnung Chauffeur zu seinem Dienstfahrzeug, dem abgeranzten und störanfälligen „Awtobus", mit dem er die Spezialisten ins Werk fuhr.

Alltag

Ihre Ankunft in Russland begann mit einer Krankheitsserie. Vera war wieder einigermaßen aufgerichtet vom Krebs, musste aber zur Nachsorge, die sie zu ihrer Verwunderung hier medizinisch zufriedenstellte. Inge erkrankte noch auf der Reise und dirilierte die ersten Tage, bis eine herbeigerufene „Wratscha" – das klang eher nach Waldschrat als nach Ärztin – eine „Griep" feststellte, was wohl Grippe heißen sollte, sie ließ zwei Tütchen Pulver da und das war's. Hans dagegen fühlte sich dem Sterben nah, als er mit furchtbaren Stichen in der Brust und nach Luft ringend ins Krankenhaus kam. Lungenentzündung. Was in Berlin nur auf dem Schwarzmarkt zu bekommen war, gab es hier erstaunlicherweise ganz normal im Krankenhaus (aber vielleicht auch nur für die Deutschen?), ein Antibiotikum: Sulfonamid. Er starb nicht, nahm nur entsetzlich ab, bei seiner fast 1,90 Körpergröße wog er unter 60 Kilo. Maja musste zu einer Herzbehandlung, die ursprünglich bereits in Zerbst angedacht war. Nach einer Typhusinfektion war ein Herzklappenfehler geblieben. Die russischen Ärzte röntgten sie und verabreichten ihr Arsen- und Strychninspritzen. Man hätte glauben können, sie brächten sie auf schnellstem Wege um. Auch sie zu dünn und zu lang für ihre 17 Jahre. Es gab nun ein Päppelprogramm für Vater und Tochter mit Milch, Butter, Honig und sogar Gänsebraten. Hans zögerte etwas, diese Delikatessen in einem Brief an Willi aufzuzählen. Sie hungerten in Deutschland, das wusste er. Und sie bekamen hier auf dem freien Markt wirklich alles. Und da Hans gut verdiente, nahmen sie alles, was gut war. Später, als sie Pakete schicken konnten, ließen sie die Verwandten an ihrem sowjetischen Luxus teilhaben. Und diese Umstände versöhnten Vera etwas mit der Situation; das hätten sie in Zerbst nicht haben können. Weder diese medizinische Betreuung noch die opulente Päppelung in der Rekonvaleszenz.

Als diese Sorge vorbei war, sah Vera als Nächstes das Vorankommen der Mädchen in Gefahr, es schien ihr unvorstellbar, dass Maja hier in einem Jahr drei Klassen in einer fremden Sprache nachholen könne und dass Inge hier an einem Fremdsprachen-institut angenommen wird. Sie waren die Einzigen in ihrem Alter, die Koloniekinder waren sämtlich viel jünger. Vera schrieb den Verwandten, dass sie sich nach einer Ausbildung für die Töchter in Berlin umhören sollten, sie würden hier versauern, sie müssten dringend unter junge Leute. Als hätte er diesen Brief gelesen, schien dieser Gedanke auch den Kommandanten zu bewegen, den Töchtern des Spezialisten etwas Gesellschaft zu geben. Eines Tages erschienen zwei Studentinnen: Lussja und Tussja. Sie hatten natürlich ordentliche schöne russische Namen, aber Hans verpasste ihnen diese. Sie kamen oft in die Kolonie, luden die beiden deutschen Freundinnen aber auch gern zu sich ein, zum Namenstag und zu den vielen russischen Feierlichkeiten mit „buterbrody", sauren Gurken, Torte und Wodka, für die nicht immer ein Anlass nötig war.

Hans fand diese Gesellschaft die bessere Lösung. Für die zwei Jahre, die sie hierblieben, wie er damals noch glaubte, mochte er die Töchter nicht aus den Augen lassen, vor allem nicht, ohne die Möglichkeit, sie zu besuchen, auch schien völlig unklar, ob sie die Mädchen überhaupt weglassen. Wie sich später bestätigte, ging das sowieso nicht. Also lieber hier etwas unter junge Leute. Und die beiden kamen stets angeregt von diesen Abenden in Orechowo zurück, wo sie viel sangen und die Russinnen sich wunderten, dass die Deutschen singen konnten, sogar mehrstimmig, wo sie über deutsche und russische Literatur sprachen, tanzten, es gab sogar Gespräche mit irgendwelchen Saschas, die gerade aus Deutschlands Garnisonen zurückkamen. Lussja, groß, kräftig, etwas elefantös, studierte Französisch, und Tussja Deutsch. Sie war fein, mit melancholischen Schatten unter den dunklen Augen, verheiratet, aber den Mann lernte Hans nie kennen. Tussja gewann durch ihre natürliche Anmut, während Lussja mit gelernten Manieren und gezierter Vornehmheit zu blenden suchte. Hans verzog sich, wenn

Lussja in seinem Haus aufmarschierte. Dennoch war er über diesen Kontakt froh, er hoffte, dass Inge den verbotenen Umgang mit deutschen Kriegsgefangenen, die ebenfalls im Karbolitwerk arbeiteten, einstellte oder wenigstens einschränkte. Es gab oft Ärger und Aussprachen des Kommandanten mit Inge, in denen sie brav nickte, um dann doch zu machen, was sie wollte.

Besonders in den ersten Wochen der Gostiniza-Zeit scheuchte der Kommandant sie zu Kulturveranstaltungen im Ort, auch ins Kino, als wolle er die Deutschen nicht zu lange sich selbst und ihrem Heimweh überlassen. Meist brachte er auch noch eine Kompanie deutschsprechender Genossen mit, die einzeln von der Reihe hinter den Deutschen den ganzen Film „synchronisierten". Vor dem Film gab es im Foyer Tanz, eine Kapelle spielte auf, der Kapellmeister gab den deutschen Gästen jedem einzeln die Hand zur Begrüßung. Inge und Maja flogen von Arm zu Arm, was sie genossen, sogar Hans wagte mit Vera ein Tänzchen, wann war denn das letzte Mal gewesen, dass sie getanzt hatten? Das Kino lag im Herzen eines Kulturhauses, das erstaunlich gut beleuchtet und geheizt war und den deutschen Gästen Behaglichkeit vermittelte. Lebensfreude. Es gab Musikfilme, Geschichtsschinken und neue, die trotz des propagandistischen Titels, etwa „Die Jugend unseres Landes", die Deutschen ästhetisch beeindruckten. Maja und Inge wiegten sich in der Hoffnung, im kommenden Jahr nach Moskau zu fahren, um bei der großen Sportparade dabei zu sein.

Zu diesem Filmbeginn kamen sie zu spät und alle Sitzplätze waren bereits besetzt. Sie standen auf den Treppen und an der Wand entlang. Inge murrte, Maja murrte. Vera wollte bereits das Kino verlassen und Hans wäre ihr natürlich gefolgt. Da ging plötzlich das Licht im Saal an. Der Film wurde unterbrochen. Was nun? Die Platzanweiser – oder waren es Soldaten? – scheuchten eine ganze

Reihe braver Sowjetbürger auf, die hier ihren verdienten Feierabend genießen wollten. Sie durften sich nun an der Wand aufstellen und ihre Sitzplätze nahmen die Deutschen ein. Samt ihren Einflüsterern in der Reihe dahinter. Die Mädels fanden diese Vorzugsbehandlung fabelhaft. Hans erlebte dies mit gemischten Gefühlen. Eben, vor noch gar nicht so langer Zeit, war es umgekehrt gewesen. Ganze Reihen gesperrt für die Rote Armee in Deutschland. Und nun das siegreiche Volk verjagt für die verhassten Deutschen? Wer weiß, wie viele Angehörige der von ihren Sitzen Verjagten von Wehrmachtssoldaten … Hans fiel es schwer, sich auf den Film zu konzentrieren. Es war ihm fast unheimlich, dass die Russen ihnen so zuvorkommend begegneten oder wie hier in diesem Kino nicht murrten, sondern schweigend den Anweisungen folgten. War es ihnen egal? Machten sie einfach alles ohne Nachdenken, was ihnen gesagt wurde? Unheimlich, das war es.

Der erste Winter in Russland biss mit unerwarteter Kälte zu und die Familien sahen sich gezwungen, sich auf dem freien Markt nach unkleidsamen Wattejacken und Walenki-Filzstiefeln umzusehen. Dieser russische freie Markt war zwar kein Schwarzmarkt, wie sie es aus Berlin und Zerbst kannten, er war legal und man bekam alles von Kaffee bis Wattejacke, sofern man bereit war, die horrenden Preise zu bezahlen. Auch konnte es den Deutschen passieren, dass ihnen auf dem Markt Wohlbekanntes begegnete: Wäsche, Porzellan, Musikinstrumente, die unterwegs auf der langen Reise von den begleitenden Soldaten oder deren Kumpanen abgezweigt worden waren. Viele Plomben an den Güterwagen mit ihren Habseligkeiten fanden sie bei der Ankunft aufgebrochen, anderes „fiel" vom Laster beim Transport vom Bahnhof in die Kolonie oder verschwand aus den Speichern, in denen der Hausrat zunächst gelagert wurde. Trotz Bewachung mit „Mandoline".

Manche kauften ihr gutes KPM-Service zurück, weil sie es nicht in groben Russenhänden wissen wollten.

Trotz dieser übergriffigen Inbesitznahme ihres Hab und Guts registrierte Hans: Die Bevölkerung begegnet uns mit freundlichem und großem Interesse, das schrieb er an die Verwandten. Schon unterwegs hatten einige der Soldaten mit sichtlicher Begeisterung deutsch gesprochen, was die Deutschen verwirrte. Als sie nach der mehr als zehntägigen Reise in eine Banja geschickt wurden, um den Reisedreck abzuschwemmen, begannen sie nach erstem Befremden diese Art der Reinigung hoch zu schätzen. Hans und die Seinen fühlten sich weder verschleppt noch gefangen. Er sah sich einem neuen und großen Aufgabenfeld gegenüber, das an seine Erfahrung anknüpfte, seine Kenntnisse waren gefragt. Sein Gehalt mehr als zufriedenstellend. In Zerbst war das unvorstellbar. Daran durften sie nicht denken, das Haus dort war sicher unrettbar verloren. Nach noch nicht einmal einem Jahrzehnt. Ihm galt hier noch manche lange Träne, es war durch die vielen vom Amt zugeteilten neuen Bewohner, Flüchtlinge und Bombenopfer heruntergekommen und so gut wie unbewohnbar geworden. Der schöne Flur verschandelt von Rohren für die vielen Anschlüsse. Grozis schöner Wintergarten war nun – gut, dass sie das nicht erleben musste – von Fremden besiedelt. Mögen sie im Einzelnen noch so schüchtern und unaufdringlich sein. Vera verglich sie mit den Kräutern, dem Unkraut im Garten. Als Einzelpflanzen sehr hübsch und nett, als Masse dringt das Kraut durch alle Ritzen und lässt das bisherige Gefüge auseinanderbrechen.

Das Zerbster Haus wird Hans die ganzen russischen Jahre beschäftigen. In ihrer Gostiniza genannten Unterkunft lebten sie ein Dreivierteljahr dicht aufeinander auf einem Flur mit einer Küche für 31 Personen und mit nur einem Herd aus Lehm. Anfangs bekochte sie eine Küchenmannschaft, die jedoch so offensichtlich in die eigene Tasche wirtschaftete, dass die Deutschen bald protestierten und erreichten, dass sie sich selbst versorgen konnten. Dieses Aufeinander-Angewiesensein half die schlimmsten Abgründe zwischen ihnen zu überbrücken. Und das Reflektieren der eigenen Situation half ihnen, an die Angehörigen daheim zu denken, denen es schlechter, viel schlechter ging. Wenn sie wüssten, wie gut es uns geht, dachten sie manchmal. Hans und Vera bemühten sich, die Familien in Deutschland zu beruhigen, die ja eine lange Zeit nur wussten, sie sind verschleppt nach Russland – nicht wohin, nicht für wie lange. Und von den fleißig geschriebenen MachtEuchKeineSorgen-Briefen wussten sie nicht, ob die Angehörigen sie erreichten. Sie wussten nicht, was sie als Absender angeben sollten, ob die Briefe überhaupt aus Russland herausgingen, es hieß, die gesamte Post ginge erst ins Werk und würde von dort gesendet.

Andererseits sehnten sie sich nach Nachrichten aus Deutschland. Von dort kam monatelang kein Lebenszeichen. Um zu hören, wie es in den Besatzungszonen weiterging, hatte Hans nach ihrer Ankunft als Erstes den Volksempfänger aus dem Speicher geholt. Aber er bekam beim besten Willen keinen deutschen Sender herein, manchmal BBC. Ein guter Rundfunkempfänger sollte beim ersten Moskaubesuch deshalb die dringendste Anschaffung sein. Wenn die Russen einen Krieg gewinnen, mit ihren Panzern, MiGs, Stukas und „Mandolinen“, dann müssten sie doch auch ein ordentliches Radio hinkriegen. Doch sicher war Hans sich nicht. Hier konnte man so wenig rückschließen – wenn das und das so ist, dann müsste dies und das auch so sein. Genauso ist es eben hier nicht. Eins und eins waren hier nie zwei. Spannend, Hans fand, das könnte doch auch für Entwicklungen ein interessantes

Prinzip sein, nicht das Naheliegende, Voraussehbare ist die Lösung oder so findet man die Lösung, sondern anders, um die Ecke denken. Aber sicher war er sich nicht ...

Plötzlich Schwiegervater

Jetzt haben wir 1951, wie lange hat sie ihn nicht gesehen?, fragte Hans Vera, als sie ihm mitteilte, dass der Apothekerssohn aus Zerbst der Verlobte von Inge ist. Der Klaus war ein Klassenkamerad auf dem Francisceum, du erinnerst dich an ihn? Der lange Kerl mit Brille und einem Stietz am Hinterkopf, der? Ja, der. Hans hatte Vera mit der Neuigkeit, dass er jemanden für das Haus in Kleinmachnow gefunden hatte, überraschen wollen. Sie saß am Fenster und besserte ein Tischtuch aus. Aber du weißt doch, dass die beiden sich regelmäßig schreiben. Ja, aber wann haben die sich das letzte Mal gesehen und verlobt? – Vera führte ungerührt die Nadel durch das kleine Webgeflecht, mit dem das Loch in der Tischdecke geschlossen werden sollte. Ich würde sagen, seit 1942 haben die sich nicht gesehen. Da ist er nach dem Notabitur an die Front.

Hans war sprachlos. Und seit wann weißt du das? Seit eben. Antwortete Vera. Wirklich, Hans, sie war ganz aufgeregt, er hat in einem Brief gefragt, ob sie sich nun nicht versprechen wollen. Hans fehlten weiter die Worte: Heimlich? Na, dann kriegen wir den ja auch nicht mehr raus aus dem Haus in Kleinmachnow. – Na, doch, das ist doch ein anständiger Kerl. Ja, ich hab eben nachgerechnet, sie haben sich neun Jahre nicht gesehen!, sagte Vera. – Gott, seufzte Hans, was sind denn das für Flausen. Heimliche Verlobung. Vera hob neckisch den Kopf: Hast du vergessen, teurer Hans, dass auch wir uns heimlich verlobt haben? Das ist doch was ganz anders, wollte Hans lospoltern, doch er wurde wider Willen ganz sanft: Aber da waren die noch Kinder, als sie sich das letzte Mal gesehen hatten. Nein, sagte Vera, Inge war so alt, wie ich war, als ich dich kennenlernte. Und du willst doch nicht behaupten, dass ich noch ein Kind war. Sie hat hier ihre Jugend gelassen, versessen, vertrauert, vergrübelt, unsere kreuzfidele Inge. –

Hans neigte den Kopf, ja, du hast recht, wir müssen uns um sie kümmern. Ich möchte keinen Theologen zum Schwiegersohn. Warum ausgerechnet der? Die Apothekers haben doch ein halbes Dutzend Jungs. Wir müssen wirklich schauen, dass Inge uns keine Dummheiten macht.

Hans dachte daran, dass er irgendwann gesehen hatte, dass Inge unermüdlich tippte. Im Büro. Dort war eigentlich nicht viel zu tun für sie, aber er war froh, dass sie diese Hilfstätigkeit bekommen hatte. Und gut bezahlt! Eines Tages sah er, was sie dort tippte: „Heute haben wir es auf 32 Grad im Schatten gebracht. Die Reglosigkeit der sich sonst immer irgendwohin bewegenden Bäume und Blätter und vor allem das Fehlen der unermüdlichen Fahne erwecken den Eindruck, als ob die Zeit und alles andere mit ihr still stünde. Ljuba nebenan singt mit einem anderen russischen Mädchen ein trauriges Lied nach dem anderen, da kommt mir der dumme Gedanke, als ob sie meine Jugend zu Grabe sängen, ich komme von dem Gefühl nicht los, als ob ich eigentlich schon gestorben wäre." Ein Tagebuch! Das erschreckte ihn, zum einen, weil das verboten war und zum anderen, weil sie recht hatte, sie war fast 25 Jahre alt, als sie das schrieb. Sie wohnten schon ein, zwei oder drei Jahre im Finnenhäuschen.

Er war froh gewesen, dass es für sie Arbeit im Werk gab, erst als Sekretärin für alle neun Spezialisten, später als Zeichnerin für ihn. Leider stellte sie sich nicht sehr geschickt an und sein Traum verflog, sie für seine Entwicklungen zu begeistern, warum sollte nicht eine Frau technisches Interesse haben? Inge war leider keine von denen. Und so stieß es ihm doch noch einmal bitter auf, dass er keinen Jungen hatte. Einen Sohn, einen Nachfolger für seine Erfindungen. Inge kam nach Vera, musikalisch und talentiert für Sprachen. Und jetzt schrieb sie auch noch. Dass sie todtraurig und schon gestorben wär. Mit diesem Tagebuch gefährdete sie die ganze Familie. Dabei brachte sie so viel Schwung in die Familie, in die ganze Kolonie mit ihrem munteren Wesen. Sie gewann allem etwas Gutes ab, das könnte sie von ihm haben, auch diese Fantasie, die Kreativität – im Winter sieht sie das Finnenhaus als Knusperhäuschen mit den langen dicken Eiszapfen wie aus Zuckerguss. Die dick eingepackten Mitmenschen, die von den breiten Schultern bis zu den Walenki sich verjüngen, sieht sie als Mohrrüben. Sie freut sich über die bereiften Bärte der Russen und gewinnt sogar der Melancholie Veras etwas ab, deren viele vergossene Tränen zu langen Perlenketten festfrieren. Schade nur, dass ihre Fantasie nicht fürs Technische reicht.

Hans hatte überlegt, ob er ihr das Tagebuchschreiben verbieten solle. Doch das tat ihm selbst zu weh, das Mädel darf nicht auch noch in Melancholie versinken, er brauchte sie, um Vera aufzumuntern. Das Kostbarste, was sie haben, darüber waren sich Hans und Vera immer einig gewesen und gerade hier, sind die Kinder. Und er war so froh, dass Inge mit in Russland ist und nicht in Halle, wie es eigentlich vorgesehen war. Sie munterte alle auf, ihn selbst, die Schwester, wenn die über ihrem Lernpensum in Tränen ausbrach und die traurige Mutter, die immer mehr in der Wannseer Vergangenheit lebte. Sie brachte Vera mit vielen Kleinigkeiten zum Lachen, selbst, wenn sie es eigentlich nicht wollte, zuckte irgendwann ihr Mund und sie fing an zu kichern.

Was hätte er ohne Inge gemacht, als Vera die Tabletten schluckte, zwei Röhrchen auf einmal. Inge war in das Schlafzimmer geplatzt, weil sich mal wieder eine Maus in der Falle verfangen hatte und diese wie toll geworden, mitsamt der Falle durch die Hütte sauste. Ein köstliches Schauspiel, das wollte sie der Mutter zur Aufmunterung zeigen und da lag sie und daneben die beiden Röhrchen. Es war ein Glück, dass der Schofer Alexej in der Kolonie war, bestimmt nicht mehr ganz nüchtern, aber er brachte Vera noch sicher ins Spital. Hans wollte gar nicht die ganzen Einzelheiten wissen, wie sie sich erbrochen hatte, was die Ärzte gesagt haben. Obwohl er das lange aufgegeben hatte, betete er – das Beten war nun wirklich die Ausnahme –, dass sie gesund wiederkäme. Sie kam gesund wieder, versprach es nie wieder zu tun und tat es noch zwei Mal. Immer war Inge zur Stelle. Und nun schrieb ausgerechnet *sie*, dass sie glaubt, schon gestorben zu sein. Er blätterte kurz zurück in dem Tagebuch: „Wo ist das Jahr geblieben?" Und: „Werde ich im nächsten Jahr immer noch hier sitzen und bittere Bemerkungen machen?" Darüber stand, wohl ein Jahr später: „Ich sitze immer noch hier." Und daneben, noch ein Jahr später: „Immer noch."

Hans fand, es müsse sofort etwas geschehen. Er ging zu Abramow, seinem nicht unsympathischen russischen Ingenieurskollegen, dem er sein Know-how weitergeben sollte. Er nahm sich den Senior als Übersetzer mit, sonst übersetzte Inge, aber es ging ja nun um sie. Ob er, Abramow, nicht seine Verbindungen spielen lassen könne, damit Inge an das Fremdspracheninstitut in Moskau gehen konnte. Ich habe echt Angst um sie, sagte Hans. Er wagte nicht daran zu denken, wie es Vera ohne Inge ergehen würde. Aber da Vera die Zukunft der Töchter ebenso am Herzen lag, hoffte er, dass dieser Gedanke überwiegen würde, dass die Tochter die gewünschte Ausbildung machen könne, also glücklich ist.

Abramow strich sich über den Igelkopf. Naja, die Inge hat sich ja schon auch in Gorki an einem Institut beworben und in Rjasan. Das hörte Hans zum ersten Mal. – Aber sie braucht eine Delegierung vom Werk! Und da geht der Weg über den Gebietsparteisekretär. Wenn nicht eine Stufe höher. Und da gibt's ein Problem. Es liegt bei Inge selbst. Hans hob fragend den Kopf. Abramow wand sich ein bisschen: Sie poussiert immer noch mit den deutschen Kriegsgefangenen. –

Hans nickte, obwohl er nichts verstand. Er wusste wirklich nicht viel über seine Tochter. Die deutschen Kriegsgefangenen hatten die Finnenhäuser in der Kolonie aufgebaut und arbeiteten inzwischen auch im Karbolitwerk. Ich habe schon zwei Mal mit ihr gesprochen, schickte Abramow hinterher: Der Kontakt ist strengstens verboten, das weiß sie. Die Plenniki sind tabu! Nicht einmal grüßen darf ich sie?, hätte Inge frech zurückgefragt. Nein!, habe ich ihr gesagt. Aber, was macht sie – auf Abramows Stirn bildeten sich Sorgenfalten – sie ist doch keine 15 mehr: Sie spielt mit den Plenniki Theater, sie trifft sich mit ihnen an der Kljasma, sie baden gemeinsam, sie bringt ihnen Bücher aus Moskau mit. Speziellen Umgang pflegt sie mit einem aus Bitterfeld, der übrigens verheiratet ist. – Hans musste sich setzen. Seine Tochter, so frech, das schmeichelte ihm, aber es entsetzte ihn, dass er sie nicht kannte. Was kann ich tun?, fragte er Abramow. Der antwortete: Setzen Sie Ihre väterliche Autorität ein. Wenn sie weiter mit ihren deutschen Freunden verkehrt, kann sie froh sein, wenn sie den Job hier behält. Aber ein Studium ist illusorisch. Sagen Sie ihr, die Plenniki gehen sowieso demnächst zurück nach Deutschland. Sie verrennt sich da. Sofort Schluss mit den Kontakten. Hans sah zum Senior, der das Gespräch übersetzt hatte, herüber. Wird der den Mund halten? Diese Geschichten würde er nicht einmal Vera weitererzählen, nein, das würde sie an ihrer Tochter verzweifeln lassen. Diese Inge.

Ja, er versprach es Abramow in die Hand. Ich regele das. Und Sie sagen mir, was mit Moskau wird? Abramow nickte, ich werde versuchen, dass das Karbolitwerk sie ans Fremdspracheninstitut delegiert, ihr Russisch ist inzwischen gut, sie soll weiter dranbleiben, denn die Aufnahmeprüfungen sind schwer. Und man erwartet von den Bewerbern politische Zuverlässigkeit. Ich kann nur hoffen, dass ihre Biografie sauber ist. Hm, dachte Hans, was auch immer der unter „sauber" versteht. Oder die da oben, die roten Politoffiziere, die in diesem Land das Sagen haben. Unwillkürlich kam ihm der Gedanke, was aus ihnen geworden wäre, wenn er nach dem Angebot von dem grauen Amerikaner entschieden hätte, nach Amerika zu gehen. Wie seine berufliche Laufbahn ausgesehen hätte. Die beiden Mädels hätten sich sicher gut eingelebt, ihren Weg gefunden. Bei Vera war er sich nicht so sicher. Sie hatte sich vehement gegen die Übersiedlung nach Amerika gewehrt. Er wusste gar nicht mehr, welche ihre Gründe waren. Er wusste nur, dass er ihr keineswegs Gefühl geben wollte, sie müsse sich für ihn und seine Pläne opfern. So, wie sie Berlin für ihn aufgegeben hatte.

Das schien so eine Weiche in seinem Leben, die er, der immer nach vorn dachte, nicht ganz vergessen konnte. Nein, Hans wischte den Gedanken beiseite. Völlig überflüssig. Sein Weg ist dieser und nun ist er hier, wo seine Ideen gefragt sind, wenn auch das ganze Ringsum, dieser rote, sozialistische Stalin-Mist für ihn und sie alle eine Folter ist. Vielleicht könnte er im nächsten Urlaub statt im Garten zu schuften, mit Vera auf die Krim fahren. Damit sie etwas Schönes sieht, das Klima wäre obendrein gut für sie. Kostet allerdings was. Er versuchte, das gute Geld, das er hier verdiente, zusammenzuhalten, damit sie nach der Rückkehr nicht völlig von unten anfangen müssen. Sich endlich Luxus leisten … Andererseits fand er die Gartenarbeit unerwartet erfüllend. Abends die Muskeln zu spüren, die beim Graben und Zupfen, Pflegen und Pflücken angespannt werden. Die Vegetationszeit ist hier extrem kurz, es wächst alles so schnell, dass es schade um jeden Tag ist, den man nicht dabei ist. Und das Ernten darf man nun wirklich nicht verpassen, die Bohnen, die Beeren, die Möhren, den Kohl, die Kartoffeln. Das Gemüse aus dem eigenen Garten schmeckt ganz anders, es ist frisch und köstlich. Gut, betrachtete Hans seinen eigenen Gedankenwuchs, das muss das Alter sein, dass aus mir ein verschrobener Schrebergärtner geworden ist. Vielleicht wird man mit Anfang 50 genügsam. Bequem und langweilig? Und nimmt zu, nach der Krankheit weit über das angestrebte Ziel, das „Friedensgewicht", hinaus. Und die Russen schauten verwundert auf die Deutschen und ihre gepflegten und wegen der freilaufenden Ziegen umzäunten Gärten. Die deutschen Ingenieure verdienten mehr als ihre russischen Kollegen, was die Bewohner von Orechowo sicher nicht wussten. Aber sie sahen, was die Deutschen auf dem Markt kauften und dass sie sich mehr leisten konnten als sie. Und reimten sich das so zusammen, dass die Deutschen auf den Schreibmaschinen, die sich mitgebracht hatten, in der Kolonie ihr Geld druckten. Sie hatten offensichtlich noch nie eine Schreibmaschine gesehen. Gefährliches Ding, so eine Schreibmaschine, die eine druckt Geld, und die andere schreibt verbotene Tagebücher. Eine Spezialistengattin aus der Kolonie brüstete sich damit, dass sie hier an ihren Memoiren schrieb. Was hat die hysterische Kuh schon zu erzählen, dachte Hans. Nein, er würde das seiner Tochter nicht verbieten, Tagebuch zu schreiben, obwohl es verboten war. Nur etwas vorsichtiger sollte sie schon sein.

Das letzte Paket

Vera stand vor dem Wohnzimmertisch und wog auf einer Küchenwaage Kakao ab. Warum begreifen sie das nicht, dass ich Gefäße brauche, Tüten, Büchsen, Säckchen, seufzte sie und schüttete den Kakao in eine selbstgeklebte Tüte aus den Seiten eines Buches, das keiner mehr lesen wollte, Majas Pflichtlektüre Podnjataja zelina. Neuland unterm Pflug. Fünf Tütchen für die fünf Familien mit kleinen Kindern. Die acht Kilo, die pro Monat für ein Paket zugelassen sind, wollten gut zusammengestellt sein. Eine Liste mit dem Inhalt und den Grammzahlen pro Produkt musste für den Zoll erstellt werden: Kascha, Kekse, Konfekt, Kaffee, Kakao, Krabben, Tee, Twist, Kondensmilch, Schokolade, Rosinen, Wurst, Zucker, Hülsenfrüchte, Margarine, Backobst, Nudeln, Mehl, Honigkuchen, Baumwolle, Kerzen, Socken. Den Verteilplan schickte sie extra in einem Brief an Willis Frau Trudi, sie hatte die Aufgabe, die Gaben an etwa zwei Dutzend Verwandte und Freunde weiterzureichen. Über die russischen Bollersocken hatte die Familie gewitzelt. Da gibt es wohl in Berlin inzwischen schönere, brummte Vera, packte aber unverdrossen weiter. Und für den Bruder noch ein paar Zigaretten dazu. Bis jetzt waren die Pakete alle angekommen.

Was, meintest du, brauchen wir für den Garten?, fragte sie Hans, der am Schreibtisch saß. Das haben wir Trudi schon geschrieben, dass die Russen nur Kapusta und Möhren kennen. Also Bohnensamen wären hübsch und Salat, Radieschen, Küchenkräuter. Und vielleicht Vergissmeinnicht. Nun wirst du doch sentimental, stichelte Vera. Ja, ein bisschen, gab Hans zu, wenn ich sehe, wie groß die Kinder geworden sind. Willi schrieb ich eben, er soll Grete und Ilse je 150 Mark für die Ausbildung der Kinder geben.

Wenn Klaus-Dieter tatsächlich promoviert, werde ich ihn auch unterstützen. Hans sah in dem Neffen einen potenziellen Nachfolger für sein Werk. Er ließ sich von ihm in mathematischen und physikalischen Fragen beraten und hatte ihm bereits eine engere Zusammenarbeit angeboten. Das Geld für seine Ausbildung ist tatsächlich eine gute Kapitalanlage. Ansonsten versuchte er, das Geld schön zusammenzuhalten. Er verdiente gut, märchenhaft, auch die Währungsumlage war ausgesprochen günstig. Auch Inge hatte sich mit ihrer Hilfstätigkeit eine schöne Aussteuer zusammenverdient. Dass sie das Geld problemlos und zu so günstigem Kurs nach Deutschland schicken konnten, gab ihm immer das Gefühl, es geht zurück, so hielt er stand gegen die Lethargie, die manchen seiner Spezialistenkollegen erfasste. Sie hingen am Radio und lauschten wehmütig den deutschen Sendern, sie konnten nicht mehr daran glauben, dass es irgendwann wieder nach Hause ging. Nein, er wollte vorbereitet sein.

Sein Zerbster Verbindungsmann produzierte wieder einige seiner Spritzgussformen. Die Patente mussten weiterlaufen oder neu angemeldet werden. Es war immer noch nicht bis Orechowo durchgesickert, ob es ein gemeinsames Patentamt in Deutschland geben wird oder eins im Osten und eins im Westen. Lippenstifthülsen, Diarahmen, Spielkartenbehälter – die jeweiligen Formen waren bereits konzipiert. Am liebsten würde er die Zeichnungen nach Berlin senden, ob sie ankommen, ist die eine Frage, die andere, dass er von hier aus kein Patent anmelden kann. Und – nicht zuletzt würden die Russen das als Sabotage sehen. Dieser Stillstand machte Hans ungeduldig. Dass das Leben dort ohne ihn weiterging, dass sie ihn vergessen. Das, sagte er sich immer wieder, das habe ich selbst in der Hand. Schon vor zwei Jahren oder waren es inzwischen drei, hatte er einem Berliner Geschäftsfreund, der mit seinen ISOMAs arbeitet, Kapital angeboten und ihn zur Weiterentwicklung seiner Maschine ermuntert. Ein Beteiligungsvertrag war bereits vorbereitet. Die Zerbster Maschinenanstalt reagierte überhaupt nicht, als er nach seinen Lizenzanteilen fragte, sie produzierten munter seine Maschinen weiter, ohne einen Pfennig Tantiemen zu zahlen. Wahrscheinlich dachten die in Deutschland – in Ost wie in West –, die kommen sowieso nicht zurück, die sind weg für immer. Freie Bahn. Ja, beim letzten Jahreswechsel gab es auch erstmals keinen Gruß im Rundfunk an die deutschen Landsleute, der war wohl für die Kriegsgefangenen und die Zwangsarbeiter gedacht. Sie fühlten sich immer mit gemeint. Den Gruß gab es nicht mehr, das haben alle bitter registriert. Man hat uns aufgegeben!?

Nein, nein, gegen solche Gedanken ging er aktiv vor. Und wenn es wirklich noch ein halbes Jahr dauern sollte, dann würde er sich hinsetzen und ein Buch schreiben, seine ganzen Kenntnisse dürfen nicht verlorengehen. Das müsste nur an den Russen vorbeigeschmuggelt werden, das hatte ihn bisher davon abgehalten. Wie schnell sie gehen kann, die Rückkehr nach Deutschland, hatte er aus anderen Kolonien gehört. Nie ist einer einzeln oder eine Familie in die Heimat gefahren. Es waren immer ganze Züge voll. Eine Familie wurde in einem dieser Züge an der Grenze auseinandergerissen. Frau und Kinder durften weiter, aber den Spezialisten brachten sie zurück, die Sowjetunion brauche ihn noch, hieß es. –

Doch, Hans hatte das für sich angenommen, dass er hier eine Kriegsschuld abtrug. Aber doch nicht ewig! Irgendwann wird er seinen eigenen Lebensplan verfolgen können. Auch diese Willkür musste ein Ende haben: In Podberesje hatte eine Gruppe von Spezialisten wochenlang auf gepackten Kisten und Koffern gesessen, weil es hieß, es geht zurück. Bis sie alles wieder auspacken durften.

Er sah, wie Vera mit einer Schusterahle den groben Stoff, eine Art Sacktuch, um den Karton nähte, wohl eine Vorsichtsmaßnahme, weil die Russen ihren labbrigen Kartons nicht trauten. Vera zirkelte lange, bis alles in allem acht Kilo wog, nur kein Gramm verschenken! Schaffst du es noch heute zur Post? Hans pustete eine Portion Mehl von ihrem Ärmel. Ich warte nur darauf, hustete er. Vielleicht ist es das letzte Paket.

Moskau zum letzten Mal

Vera ging es inzwischen besser. Es gab mehr Fahrten nach Moskau, die sie stets aufmunterten, die Theaterbesuche im Bolschoi, Bummeln auf dem Gorkiprospekt, das Einkaufen und Schauen, was gerade in Mode ist. Ein Kleid der neuesten Mode konnte ihr große Freude bereiten. Inge brachte es auch auf einen anderen Punkt: In Moskau wird man nicht dauernd als Niemetzky angestarrt. Hans war das egal, er bekam so was gar nicht mit. Die zunehmende Zahl der Moskaufahrten deuteten Inge und alle anderen in der Kolonie als Zeichen, „dass es wohl bald losgeht". Man wolle ihnen mit den Moskaufahrten den Abschied versüßen. Sie sollen die Zeit in der Sowjetunion in bester Erinnerung behalten.

Diese Gerüchte blühten stets im Oktober um den 22. auf, dem Jahrestag ihrer Verschleppung. Plötzlich sprang Lussja herbei, um sich zu verabschieden. Oder die Waschfrau fragte, ob sie ihr Häuschen kaufen könne. Dann sollten plötzlich Passbilder gemacht werden. Wozu Passbilder, wenn nicht, wie es der Name sagt, für einen Pass! Hier hatten sie keinen, nichts, keinen Ausweis, keine Papiere, keine Legitimation. Sie existierten nicht. Nun sollten sie sich für Passbilder fotografieren lassen! Saftra domoj, das brachte

Inge auch immer öfter puppenlustig aus dem Werk mit: Sie haben gestern eingeheizt, war endlich mal richtig schön warm. Was sollte das anderes heißen, als dass es nun endlich nach Hause geht. Unsere letzte Erinnerung soll sein: Im Werk, ja, da war es immer schön warm. Diese Heimreisewelt in ihren Köpfen führte ein Eigenleben, sie lag lange brach und plötzlich, ausgelöst durch ein kleines Gerücht, stand sie auf! Dann begann ein reges Treiben, man schmiedete Pläne, sah die Garderobe durch, ließ neue Kleider nähen, überlegte, welche Möbel man hier befreundeten Russen schenken würde. Dann legte sich das wieder. Und das ging seit Jahren so. Die ernüchternden Aktivitäten des Alltags gewannen wieder Oberhand, den Goethe wieder hervorgekramt und für den nächsten Kulturabend eine Elegie draufgedrückt. Das hilft auch etwas gegen Heimweh.

Und die Moskaureisen. Und bei dieser letzten Moskaureise, ja, Hans dachte nun auch so, immer das letzte, bevor es heimgeht: letztes Paket, letzte Moskaureise. Bei dieser letzten Moskaureise sollte noch etwas Wichtiges erledigt werden. Zu seiner Schande musste Hans von Vera daran erinnert werden. Sie zeigte ihm eine technische Zeichnung. Dazu ein peinliches Gedicht, in dem er bloßgelegt hatte, dass ihm zu ihrem 50. Geburtstag einfach nichts eingefallen war: Was schenk ich bloß, was schenk ich bloß, hieß der alberne Refrain. Die beigelegte technische Zeichnung zeigte ein mit feiner Bleistiftspitze und Lineal gezogenes Trapez, die gerundeten Ecken hatte er wohl mit der Hand gezogen, er kann sich gar nicht mehr erinnern. 400 plus-minus 100 mal 200 plus-minus 50. Und in der Mitte des Trapezes steht, ohweia, sogar auf Hilfslinien: Handtasche. Hans neigte verlegen den Kopf, als Vera ihm das Blatt ein gutes halbes Jahr danach hinhielt. Er musste also nun mit nach Moskau. Danach hatte er sich schon seit einigen Jahren nicht mehr gedrängt, er hatte die Rangelei um die raren Plätze im Bus anderen überlassen. Jeder konnte einen wichtigen Grund ins Spiel geben, die Hose für einen zu schnell wachsenden Bub, ein Sieb für die tätige Hausfrau. Sein wichtigster Grund war vor Jahren das gute Radio, mit dem er BBC oder den SFB empfangen konnte, das war seine wichtigste Mission gewesen. Er musste die politischen Entwicklungen verfolgen, möglichst eine Wirtschaftssendung erwischen, um zu hören, wo sich seine Erfindung, sein Entwicklungsstand einordnete. Die internationalen Fachzeitschriften, die er dringend benötigte, die *Modern Plastics* etwa, die gab es auch in Moskau nicht.

Für die Töchter und Vera waren die Moskaufahrten Lebenselixier, Licht, Luft, Theater. Sie tankten dort ihre Sinne auf. Nein, er hatte in den letzten Jahren gern auf die Fahrt in Schofer Alexejs klapprigen Bus verzichtet, vier Stunden hin und vier Stunden zurück durchgerüttelt zu werden oder kurz vor dem Ziel steckenzubleiben und Alexej zuzuschauen, wie er den Motor mit einem Ast vom Straßenrad mit kräftigen Schlägen ermunterte, weiter zu tuckern oder wie er mit dem knorrigen Ast den Stand des Kraftstoffs im Tank analysierte: Wssjo. Alle. Um nach dem begehrten, großartigen Ausflug nach Moskau zwei Tage nach dem scheußlichen Kraftstoff zu stinken, die Klamotten und das ganze Haus. Die Ausflüge der Töchter gingen über die Grenze des Erlaubten hinaus. Sie bewegten sich in Moskau ohne Aufsicht. Merkten aber auch bald, warum man sie an der „langen Leine" ließ. Ohne Papiere erübrigten sich etliche Gänge ins Ministerium für Volksbildung etwa, wo sie sich beschwerten, die eine, weil sie endlich ihr Abitur machen wollte, die andere, weil sie endlich studieren wollte. So viel Frechheit war man dort nicht gewohnt. Nach der Gründung der DDR marschierten sie gar in die Botschaft, um auch hier die große Glocke zu schlagen. Als man sie dort verwundert bis empört zurückwies, entgegnete Inge, die auch in Behörden kein Blatt vor den Mund nahm: Wozu wäre denn die Botschaft da, wenn nicht für sie junge Deutsche? Sie erreichten nichts bei diesen „Behördengängen", aber es belebte sie, gab ihnen das Gefühl, sich aus der Orechower Lethargie zu erheben, sich nicht alles gefallen zu lassen. Auch genossen sie die Verwunderung der Rukodowitchel über ihre Frechheit, sich ohne Propusk bis zu ihnen vorgearbeitet zu haben.

Doch, Hans war stolz auf seine frechen, mutigen Töchter. Er selbst hielt sich zurück, wollte seine Chancen für einen Neuanfang in Deutschland nicht gefährden. Es sollte erst einmal in den Osten gehen, angeblich wurde ja in beiden deutschen Staaten das „einige Vaterland" angestrebt, doch darauf wird er sich nicht verlassen. Er wird dort vor Ort in Kleinmachnow, den wenige hundert Meter entfernten Westen dicht vor Augen haben. Der ist das eigentliche Ziel. Aber von Russland aus in den Westen zu kommen – ja, auch er wurde gefragt, ob er in den Westen möchte – hieße, länger warten. Die Kollegen auch in den anderen Kolonien, die in die Bundesrepublik oder nach Österreich wollten, haben noch keine Nachrichten, während ihnen seit einem halben Jahr die Rückkehr versprochen ist. Also erst Kleinmachnow und dann Richtung Zehlendorf, Nikolassee, wo Onkel Willi und Trudi wohnten.

Diesmal saßen sie nicht, die Schwestern auf der Armesünderbank im Alexejs Rumpelbus – nach Moskau, nach Moskau, wie bei den ersten Fahrten in die Hauptstadt. Auf dieser letzten Bank hopste man besonders hoch über die Unbill russischer Straßen, eigentlich waren es unbefestigte Wege. Maja studierte noch in Gorki. Inge hopste also allein mit hochmütigem Gesicht an die Decke des Awtobusses. Mit ihrer Schwester hätte sie die ganze Zeit gekichert.

Ein Besuch im Bolschoj am Abend würde sie etwas entschädigen, Eugen Onegin mit ihrem Lieblingstenor Koslowski als Lenski. Der Bus brachte sie immer direkt auf den Roten Platz. Dort waren auch das Bolschoj und das Univermag nicht weit weg, das Hans ganz speziell im Sinn hatte. Doch zuerst nahmen sie sich die Metro vor, das wünschte sich Hans zum Abschluss, diese unterirdischen Paläste, die Marmorpracht, das Licht aus zahlreichen Lampen beschien die ungewöhnliche Sauberkeit in diesen Hallen, das war das beste Kontrastprogramm zum Orechowoer Dorfschlamm. Sie fuhren mit der roten Linie ein paar Stationen, ein paar mit der Ringbahn, die noch nicht fertig ist, und liefen durch den langen Gorkiprospekt an den vielen Geschäften vorbei bis zur Moskwa. Vorbei auch am ehemals prächtigen Hotel Lux, das aber kein Hotel in dem Sinne war, sondern Funktionäre beherbergte und von dem man sich unter der Hand seltsame Dinge erzählte. Hans mochte da nicht hinhören, er versuchte durch alles Sozialistische ohne Anzuecken hindurch zu schlüpfen und mögliche Kritik daran konnte recht schädlich sein. Etwas verwundert nahm er Inges Begeisterung nach ihrem Besuch im Leninmausoleum zur Kenntnis. So lebendig habe er in seinem gläsernen Sarg ausgesehen, schwärmte sie. Voller Andacht sei sie die schwarzen Marmorstufen hinuntergestiegen in einen dunkelrot beleuchteten Raum oder war der Marmor dunkelrot, an dem Sarg vorbei, in dem das weiße Gesicht des Toten leuchtete. Mit größter Feierlichkeit und in andächtiger Stille seien die Sowjetbürger an dem Sarg des Untoten vorbeigezogen. Hans fiel gar kein Leninwitz dazu ein, dabei wurden im Werk einige erzählt. Sie umrundeten die Menschenschlange vor dem pompösen Mausoleum, die Erbauer dachten wohl irgendwie an eine Pyramide. Das Mausoleum stand direkt vor der Kremlmauer. Manchem kulturhistorisch bewegtem Menschen tat bei dem Anblick das Herz weh. Inge strebte auf die Brücke über die Moskwa, von dort sahen sie hinüber auf das Kremlensemble und erinnerten sich an das Jubiläum vor einigen Jahren, als Moskau 800 Jahre feierte, als alles mit Tausenden Glühbirnen dekoriert war, die Umrisse der Kremlmauer, die Türme und Tore. Die Lichter spiegelten sich im Fluss wider, doppelt in der Spiegelung, ein bewegtes Lichtermeer. Auch die anderen Brücken waren so beleuchtet, alles schien unwirklich und schwebend. Dieses Bild ist in ihren Köpfen in dem Film abgespeichert, den sie ihren Russlandfilm nennen.

Vera stellte ihre neuerworbene Handtasche auf das Tischchen des Cafés National. Sie entsprach überhaupt nicht der technischen Zeichnung von Hans, was er ihr nicht übelnahm. Plötzlich prustete Inge das köstliche Backwerk aus Blätterteig, Blaubeeren und Sahne quer über den Tisch. Da sind Berliner, sagte sie mit dem Rest des Blätterteigs an den Lippen. Hans und Vera sahen zu, wie ihre Tochter zwei Damen an ihren Tisch bat. Beide frisch vom Frisör. Ja, sie seien aus Berlin. Und wo sie jetzt sind? Die eine sah sich um und antwortete leise: Auf einer Insel, unsere Männer sind Raketenspezialisten. Jetzt sind sie mehr Raketensklaven. Gefangen auf einer Insel. Hans nickte, nannte aber keinen Namen. Das wird der Assistent von Wernher von Braun sein mit seinen Kollegen, die auf dieser Insel Triebwerke testen. Die Frauen erzählten, wie langweilig das Leben auf der Insel sei und die einzige Abwechslung wäre, dass sie immer mal die Männer tauschten. Inge nickte verständnisvoll, als würde sie das auch jeden Tag machen. Und im Winter erst, da laufen wir zum Einkaufen oder zum Arzt übers Eis. Bis Ostaschkow sind es mehrere Stunden. Im Sommer fährt einmal in der Woche ein Boot über den See. – Die beiden bekamen feuchte Augen, als Vera sagte, dass es für sie demnächst nach Deutschland zurückgeht. Sie wüssten nicht, ob sie überhaupt jemals die Heimat wiedersehen würden. Unsere Männer sind ja Geheimnisträger, sagte die eine gar nicht leise. Hans überlegte, ob sie bewacht würden und ob sie es vielleicht darauf anlegten, aufzufliegen. Doch was versprachen sie sich davon? Eine Woche seien sie hier in Moskau, sie hatten Arzttermine. Haben Sie Kaviar auch für Brombeermarmelade gehalten und sich gewundert, dass sie vom Messer runterkullert? Kaviar hatten Hans und Vera nur in den Moskauer Delikatessläden gesehen, in Orechowo gehörte Kaviar nicht zum Menü. Ob sie nachher auch ins Bolschoi zum Koslowski gehen? Hans entschuldigte sich bei den Damen, er musste vor dem Theater noch einen Weg machen.

Hans wollte vor seiner Rückkehr noch ein bisschen spionieren. Dazu nahm er sich das nahegelegene Univermag vor, ein Kaufhaus, in dem es alles gab. Hier sah man, dass das Land aus vielen Völkern und Kulturen bestand. Die Menschen aus den weit entfernten Regionen hatten sich für die Reise in die Hauptstadt herausgeputzt, die Moskauerinnen sowieso, aber auch die offensichtlich einfachen Leute hatten die schönste Kleidung ihres Kulturkreises angelegt, die sehr farbenfreudig leuchtete, und die höchsten Turbane und Pelzmützen aufgesetzt. Und selbst die einfachen Arbeiter aus der Umgebung der Hauptstadt – aus den schlammigen Orechowos der Umgebung, dachte Hans, hatten ein schneeweißes Hemd übergezogen, als gingen sie statt ins Kaufhaus in die Kirche.

Ihn interessierten die Abteilungen für Haushaltsgegenstände, Spielzeug, Kosmetik und allerlei Krimskrams. Er suchte nach Produkten aus Karbolit, am besten direkt aus „seinem" Karbolitwerk. Er wusste nicht, was dort im Einzelnen hergestellt wurde. Er wusste nicht, was mit seinen Konstruktionszeichnungen geschah, wanderten sie in den nächsten Papierkorb oder lagen sie in irgendeiner Schublade? Wurden die Formen, die er entwarf, tatsächlich realisiert? Karbolit wies noch auf die Herkunft des Kunststoffes aus Kohle oder aus Torf hin, Bakelit hieß nach dem Chemiker Baekeland. Telefone und Steckdosen sind schon in den 1920er-Jahren in Deutschland hergestellt worden. Bakelit und das russische Karbolit waren natürlich noch lange nicht die thermoplastischen Werkstoffe, für die Hans die ISOMA entwickelt hatte. Was Hans stattdessen ständig sah, war die Vielfalt der Dinge, die darauf warteten, aus Kunststoff hergestellt zu werden. Die Perlen des Abakus etwa, der russischen Rechenmaschine, deren Prinzip so einfach wie faszinierend ist. Der Abakus stand überall, in allen Größen, jeder Händler auf dem Markt hatte einen. Die Kugeln sind meist aus Holz, manchmal aus Keramik. Türgriffe sah er, Türgriffe aus Karbolit. Auch Telefone und Steckdosen. Da war also noch viel Luft für den Markt, in Deutschland gab es inzwischen sicher sehr viel mehr Produkte und vor allem auch in ansprechenderen Farben. Bakelit dunkelte nach, deshalb wurde es gleich sehr dunkel hergestellt, schwarz oder braun gemasert. Seine ISOMA-Produkte konnten in lichteren Farben hergestellt werden. Auch Zelluloid-Puppen sind nun nach fast einem halben Jahrhundert in Moskau angekommen. Aber die ganze Kosmetikbranche hielt sich noch zurück, die setzte auf Metall, Porzellan, Holz. Die Puderdosen, Kämme, Bürsten, das Rasierzeug, Zahnbürsten könnten doch aus Kunststoff hergestellt werden. Produkte in der Küche, Siebe, Löffel, Becher – hygienischer als aus Holz oder all das, was er hier noch aus Metall sah oder zerbrechlicher Keramik. Oder die Figuren des liebsten Spiels der Russen: Schachmaty, auch die könnten aus Kunststoff preiswerter und haltbarer produziert werden. Würfel, Dominosteine. Puppen, Spielzeugautos, Schienen für Modelleisenbahnen und alles, womit Kinder gerne spielen. Soldaten, zumindest hier die Soldaten der Roten Armee, deutsche mochte im Moment auch in Deutschland keiner kaufen. Und natürlich der ganze technische Bereich. Hans sah ein riesiges Feld vor sich und war gespannt, was die Deutschen auf diesem Gebiet, inzwischen bestimmt mit Hilfe der Amerikaner, auf den Weg gebracht hatten. Und wo er ansetzen könnte, sich einzubringen. Welche Umkehrung, vor 15 Jahren hatte er das thermoplastische Spitzgießverfahren in die USA gebracht. Das hatte er schwarz auf weiß in einem Bericht der Injection Molding: „Die neue Technik des Spritzgusses war 1935 über deutsche Werkzeugmaschinen der Firma Franz Braun Zerbst aus Deutschland in die USA eingeführt worden." Eigentlich, fand Hans, wäre er ein Fall für die Plastics Hall of Fame.

UTOPIE PLASTIK
WESTBERLIN 1961

Der Enkel

Ist das schön bunt hier – schwer beeindruckt stieß der Achtjährige diesen Satz aus, eigentlich jedes Mal, wenn er in die Karwendelstraße kam. Der älteste von insgesamt sechs Enkeln, drei Jungen und drei Mädchen. Doch mit diesem Enkel verband Hans Besonderes. Geduldig stand Nik am Reißbrett und zeichnete, eben gerade einen Doppeldecker. Dankbar nahm er die Angebote des Großvaters an und zeigte sich dabei nicht ungeschickt. Wie seine Mutter früher bestaunte er die bunte Reklame, nun der neuen Plastikwelt. Stolz genoss er die Fahrten mit dem Opel Kapitän durch Westberlin.

Dass der Schwiegersohn in die Ostzone gezogen war, konnte Hans ihm nicht verzeihen. Als sie vor zehn Jahren aus Russland zurückkehrten, hatte der Klaus die Gastrows am Bahnhof empfangen, ein langer dürrer Kerl, schüchtern. Natürlich zeigten sie sich ihm gegenüber dankbar, drei Monate immerhin hütete der künftige Schwiegersohn das Haus in Kleinmachnow und zog auch selbstverständlich mit seinem bisschen Hab und Gut wieder aus, als sie endlich eintrafen. Hans und Vera hegten damals noch die Hoffnung, Inge diesen Klassenkameraden ausreden zu können. Sie luden, so oft es ging, einen seiner Brüder zu den familiären Treffen mit ein. Der studierte was Ordentliches: Architektur. Doch Inge blieb stur. Sie musste unbedingt diesen Theologen heiraten. Die Verlobung feierten sie kurz nach der Rückkehr im Kleinmachnower Garten, mit viel Spaß der jungen Leute. Die Männer karikierten mit Gartenschirm als Gewehr und Stahlhelm ihre jüngste Vergangenheit und die Töchter zeigten eine „russische Reinigung" mit Wasserglas, aus dem das Wasser in den Raum geprustet wurde und mit einem Besen, der den „Unrat" aufwischen sollte. Es war eine lustige Runde mit Croquet und Spaß, fast so wie früher am Wannsee, nur mit weniger bunt betuchtem Publikum. Diese Noblesse wird er nun nicht mehr erreichen, dachte Hans. Times are changing.

Danach, oder war es sogar bei der Feier, nahm Hans Klaus beiseite und offerierte ihm sein Angebot, ihm ein Archäologiestudium zu finanzieren. Da war vom Osten noch keine Rede, aber Hans mochte keinen Theologen in der Familie, sein eigener Vater reichte ihm. Doch dieser sture Kriegsheimkehrer hatte sich verrannt; ein theologisches Seminar im amerikanischen Gefangenenlager hinterließ tiefe Spuren in ihm und gegen diese Prägungen hatte Hans mit seinen eigenen Plänen keine Chance. Nach der Geburt des Sohnes, seines ersten Enkels, ging der Schwiegersohn auch noch in die Zone. In einer Zeit, als alle den umgekehrten Weg gingen. Vera und er konnten nur den Kopf schütteln über so viel Eigensinn. Inge blieb mit dem Jungen noch ein Jahr in Lichterfelde in der Karwendelstraße, in die er gezogen war, weil Hans, so schnell es ging, in den Westen musste. Nein, wenn er als Ingenieur noch so etwas wie eine berufliche Chance haben würde, dann nur im prosperierenden Westen, das war klar. Auch wenn im Osten die Chemie auf dem Vormarsch war, es großzügige staatliche Unterstützung gab, seine Kollegen aus Bitterfeld und Leuna berichteten Interessantes, aber auch sie wollten auf lange Sicht nicht dortbleiben, wo Chemie angeblich „Schönheit und Wohlstand" brachte. Sie glaubten den stalinistischen Parolen so wenig wie er. Auch sie wollten ihre Patente in den Westen hinüberretten, das machten sie sicher besser als Hans.

Seine ISOMA wurde im Osten weiterentwickelt, ganz ohne ihn, unvorstellbar nach dem guten alten Patentrecht, aber das galt dort nicht. Auch im Westen wurde die ISOMA produziert. Dagegen konnte er wenigstens klagen, seine Rechte geltend machen. Er war fest überzeugt, dass sie ihm das nicht nehmen konnten, nicht die ihm zustehenden Tantiemen. Er glaubte an das Versprechen, das er seinen Töchtern gegeben hatte: Ich werde so viel Geld verdienen, dass weder ihr noch eure Kinder arbeiten müssen oder ihr euch irgendwelche Sorgen machen müsst, ihr seid finanziell abgesichert. Es ging um Geld, um viel Geld, um sehr viel Geld. Der Prozess stand noch aus. Es ging auch um die Ehre, die ihm als Pionier des Spritzgießverfahrens zustand. Natürlich verdiente er mit seinem Büro für Konstruktion von Spritzgussformen, zur Gestaltung von Spritzgussteilen aus thermoplastischen Massen und Beratung in allen spritzgusstechnischen Fragen auch gut, einige internationale Kontakte hatten sich über die Russlandzeit hinweg erhalten. Dennoch hatte er sich entschieden, im teuren Lichterfelde kein Haus zu kaufen, sondern eine Etage in einer Villa zu mieten. Eine großzügig geschnittene Wohnung mit Wintergarten und Gartennutzung, vor allem für die Enkel eine feine Sache, die Großen stellten dort ihre Eisenbahnen auf, für die Kleinen hatte er ein Planschbecken gekauft. Und in den hellgrünen Gartenmöbeln genossen die Großen die Ruhe am Abend bei einem Gläschen Moselwein. Die Vermieter, ein begütertes kinderloses Ehepaar, nahmen Anteil an ihrem Familienleben, freuten sich an den Enkeln und verwöhnten sie mit Geschenken.

Hans stellte das kleine Plastikauto auf die Ablage des Reißbrettes. Zeichne mal das, sagte er zu Nik, das ist Opas Auto. Der Opel

Kapitän, Nik griff danach, fuhr damit über die Schräge des Reißbrettes, betrachtete die kleinen Räder, öffnete die Fahrertür, die
Heckklappe – toll! Hans mochte den Begriff Plastik nicht, er ver-
wendete das Wort Kunststoff, das klang besser in seinen Ohren
und war nicht mit der Plastik aus dem bildhauerischen Bereich zu
verwechseln. Und Plaste, pfff, da haben sie es mit der Teilung des
Landes so weit gebracht, dass es nicht nur zwei Patentämter gibt,
zweimal Post und zweimal Bahn, sondern auch zwei Begriffe für
Kunststoff, was ja eh schon eine Sammelbezeichnung ist. Plastik
im Westen, Plaste im Osten. Plaste und Elaste aus Schkopau. Ein
Kollege, der ebenfalls im Karbolitwerk in Orechowo gewesen war,
ist vor einem Jahr aus Schkopau in den Westen geflohen. Nach der
Russlandzeit in der Zone zu leben war eine Zumutung, denn nun
war der „Spezialisten"-Status weg und dort lebte es sich grau und
freudlos zwischen mehr oder weniger meckernden Zeitgenossen
über alles, was dort fehlte, und es fehlte offensichtlich an allem. An
Lebensmitteln, an allem Lebensnotwenigen, Fleisch, Obst, Gemüse, das nur per ellenlanger Schlange erworben werden konnte und,
wenn man an der Reihe war, gab es nichts mehr. Der Gedanke an
Inge dort in der finstersten Ostprovinz am Harzrand, von wo die
Reise nach Berlin einen halben Tag und länger dauerte. Wo sie
vereinsamte und von dort traurige Briefe schrieb, die Hans sich
kaum zu öffnen traute.

Jetzt, wo Klaus, der Schwiegersohn, zu einer Tagung nach Zehlendorf gekommen war mit seinem Sohn, der dort am Zeichen-
brett stand, hatte sich Hans fest vorgenommen, mit Klaus zu sprechen. Ihm ins Gewissen reden, wenn er abends von der Tagung
kommt, eindringlich. Es musste doch einen Weg geben, dass sie
nach Berlin ziehen, hier nach Westberlin oder in die Bundesrepublik. Wie kann man freiwillig dort leben und seine Familie diesem

trostlosen, dürftigen, aussichtslosen Leben aussetzen. Mit drei Kindern! Was soll denn aus denen mal werden? Er musste dieses Gespräch bald führen, bevor Inge in ein paar Tagen mit der Jüngsten kommt, mit der kleinen Madame, so ein entzückendes Mädchen, so unkompliziert und brav wie ihre Mutter in dem Alter. Vor ein paar Monaten hatten sie sich in Leipzig getroffen, wohin er regelmäßig zur Messe fuhr. Aufwendig, alles musste lange vorher beantragt werden, aber es war eine der wenigen Möglichkeiten, sich zu sehen. Inge war mit der Kleinen gekommen, die in einem blauen Mäntelchen mit weißem Kragen stolz durch den Leipziger Zoo trabte, das Plastepüppchen an sich drückte und von Zeit zu Zeit an die Nase hob, um daran zu riechen. Ja, sie rochen noch, die Plasteartikel, das sollte in Zukunft geändert werden.

Die Dreijährige kam, hin- und hergerissen zwischen den Affen, den Elefanten, die sie bewunderte, mit dem Püppchen im Arm, abhanden. Als er von der Messe im Zoo eintraf und Frau und Tochter von hinten je eine Hand auf die Schulter legte und mit verstellter Stimme: Im Namen des Gesetzes!, sagte, brauchten die beiden eine Weile, sich von dem Schreck zu erholen. Sie alle drei merkten zu spät, dass die Kleine nicht mehr da war. Ein Durchruf der Zooleitung brachte es ihnen beschämend zu Bewusstsein: Ein kleines Mädchen im blauen Mäntelchen sucht ihre Mama, zuletzt hat sie die bei den Elefanten gesehen. – Die Angestellte des Zoos, die ihnen die Enkelin übergab, versicherte, sie hätte zwar anfangs geweint, sich aber schnell mit einem Stück Schokolade trösten lassen und seltsamerweise immer wieder an ihrer Puppe gerochen. So ein patentes Ding, dachte Hans, lässt sich nicht unterkriegen. Nein, diese Kinder sollten nicht dem Osten ausgeliefert sein. Nicht die Kleine, nicht der offensichtlich technisch begabte Nik und auch nicht die Mittlere, die schwer krank ist und im Westen sicher besser behandelt und betreut werden könnte. Wieso, hatte er vor acht Jahren Inge gefragt, nennt ihr euer Kind Nicolai, warum ein russischer Name, hattest du nicht genug Russland genossen? Nein, dieser Name hätte nichts mit Russland zu tun, ein verehrter Professor von Klaus hieß mit Vornamen Nicolai, mit c nicht mit k. Dem Kind hat er damit keinen Gefallen getan, dachte Hans.

Über die Schule sprach der Enkel kaum, offensichtlich bedrückten den Jungen schlimme Erlebnisse als Außenseiter, der er garantiert war, als Einziger von diesen Zwergen, der nicht der Kinderorganisation Junge Pioniere angehörte. Da zwangen sie alle hinein. Und nun musste er als Einziger an der ganzen Schule den Spott und psychischen Druck aushalten durch Klassenkameraden und Lehrer. Noch dazu als Pfarrerssohn im Arbeiter- und Bauernstaat. Das durfte nicht so weitergehen, fand Hans. Es musste etwas geschehen. Die kleine Wanduhr, die er Vera in den ersten Ehejahren geschenkt hatte, zeigte fünf Minuten vor halb neun.

Die Post! Die erste Post kam halb neun, die zweite am frühen Nachmittag. Hans fieberte der Post Tag für Tag entgegen. Es konnte ein Schreiben des Anwalts eintreffen zum Prozess über das Patentrecht an der ISOMA. Von der Afa in Frankfurt konnte der Bescheid eintreffen, sie wollten ihn zum Direktor der Firma machen. Die Gespräche lagen schon eine Weile zurück, sodass seine Hoffnung auf eine positive Nachricht bereits gedämpft war. Er hielt sich wie früher nicht lange bei den Niederlagen auf. Es kam immer etwas Neues und von der Fachwelt einige Anerkennung. Seine Artikel werden regelmäßig in der Fachzeitschrift *Kunststoffe* veröffentlicht. Der Redakteur ermunterte ihn, ein Buch über seine technischen Lösungen zu schreiben, da war er noch nicht so weit, sich das zuzutrauen. Während Nik den Opel Kapitän am Reißbrett nachzeichnete, hielt er in der linken Hand einen roten Buntstift. Offensichtlich wollte er dem Auto eine andere Farbe geben. Das Spielzeugauto war orange und sein Opel cremefarben. Nein, keine der erhofften Nachrichten fand sich in der Post. Ein Brief von Maja, die nun in Köln lebte und mit dem Architekten und Apothekersohn Nummer zwei ebenfalls drei Kinder hatte. Ihre Briefe sind voller guter Nachrichten im Gegensatz zu Inges, wo obendrein ständig jemand krank war, kein Wunder bei den Lebensbedingungen. Maja schrieb aus dem Urlaub in Holland mit den zwei Buben und der kleinen Deern. Sie hat es wirklich gut getroffen. Dieser Schwiegersohn will für seine Familie ein Haus bauen.

Der 13. August – im Kalten Krieg

Deine Brüder sind alle im Westen, deine Schwestern, deine Mutter. Alle sind hier und du willst unbedingt in der Zone bleiben. Ich finde es unerträglich, unter welch primitiven Bedingungen meine Tochter und meine Enkel dort leben müssen.

Hans stand mit seinem Schwiegersohn im Arbeitszimmer. Das Gespräch war zu ernst für einen gemütlichen Plausch in der Couchecke. Deshalb fuhr er gleich zur Eröffnung des Gesprächs schwere Geschütze auf. Klaus schien nicht unzufrieden von der Tagung gekommen zu sein, wo er die Kommilitonen aus dem theologischen Seminar wiedergetroffen hatte, begrüßte eben nur kurz seinen Sohn, den Vera nun zu Bett brachte. Die Einleitung des Schwiegervaters nahm er gelassen, das ärgerte Hans. – Meine Kommilitonen sind alle in den Westen gegangen, du weißt, wie schwer es ist, dort eine Stelle zu bekommen, deshalb habe ich die in Anhalt angenommen. Meine Familie drängt ja auch. Ich bemü-

he mich weiter darum. Hans hatte gehofft, einen Schritt weiterzu-
kommen, bevor Inge übermorgen mit der Kleinen eintrifft. Am
liebsten würde er sie gleich hierbehalten. Da war noch das kranke
Kind. Doch den Gedanken an diese Enkelin schob er erst mal beiseite. Ich hatte gehofft, du nutzt die Tagung, damit du einen Job im
Seminar bekommst, einen akademischen. Ich bedauere, dass dein
Ehrgeiz nicht soweit reicht. Oder dein Verantwortungsgefühl. Es
sind noch zwei Wochen bis zu eurer Rückreise, ich zähle auf deine
Bereitschaft an einer Lösung für eure unhaltbare Lebenssituation
zu arbeiten. Der Schwiegersohn neigte den Kopf, nicht demütig
nach vorn, sondern trotzig stolz zur Seite, anscheinend fiel ihm
nichts mehr ein. Er griff nach Pfeife und Tabak: Ich muss noch
etwas gehen. Nur so viel, ja, ich verspreche dir, dass ich an meine
Familie denke. Sie ist mir wichtig.

Der nächste Tag war der 13. August 1961. Die Vermieterin kam
bereits am Morgen in die Küche der Gastrows gestürzt, was sonst
nicht ihre Art war. Vera schnitt gerade das Marmeladenbrot für
den Enkel in kleine Reiterchen. Haben Sie das gehört, rief die Vermieterin aufgeregt. Stellen Sie das Radio an. Vera sah auf. Was soll
ich gehört haben? Die machen die Grenze dicht!, rief die Frau: Die
machen dicht! Was soll nun werden? Vera schnitt die Scheibe weiter in schmale Streifen. Bestrichen mit dem guten selbstgemach-
ten Johannisbeergelee. Rote Johannisbeeren aus dem Garten. Das
Gelee leuchtend rot und ganz klar, das hatte sie von Grozi gelernt.
Ein wunderbar helles Rot. Bleiben wir jetzt hier?, fragte der Junge.
Ja, bis Ende August, morgen kommt die Mama mit dem Mönchen.
Indem sie es aussprach, blitzte es in Veras Kopf auf, das geht ja
vielleicht gar nicht mehr! Sie sperrte sich gegen diesen Gedanken. Die Vermieterin schlug die Hände vor dem Gesicht zusammen: Wie furchtbar. Nein, beharrte der Junge, für immer. Bleiben

wir jetzt für immer hier? Nein, du musst doch in die Schule. Nik schaute böse.

Hans, rief Vera, Hans! Wo ist denn der Klaus? Zögernd betrat Hans die Küche, er konnte noch nichts denken, seit er die Nachricht im Radio gehört hat. Klaus ist zur Tagung. Die können doch nicht einfach weiter tagen, Vera schüttelte den Kopf. Nein, antwortete Hans, das können sie nicht. Er fühlte sich wie in einem anderen Aggregatzustand, unfähig, in diesem Moment etwas zu sagen oder zu tun. Trotzdem arbeitete sein Hirn irgendwie: Nun, dachte es, kannst du wirklich alle Forderungen an die volkseigenen Betriebe vergessen, die deinen Automaten einfach ohne dich zu fragen weiterproduziert haben. Oder weiterentwickelt. Sie nennen es Kalter Krieg, so hörte er es von den Spezialisten, die auf der Raketeninsel Gorodomlia arbeiten mussten. Nur wenige Jahre nach ihrer Rückkehr startete die Sowjetunion die erste Weltraumsonde, den Sputnik, von dem sich die Spezialistenkollegen unter der Hand erzählten, ohne das Know-how der deutschen Raketenfachleute wäre das Ding nie gestartet. Ihr Wissen und Können steckt da drin, aber sie dürfen's nicht erzählen. Weder im Osten noch im Westen. Der Arm des russischen Geheimdienstes reicht weit. Zwei Kollegen aus Dessau, die dem britischen Geheimdienst offensichtlich etwas erzählt, möglicherweise aber nur bestätigt hatten, was der ohnehin längst über ihren Standort in der russischen Pampa wusste, holten die Russen, brachten sie nach Moskau und erschossen sie. Die gegnerischen Geheimdienste hatten ihre Quellen oder arbeiteten sie gar zusammen? Wer hat es den Russen gesteckt, dass die beiden mit dem MI 6 gesprochen hatten? Der EmEiSix selbst? Oder war es eine Warnung an sie alle, an die 2 500 Spezialisten, das machen wir mit euch, wenn ihr quasselt?

Hans war überzeugt, von dem, was er in Russland gemacht hat, gab es keine Früchte zu ernten. Maul halten. Trotzdem. Dafür haben sie dich bezahlt. Gut bezahlt. Und vielleicht fliegt ja doch irgend so ein Kunststoffteil aus seinem Kopf, von seiner Hand da durch den Weltraum? Schade, dass ich das nicht weiß, dachte Hans. – Wo bist du nur mit deinen Gedanken, schimpfte Vera: Die haben heute Nacht die Sektorengrenze zugemacht. Wir müssen mit Inge telefonieren! Ja, sagte Hans, das müssen wir. Aber das ist ja schon sonst ein schier unmögliches Unterfangen, dieses tagelang vorher Anmelden und dann kommt das Gespräch plötzlich mitten in der Nacht. Und, was denkst du, wie viele Leute heute mit ihren Angehörigen sprechen wollen? Vera ließ sich nicht einschüchtern. Vielleicht ist sie ja schon unterwegs? Es soll ja noch einige Grenzübergänge geben, über die man mit gültigen Papieren darf. Hans wollte Vera nicht weiter verärgern, dennoch entfuhr es ihm: Was ist heute, am 13. August 1961, ein gültiges Papier. Vera zuckte die Schultern: Dann schicken wir ein Telegramm.

An dieser Stelle steckte der Hausbesitzer seinen grauen Kopf durch die Tür: Soll ich mit dem Jungen in den Garten zur Schaukel oder in den Zoo? Sehr gern, Herr Eyk, danke für Ihre Umsicht. Nik ließ sich gern entführen, in den Garten, noch lieber in den Zoo. Den Großeltern sagte er beim Abschied: Ich bleibe hier. Sie wussten, was er meinte und als er die Tür hinter sich zugezogen hatte, schossen Vera Tränen in die Augen. Was soll bloß werden? Hans wusste nicht, was er tun sollte: Ich weiß doch auch nicht. Ein Telegramm wolltest du schicken. Ja, rief Vera, natürlich, wir schicken Inge ein Telegramm. – Aber was willst du da reinschreiben? Was soll da durchkommen? Wir warten auf dich. Der Junge will zur Mutter. Komm her, so schnell es geht – und viele Grüße an die Mitleser, ob vom KGB oder der Stasi. Die wissen doch genau, was gemeint ist. Auch käme sie doch nicht durch, schon gar nicht mit einer Dreijährigen. Hans und Vera setzten sich resigniert an den Tisch zum kalt gewordenen Kaffee. –

Habt ihr schon gehört, platzte Klaus in die Küche. Sie nickten nur. Klaus schien ausgesprochen gefasst und ruhig. Provokant ruhig, dachte Hans, provokant angesichts der Situation, dass diese Familie von einer Stunde zur anderen eine unüberwindbare Grenze, ein eiserner Vorhang trennte. Auseinanderriss. Klaus legte seine Pfeife auf den Küchentisch. Vera hasste es, wenn sich die Familie in der Küche traf. Aber heute waren alle Regeln außer Kraft und der Schwiegersohn durfte seine Pfeife neben das Glas mit dem Johannisbeergelee platzieren. – Die Alliierten werden das nicht zulassen, dieser Stacheldraht ist gegen das Viermächteabkommen, sagte Klaus. Ich werde auf Familienzusammenführung drängen. Ach, dachte Hans, der Schwiegersohn bleibt hier und die Tochter drüben? Wie – fragte er, hast du es dir überlegt, willst du hierbleiben? Hier? Klaus wirkte weiter ruhig. Wir haben im Seminar darüber gesprochen, Westberlin wird eingemauert, wir werden versuchen in die Bundesrepublik zu gehen, in Göttingen habe ich Kontakte. Vera rang die Hände, wie willst du sie herholen – mit den Mädchen? – Am Mittag sei eine Protestversammlung am Rathaus Schöneberg geplant, da würde der Brandt sagen, was er mit den Alliierten, vor allem mit den Amerikanern erreicht hat. Ich gehe da hin. Und Inge schicke ich ein Telegramm, dass sie mit den Kindern nach Ostberlin kommen soll. Aber erst, wenn ich weiß, was die Gespräche gebracht haben. Ich will sie nicht in Gefahr bringen. Hans staunte nun doch über die Entschlossenheit von Klaus. Als hätte er in seinem Kopf ein neues Papier auf das Reißbrett gespannt. Während alle kopflos die Hände rangen, hatte er ausgerechnet in dieser ausweglosen Situation einen Plan. Ein großer Trost für Hans und Vera.

Vor lauter Aufregung hatte Hans die erste Post vergessen. Das vertraute Bild erstaunte ihn, im Briefkasten lagen wie jeden Tag die Zeitung, Zeitschriften und verschiedene Umschläge, als stünde die Welt ringsum nicht Kopf. Also tat er nun auch, als wäre es wie jeden Tag und zog sich in sein Arbeitszimmer zurück an den großen Herrenzimmerschreibtisch in Art Deko. Vera fand den fürchterlich, zu dunkel, zu brutal, einen hässlichen Klotz. Sie kaufte sich ein kleines fragiles Schreibtischchen aus hellem Holz mit dünnen nach unten konisch zulaufenden Beinchen. Dort saß sie und tippte auf ihrer Olympia Briefe an die Töchter, ein eleganter Anblick mit ihren übereinander geschlagenen, immer noch schönen Beinen.

Da war das neue *Kunststoffe*-Magazin mit einem Artikel von ihm. Das Magazin wurde auch immer bunter wie die ganze bunte Warenwelt aus Kunststoff. Kunststoff war der Werkstoff der Zeit – das 20. Jahrhundert war das Jahrhundert der Kunststoffe. So hieß das vor knapp zehn Jahren erschienene Standartwerk, ein dickes Kompendium mit vielen Aufsätzen und noch mehr Abbildungen. Ohne ihn, er war vergessen. Das Buch erschien ein Jahr nach seiner Rückkehr aus Russland. Er hatte damals zu tun, Anschluss an die Fachwelt zu finden, da wäre die Erwähnung seines Namens als Pionier des Spritzgusses in diesem Buch und ein Foto seiner ISOMA hilfreich gewesen. Das tat schon weh. Aber Hans schaute nach vorn und nicht zurück, Niederlagen sind schnell vergessen. Wie auch die letzten zwei Jahre in Russland, als es für ihn und seine Kollegen keine kreative Arbeit mehr gab, sie nur noch beschäftigt, „abgekühlt" wurden, während sich draußen die Welt technisch heiß weiterdrehte. Aber es gab Momente, wo die Enttäuschung doch aufstieg, auch die Wut über die Schreihälse und Aufschneider, denen die Öffentlichkeit Gehör oder ein Podium bot. Er blieb der Arbeiter, ein unermüdlicher Arbeiter an der Sache, der von der Fachwelt gleichgültig übersehen wurde.

Nein, Hans, widersprach er sich selbst, das stimmt nicht. Immerhin veröffentlichte er in der *Kunststoffe* seit 20 Jahren regelmäßig Artikel, manchmal sogar zwei im Jahr. Hier hatte er Glück gehabt, dass der Verlag nicht in der Zone lag, sondern in München. Hans bemühte sich, seine Gedanken in Ordnung zu halten, es war nicht einfach. Die Ungewissheit über das Schicksal seiner Tochter drängte sich dazwischen, doch momentan konnte er nichts tun. Er nahm die Zeitschrift in die Hand und blätterte darin. Da, sein Artikel über mehrere Seiten. Gut. Bunt, bunt, bunt, alles boomt, als sei Kunststoff die letzte Utopie überhaupt. Der Kunststoff ist in alle Bereiche eingezogen, in die Bekleidungsindustrie, in den Haushalt sowieso, Autos, Flugzeuge, in die Baustoffindustrie. Wandanstriche, Fußbodenbeläge: Das gesamte opulente Treppenhaus im WDR-Funkhaus Köln hatte zeitgemäß einen schicken blauen Kunststoffbodenbelag. Es gibt inzwischen Kunststoffzähne, künstliche Augen, sozusagen als Ersatzteile, den menschlichen Schädel, das ganze Skelett – noch zu Studienzwecken, noch. Es schien der künstliche Mensch direkt vor der Tür zu stehen. Der Golem, der Homunkulus, Faust lässt grüßen, am besten in den berühmten Nylonstrümpfen. Diese Revolution hat schon was Beängstigendes, in mehrere Richtungen. Denn der Kunststoff schien mit der gleichen Geschwindigkeit, wie von der einen Seite der künstliche Mensch näherkommt, auf der anderen Seite an Wert zu verlieren, er verlockte zum schnellen Verbrauch. Da wird nichts mehr repariert, es wird weggeworfen. Da ist es auch nicht mehr weit, dass der Mensch ausrangiert wird, weggeworfen? Erst der aus Kunststoff und dann die anderen, sind eh unperfekter.

Und diese albernen Tupperpartys, diese Amerikaner. Im ersten Gedanken sogar originell, aber da geht es gar nicht mehr um Kunststoff, sondern um eine Klatschrunde. Alle zwei Sekunden finden diese Partys schon statt, um den Hausfrauen überflüssiges Zeug unterzujubeln. Da fehlt jede Ernsthaftigkeit. Heimvorführungen nennen sich die, als wären es Theatervorstellungen. Wenn er zeigen würde, wie sein Automat arbeitet, das wäre eine Vorführung. Aber das ist nun wirklich ein anderes Problem. Irgendwie werden die Frauen nicht ernst genommen. So meinte es jedenfalls Vera angesichts der Reklame in Zeitschriften oder im Fernsehen. Da werden aus den Frauen Dummchen gemacht – eine Infantilisierung des weiblichen Teils der Gesellschaft, damit klar ist, welcher Teil der ernsthafte ist. Im „Jahrhundert der Kunststoffe" haben sie sogar eine Frau einen Artikel schreiben lassen. Kunststoffe im Dienste der Hausfrau, natürlich. Wie albern plötzlich der Ton wird, da sind „wie von Feenhand" die Schaufenster der Warenhäuser voller Kunststoffprodukte vor den Frauenaugen ausgebreitet und plötzlich betreten die Frauen das Gebiet der Kunststoffherstellung wie ein „unbekanntes Märchenland". Vera konnte beim Vorlesen dieser Passagen nur verächtlich schnauben.

THINGS PASS BY – PREISVERLEIHUNG
DÜSSELDORF 1965

Im Fokus

Und zur Verleihung der Ehrenplakette des Vereins Deutscher Ingenieure bitte ich nun auf die Bühne: Herrn Dr. Hans Gastroff.

Hans sah auf die Hände in seinem Schoß. Wenn er einfach sitzen bliebe. Er konnte nicht gemeint sein, weder Doktor noch -off. So sehr er sich gefreut hatte, dass man ihn – endlich – ehren möchte, wuchs gleichzeitig der Kloß in seinem Hals, so spät, zu spät kam die Anerkennung für seine Arbeit. Vera legte ihre Linke auf seine Hände und drückte sie zart. Heute wirst du zum Ritter geschlagen, hatte sie am Morgen gesagt. Zum Kunststoffritter, zum Plasteritter, zum Plastikritter, wie sie hier sagen – eine lächerliche Figur. Hans spürte den Saal im Rücken, die erwartungsvollen Blicke. Viele waren gekommen, seinetwegen? Oder zur Party anschließend, wo sie gesehen werden, wo sie ihre Kontakte pflegen, ihre Netze knüpfen? Ohne ihn. Er war nur der Vorwand, der unvermeidliche Anlass für dieses Treffen der Kunststoffkönige und ihrer adretten Anhängsel. Die Töchter saßen nicht an seiner Seite. Die eine hing in der Zone fest, die andere war mit einer russischen Delegation in geheimer Mission unterwegs, unabkömmlich. Und Freunde? Er hatte keine Freunde unter den Kunststoffleuten. Der Fachredakteur von Hanser, der Römer, ja, der ist ihm seit Jahren wohlgesonnen, Dutzende von Artikeln durfte er für das Fachblatt schreiben. Möglicherweise hatte er ihm diese Ehrung zu verdanken. Römer hielt ihn für einen Pionier des Spritzgusses, seine ISOMA als Mutter der Automaten, seine Problemlösungen wegweisend. Aber ein Freund? Was zeichnet einen Freund aus? Nein, mit Römer ist es ein gut funktionierendes Arbeitsverhältnis mit klaren Rollen. Und was die Leute hier suchen, sind keine Freunde, sondern Glanz. Wer kommt am dichtesten an den Nobelpreisträger ran. An den Ziegler. Der suchte natürlich die Öffentlichkeit, wer täte das nicht, wenn einem das Patent geklaut wird. Und dann bekommt man mit dem italienischen Klauer gemeinsam einen Preis. Nicht irgendeinen, sondern den Nobelpreis. Der war für ihn ordentlich vergiftet. Seitdem läutet er, wo er kann, die Patentglocken. Demzufolge hat er immer eine Corona von Fachleuten und Pressefritzen um sich. Die Chemiker sahen eh schon auf die Ingenieure herab, die hatten der Königsdisziplin – der chemischen Hexenküche – zu dienen. Aber ohne uns Konstrukteure sind alle eure verzweigten Polymerketten nix. Ob der ihm gratulieren wird? Auf jeden Fall der Plastik-Guru Schlickmann. Der ist nun leider wirklich wichtig. Ihn wollte Hans heute auf dem richtigen Fuß erwischen. Die Gunst der Stunde nutzen, heute mussten sie alle nett zu ihm sein. Ihm wollte er sein Patent aufschwatzen, günstigerweise lag die Beschreibung des Verfahrens als Sonderdruck der *Kunststoffe* aus. Damit vor seiner Nase wedeln, denn wenn Schlickmann das den Kollegen als „Stein der Weisen" anpreist, dann würde Hans einiges vergessen können. Dann hätte sich das Ausharren in seinem Karwendelwinkel gelohnt. Dann könnte er die fünf Jahre Russland, die ihn karrieremäßig aus der Bahn geschossen haben, endlich zu den Akten legen. Der böse Russlandknick. Obendrein der Erfolg der Russen im Kalten Krieg: Der Sputnik 1957 und der Mann im All und dann noch die Frau im All. Fehlte nur noch der Mond oder der Mars. Das nehmen sie ihm absurderweise übel, dass er dort gewesen war. Verkehrte Welt. Er wollte kein verbitterter alter Mann sein, der über verpasste Chancen jammert.

Der junge, nicht unsympathische Kegel ist Schlickmanns Schwiegersohn. Mit Kegel konnte er sich fachlich erstaunlich gut verständigen. Und Kegel wollte ihn, Hans, persönlich dem Herrn Schwiegerpapa, dem Kunststoff-Guru, näher vorstellen, nicht nur das pflichtgemäße Preisträgerhandschütteln, sondern ein Gespräch, in dem das Zauberwort „Punktabreißwerkzeuge" fällt. Die sind sein Joker. Der junge Kegel ist überzeugt, nun ist der Alte dran. Sein Schwiegervater. Wenn nicht heute, dann nie!

Was für ein Geck mit den nach hinten gekämmten Haaren und der gelben Plastebrille – die soll wohl davon ablenken, dass er auch schon fast 70 ist. Vor allem das junge Ding an seiner Seite, die jünger ist als seine Tochter, Kegels Frau. Was finden so junge Dinger an solch vertrockneten Typen? Geld?

Und wieso treibt sich der Klotze aus Bitterfeld hier rum? Ist der geflohen? Hat die DDR ihn geschickt? Wenn, dann doch sicher als Spitzel. Hans musste die Bitterkeit herunterschlucken. Seine Tochter darf nicht raus aus dem Land, aber dieser Plastehampelmann. Der ist es doch gar nicht wert, dass man überhaupt einen Gedanken an ihn verschwendet. Positiv denken, befahl Hans sich. Er wusste, wo Kegel saß mit des Gurus Tochter. Und Kegel sollte sein Trittbrett, seine Eintrittskarte zu Schlickmann sein. Nachher, so zwischen Dinner und Tanz, da soll der große Deal laufen. Da sollen dem Schickmann-Geck die Augenbälle aus seiner gelben Plastebrille fallen.

Dass sie den ihm völlig unbekannten Zielitz als Laudator gewählt haben, blieb ihm ein Rätsel. Hätten sie ihn gefragt, er hätte

Römer vorgeschlagen, der kannte als sein Redakteur seine Verdienste und schätzte ihn. Und er hat eine angenehme Stimme. Der Zielitz krähte. Krähte was vom Vormarsch des Kunststoffs auf dem Weltmarkt. Westdeutschland immerhin an dritter Stelle nach den USA und Japan. Betonte zwischendurch sein, Gastrows, historisches Verdienst als früher Entwickler des Spritzgießverfahrens. Historisch klang schon recht staubig. Und dann nannte er überflüssigerweise noch die Grammzahlen der Produkte. Ja, 120 Gramm, da war er damals schon stolz gewesen, das war eine kleine Schale. Jetzt spritzen sie mehrere Kilogramm schwere Teile. Ja, er war Geschichte. Nein! Er hoffte, dass die Plakette, die er gleich in Empfang nehmen soll, nicht auch aus Kunststoff ist. Vor lauter Besoffenheit, dass man nun alles, alles aus Kunststoff machen kann. Apropos – sind die Blumen auf der Bühne echt? Er musste sie nachher anfassen.

Viel zu lange hatte sich der Typ an seinem Werdegang aufgehalten, sogar das Eiserne Kreuz erwähnt. Das er 1918 nur in 2. Klasse erhalten hatte, zum Offizier hatte es nicht gereicht, das ist nun auch alles so lange her und eigentlich unwichtig. Doch die Telegrafen-Truppe, auf die war er stolz, dass er den richtigen Riecher hatte, dass er gekämpft hatte, als einer der Ersten bei dieser Truppe dabei sein zu können. Das war einer seiner ersten Siege. Natürlich kam auch die „Franz-Braun"-Zeit in Zerbst zur Würdigung. Seine „schöpferische Hand" klirrte der Laudator. Und jetzt hörte der ganze Saal, dass die USA Interesse an seiner ISOMA hatten. Das war der eigentliche Karriere-Knick. Immer wieder verdrängt, stand dieser Gedanke klar vor ihm. Und unvermeidlich auch die seltsame Frau, die er mit der Zeit in den USA verband: Roselin. Die einzige Frau, die Vera gefährlich werden konnte. Jetzt, nach 30 Jahren gestand Hans sich ein, dass dieses Arrangement mit ihr etwas Besonderes gewesen war. Sofort erinnerte sich sein Geruchssinn an ihr Parfüm. Vielleicht hatte Eiermann doch recht gehabt. Das alles machte ihn schwindeln, andererseits konnte er das nicht glauben, dass sie für ihn Gefühle gehabt hatte. Wie dumm, wie ungeschickt, wie naiv muss er auf sie gewirkt haben. Da dieses Angebot der grauen Herren von der Company irgendwie im Zusammenhang mit Roselin stand, war dies möglicherweise die Quadratur des Kreises. Nicht Veras Veto. Er selbst hatte Angst vor sich selbst gehabt? Hans fuhr sich selbst durch die Gedanken: Quatsch! Und löschte sie ein für alle Mal.

Vielleicht war der Eiermann doch so etwas wie ein Freund? Jemand, über den man sich ärgert, der einem auch was Unangenehmes sagt, die Wahrheit möglicherweise, jemand, der doch so ganz anders ist als man selbst … Hans wusste Eiermann im Publikum, Vera hatte seine Frau im Foyer entdeckt, so wird es im lockeren Teil etwas Unterhaltung für sie geben. Wenn er mit dem Kegel den Guru becircen will.

Er nickte Vera zu. Alles gut. Das Kostüm stand ihr gut. Tweed mit Samtpaspeln am Kragen, eine Doppelreihe mit samtbezogenen Knöpfen. Es hatte ihm Freude bereitet, seine schöne, elegante Frau zu diesem Anlass einzukleiden. Ein chices Hütchen mit einem fast unsichtbaren Schleier über den Augen, damit man dennoch den Schleier respektvoll wahrnimmt, waren wenige kleine Samtpünktchen darüber gestreut. Alles aus gutem, ehrlichem, angemessenem Material, das Jahre hält. In der Kleidung, fand Hans, hatte Kunststoff nichts zu suchen. Das PVC ist ein Material für Werkstoffe – in der Kleidung, überhaupt in Stoffen wird es zum Flitter. Und macht die Ausgangsgarderobe minderwertig. Die Durchdringung des gesamten Lebens mit Kunststoff ist sein Niedergang. Die Ernsthaftigkeit von Kunststoff wird in Frage gestellt.

Doch, Vera kam auf ihre Kosten. Der Pianist, der die Pausen zwischen Begrüßung durch Guru Schlickmann, zwischen Laudatio von dem Typen mit der klirrenden Stimme und der Verleihung selbst zu füllen hatte, tat dies zu Veras Befriedigung. Das spürte Hans ohne sie anzusehen. Der junge Mann, vielleicht aus Kostengründen ein Musikstudent des Düsseldorfer Musikinstituts, spielte den Chopin mit Hingabe, ohne Sentimentalität. Vera atmete mit, das war ein gutes Zeichen. Im Programm sah er, dass sie zuerst ein Nocturne gehört haben, vor der Laudatio. Gute Nacht, Hans. Es war seine erste Ehrung und wird sicher die letzte sein. Hans schwankte zwischen Doch-geschmeichelt-Sein und Ernüchterung. Was kann man sich für einen solchen Preis kaufen, er war nicht einmal dotiert. Die Gemeinde der Plastefachleute in seinem Rücken lauerte auf seine Abdankung, um selbst im Rampenlicht zu glänzen. Noch nicht, etwas Geduld, meine Lieben. Ihr Neider. Ich bin jetzt dran. Der Laudator krähte nun nach seinen biografischen Haltepunkten in diesem zerrissenen 20. Jahrhundert und der unvermeidlichen hoffnungsvollen momentanen Plastik-Weltlage etwas zur Zukunft des Werkstoffs. Dazu bemühte er die Literatur! Aha. Interessant. Der in Deutschland unbekannte Amerikaner Murray Leinster schrieb bereits vor 20 Jahren, 1945, eine Science-Fiction-Erzählung: Things Pass Bay. Was heißt das nun wieder? Wird der Knabe sich noch herablassen, dies auf Deutsch zu sagen? Was für eine Unsitte, immer mehr Englisch zu sprechen und vorauszusetzen, dass jeder das versteht. Eine Mode, die hoffentlich bald vergehen wird. Und was hat Science-Fiction auf einer Versammlung deutscher Ingenieure zu suchen? Ein Apparat, ein Roboter mit beweglichem Arm, der – und jetzt zitiert der Mann, gottlob auf Deutsch: „Zeichnet in der Luft Konturen nach, die er mit Fotozellen gescannt hat. Aus dem zeichnenden Arm fließt

Kunststoff, der beim Ausfließen erhärtet." Das ist ja, als würde man die Werkteile aus Kunststoff drucken. Das ist ja genial! Und so was denkt sich ein Literat aus. Vor zwanzig Jahren! Nicht zu ersten Mal bedauert Hans, nicht 20 Jahre jünger zu sein, ach noch besser, 40. Dann wäre er 30 und könnte diese Vision in die Tat umsetzen. Hätte noch die Kraft und die Härte, die Energie für eine technische Lösung. So ein Roboter ist letzten Endes die Weiter-entwicklung seines Automaten.

Jetzt lässt sich der Redner doch noch herab, den Titel der Er-zählung deutsch wiederzugeben: Die Dinge vergehen. Hans spürte den Kloß im Hals. Die Dinge vergehen. Die Zeit vergeht unerbitt-lich, es tickt immer lauter. Er hat das Gefühl, dass immer mehr Uhren in sein Blickfeld drängen, auch hinter dem Redner hängt eine und sagt: Die Dinge vergehen. Wie kurz auch die Lebens-dauer der Dinge geworden ist, die durch den Spritzguss hergestellt werden. Das ganze Alltagsleben, die ganze Welt mit Plaste über-zogen, ein Widerspruch, eine Fehlentwicklung – das beständige Material immerzu durch neues ersetzt. Sollte er diesen Gedanken in seinen Dank einbringen? Dann heißt es, der ist doch von vor-gestern. Kann nicht mehr mithalten. Immerhin kriegt der Typ jetzt doch noch irgendwie den Bogen zu ihm, Hans: Auch diese Zukunft ist undenkbar ohne solche Pioniere wie Hans Gastrow. Wer spritzgießt, muss ihn kennen. Na, wenigstens das. Hans war sich immer noch unsicher, ob diese Zukunftsvision, zumal als li-terarische Geschichte, nicht die blanke Provokation war: Hast du 20 Jahre gepennt?

Der Musikstudent holte nun Chopins Etüde Nr. 3 aus den Tas-ten. Seine Finger und die Tasten gehörten zusammen, ein leben-diges Gewebe. Vera zog die Luft tief durch die Nase ein. Natür-lich hatte sie das auch gespielt und das Stück war ihm immer sehr nahegegangen in seiner Ungebärdigkeit. Fast Rohheit. Für einen Moment vergaß er das Plastikpublikum hinter sich. Und erwachte beim Blick auf seine Hände, Veras Linke obenauf. Dr. Gastroff sollte sich nun auf die Bühne bemühen. Noch nie hatte jemand das stumme w am Ende seines Namens in zwei hässliche f verwandelt. Hans, Gnade, lass Gnade walten über diesen Ignoranten. Ja, ließ er, zumal ein Urahne im 18. Jahrhundert sich tatsächlich mit zwei f geschrieben hatte und da wurde es sicher auch ausgesprochen. Wann hatte es sich in ein stummes w verwandelt? Eigentlich könnte den mal jemand zur Ordnung rufen, sein Name war in der letzten Stunde mindestens ein Dutzend Mal gefallen und die tun alle, als hätten sie diese Verhunzung nicht gehört. Hans erhob sich, richtete die Krawatte und stieg die drei Stufen zum Podium hinauf, streifte dabei das Blumenarrangement, fasste eine Blüte mit Daumen und Zeigefinger – sie riss sofort ab. Kein Kunststoff. Er sah dem Pinkel ins Gesicht, der nicht einmal seinen Namen richtig aussprechen konnte. Der überreichte aber die Plakette nicht. Der Nobelpreisträger wurde ebenfalls zur Bühne gebeten, aha. Der Pinkel übergab das geöffnete Etui mit der Plakette Ziegler, dieser drückte ihm die Hand, sprach seinen Namen richtig aus. Er drehte sich und Hans in Richtung Fotografen und so standen sie unnatürlich lange händehaltend und das Etui überreichend. Hans dankte mit geneigtem Kopf – das Klatschen des Publikums überraschte ihn. Er hasste sich dafür, dass er es genoss. Vera nickte ihm zu, der kleine Schleier an ihrem Hut wippte. Sein Blick suchte die gelbe Brille von Schickmann, ob es seine Idee war, die Verleihung von Ziegler machen zu lassen? Eine schöne Idee. Das Blütenblatt hatte er in seine Anzugstasche gesteckt, er musste eben daran denken. Wieso? Weil es echt war, vielleicht. Wider Erwarten.

Nach seinen Dankesworten war der offizielle Akt beendet. Noch ein professionelles Chopinchen. Doch noch vor dem Crémant schob der „Gastroffer" ihn zu einem Pressetermin. Wieder Fotografen, wieder den Nobelpreisträger an seiner Seite, an der anderen Schlickmann, noch mal musste Ziegler ihm das Etui mit der Bronzeplakette überreichen, ein nackter Läufer mit griechischer Lockenfrisur und einer Fackel. Jetzt sah er, dass an seinem Finger das Blütenblatt klebte, er wechselte das Etui in die Linke und versteckte die rechte mit dem Blütenblatt auf dem Rücken. Hans dachte an nichts und schaute in die Kameras. Things pass by.

Jetzt wollten die Pressefritzen den Preisträger allein – mit Plakette. Hans sah zu Vera und fasste sich an die dunkle Krawatte. Sie nickte. Die anderen Männer haben schmalere Krawatten und bunte, er musste nicht jeden Quark mitmachen als einer der Ältesten im Saal. Machst eine gute Figur – las er in Veras Augen unter dem Schleier. Er schaute in die Kamera in der Mitte und sah darüber auf die Leute im Saal, die in Gruppen zusammenstanden. Der Guru mit seiner jungen Gattin, sehr apart, die Dame. Und Kegel dicht dabei, in der Hand den Sonderdruck der *Kunststoffe* mit seinem Patent und ein Porträt von ihm. Kegels Frau, Schlickmanns Tochter, etwas unscheinbar, sie hat es bestimmt nicht leicht mit dem dominanten Vater. Bitte hierherschauen, mahnte einer der Fotografen. Mann, wie wichtig die sich nehmen. Es ist ihr Auftritt, nicht seiner, scheint es. Ach, der Eiermann, Franz und Frau begrüßen jetzt Vera. Der Bitterfelder winkt ihm sogar zu, was will denn der von ihm. Bloß nicht über alte Zeiten reden. Jetzt stürzt der Gastroff-Pinkel herbei, mit ganz schmalem Schlips natürlich und sagt den Fotografen, dass nun Schluss sei, jetzt ist der Crémant dran!

Die Party

Soll ich mal Schildkröte probieren? Vera hatte sich in die Menükarte vertieft. Willst du das arme Tier aus der Schale schlürfen? Nein, ich will das gar nicht sehen. Es ist eine Schildkrötenkraftbrühe mit Sherry. Nein, nein, sagte der Tischnachbar und seine Frau ergänzte, das schmeckt nicht, wahrscheinlich ist da Schildkröte nur in homöopathischer Auflösung drin. Nehmen Sie den Russischen Salat! Die Tischnachbarn waren das Ehepaar Kleist. Der ältere Ingenieur ist Hans stets gewogen und hat ihm von Herzen gratuliert. Er vergisst nie zu betonen, dass er Heinrich Kleist heißt wie der Dichter vom Käthchen von Heilbronn nur ohne von. Ach ne, sagte Vera, Russischen Salat mag ich gerade nicht. Vielleicht das Rilette Aromatique France. Das erinnert sie an Inges geliebte Schmalzbrote, dachte Hans. – Ich nehme den Pampelschmusen-Sherry-Cocktail, rief Frau Kleist. Vera schaute Hans kurz in die Augen. Er verstand – die hat einen an der Schüssel, sagte unbarmherzig ihr Blick. Er versuchte sich auf das Menü zu konzentrieren. Es war schließlich sein Fest. Auf jeden Fall Halbgefrorenes mit Waldbeeren. Welche? Blau, Him, Brom, Erd, Preisel? Nun, ich lass mich überraschen. Und als Hauptgericht das flambierte Kalbssteak mit Ananas und Cracker. Hm, meinte Vera, ich nehme die Geflügelpastete im Teigmantel mit Cucumbersauce. Heinrich Kleist legte seine Hand liebevoll auf die rechte seiner Frau und sprach leise auf sie ein. Sie nickte still. Und bestellte nur Desserts: Edelbirne Helene, Punch á la Romaine, Omelette Jubilee und Petit Fours.

Vera freute sich, so bekam sie die Gelegenheit, diese Desserts wenigstens mal in Augenschein zu nehmen. Herr Kleist zündete sich eine Zigarre an. Will der gar nichts essen, dachte Hans, die Zigarre geht doch bestimmt eine Dreiviertelstunde. Vielleicht dauerte es auch so lang mit den Speisen. Hans sah sich um, Schlickmann saß mit dem Nobelpreisträger an einem Tisch, natürlich. Tisch 27 also. Und der Schwiegersohn? Er fand ihn nicht. Kleist lobte seine Punktabreißwerkzeuge, er hatte also den Artikel im Sonderdruck gelesen. Gute Arbeit, meinte Kleist. Hans schenkte ihm von dem Riesling Spätlese namens Hochheimer Hölle ein, er hielt die Flasche auch über Frau Kleists Glas und wartete, was Kleist dazu meinte. Der zeigte mit Daumen und Zeigefinger: Nur ein Schlückchen für meine Frau. – Eigentlich wollte Hans mit dem Wein den älteren Kollegen, er musste die 80 schon eine Weile überschritten haben, ermuntern, weiter über seine „gute Arbeit" zu sprechen. Aber Kleist erhob sein Glas und sagte nichts weiter. Alle hielten ihr Glas in der Hand und sie nickten sich zu. Tranken schweigend. Frau Kleist war sehr dünn und trug ein leichtes Chiffonkleid um ihren zarten Leib, über der einen Schulter hing ein mit Pastellblumen bedruckter Schal. Sie lächelte Hans an, als sie seinen Blick bemerkte. Ihr Nicken geriet ein wenig heftig. Der ist gut, sagte Kleist und meinte den Wein. Schade, dass ihm zu Hans' Patent nichts weiter einfiel. Der Nobelpreis-Ziegler, meinte Kleist, sucht sich eine Lobby zusammen, damit er den Natta wegbeißen kann. Hm, Frau Kleist nickte. Ob sie eine Ahnung davon hat, worum es ging? Ich glaube tatsächlich, sagte Kleist nun, unser Ziegler ist im Recht. Natta hat gute Kontakte nach Schweden und deutsche Chemiker sind international halt immer noch etwas suspekt. Zu Recht?, fragte Hans. Schwer zu sagen. Kleist wich aus.

Haben Sie gesehen, sagte Frau Kleist, die junge Frau Schlickmann trägt Salamander-Plastikschuhe im Krokodesign. Nein, Vera unterdrückte den Drang, sich umzudrehen. Die Schuhe wären ohnehin nicht zu sehen. Da werde ich nachher ein Auge drauf werfen. Meinen Sie, dass die bequem sind?, fragte Vera. Frau Kleist kicherte: Da schwitzt man doch drin. Die sind wie Gummistiefel. – Tja, die Kommerzialisierung unseres ehrenwerten Materials Kunststoff ist auf vollem Vormarsch, sagte Kleist. Die Kleidung ist ja nur ein Schnickschnack, aber die Flaschen für Mineralwasser, Limonade, Bier sollen ja auch aus PVC produziert werden. Vielleicht auch das hier, Kleist zog die Brauen hoch und zeigte auf die Weinflasche. Wollen Sie den Riesling Spätlese aus einer Plastikflasche trinken? Für Wasser ist das vielleicht eine gute Idee, aber eine Mehrfachnutzung scheint aussichtslos. Und dann gibt es Müll, ohne Ende Plastikmüll. Ja, nickte Hans, da denkt keiner dran. Wäre doch spannend, sich mit den jungen Kollegen darüber zu unterhalten. Vielleicht gibt es ja doch schon Ideen?

Die Vorspeisen wurden gebracht und Kleist ließ seine Zigarre im Aschenbecher abräumen. Dann kostete er vom Pampelmusen-Sherry-Cocktail seiner Frau, im Prinzip futterte er fast die Hälfte davon weg: Gute Wahl, Luise, kommentierte er. Luise kicherte. Meine Frau hat den Vertrieb eines großen Konzerns geleitet. Als einzige Frau im Vertrieb, ergänzte sie. Das war sicher nicht einfach, sekundierte Vera. Luise Kleist presste die Lippen zu einem gewaltsamen Lächeln zusammen und legte den Kopf schräg. Hans hatte sich für eine gute, ehrliche Rinderbouillon als Vorspeise entschieden. Auf der Bühne enthüllte ein Musiker eine gewaltige Hammondorgel. Wie schade, keine Combo, sagte Frau Kleist, dieser neumodische Quatsch … Hans bemühte sich, nicht an den Vermittlungsversuch von Kegel zu seinem Schwiegervater zu denken. Da ist man satte 70 Jahre alt und muss immer noch betteln, dachte er nun doch bitter. Wie um seinen Gedanken zu vertreiben, hob Kleist plötzlich sein Glas: Auf den Preisträger. Es ist schade, dass diese Ehrungen immer so spät kommen, Sie hätten sie mindestens zehn Jahre eher verdient. – Ich glaube, sagte Hans darauf, da war meine Zeit in Russland noch zu präsent, zu dicht dran. Mir fehlte auch der Anschluss. Man hatte den Stempel weg – das ist der Fachmann aus dem Osten, fast ein Russe. Das ist dumm, knurrte Kleist. Hans wusste nicht, ob er ihn, seine Kollegen oder die Russen meinte. Der spricht in Rätseln, dachte er, das Eigentliche behält er für sich oder er spricht in Gedanken weiter. Ist für seine Frau sicher auch nicht einfach. Als Vertriebsleiterin konnte er sie sich nicht vorstellen, sie hatte etwas – als sei sie nicht von dieser Welt.

Der Musiker in seinem Frack setzte sich doch tatsächlich an seine Hammondorgel und spielte dezente Wohlfühl-Fahrstuhl-Musik. Hans spürte, ohne sie anzusehen, wie Vera das Gesicht verzog. Sein Kalbssteak kam und der Kellner goss aus einem silbernen Kännchen Cognac über das Fleisch, strich ein Holz an und entzündete das Steak, das einen köstlichen Duft verbreitete. Trotzdem stürzte Hans sich nicht darauf. Er schnitt langsam einen kleinen Streifen ab, spießte ein Stück Ananas auf, betrachtete das Arrangement auf seiner Gabel, roch daran und steckt es sich endlich in den Mund. Mit einem Schluck Höllenwein spülte er das Ganze herunter.

Als er aufsah, stand Kegel am Tisch. Verzeihen Sie Herr Gastrow, dass ich Sie beim Essen störe, ich weiß, es ist ungünstig. Sie sind mittendrin, das ist wirklich … aber mein Schwiegervater … wird bald gehen. Mitten im Essen, empörte sich Hans, soll er jetzt quer durch den Saal gehen, um den Guru vielleicht noch an der Garderobe zu erwischen. Und alle sehen, dass ich was von dem will. Soll er brummen: Ich esse jetzt. Nein, ich muss da durch, sagte er sich, ich will was von dem und da kann ich nicht zimperlich sein, auch wenn das wirklich unmöglich ist. Kegel tat ihm leid, er wollte sein Versprechen einhalten. Er konnte ja nichts für seinen unmöglichen Schwiegervater, man sah ihm an, dass es ihm unangenehm war. – Schmeckt dem das Essen nicht. Will der mit Ziegler eine Extrarunde drehen? Zu lange wartete jetzt schon Kegel mit seinem Sonderdruck in der Hand. Er ist hier der Preisträger und er kann bei seinem Preisessen machen, was er will. Entschuldigen Sie mich bitte, sagte er zu den Kleistens und legte die Serviette neben den Teller mit seinem Kalbssteak. Er überließ die Tischgenossen ihrer Verwunderung und stand auf. Gut, dann gehen wir. Mit stolzen Schritten wand er sich durch die einzelnen Tische, nickte Eiermann und seiner Frau zu, zeigte mit einer Handbewegung, dass er gleich wiederkomme. Auch Römer sah ihn erstaunt an. Am Tisch 27 hatte Schlickmann sein flambiertes Kalbssteak schon verputzt, dem hats geschmeckt. – Kein Anzeichen von Aufbruch, was hatte den Kegel nur geritten, musste er sich unnötig zum Affen machen. Schlickmanns Frau reichte ihm die dunkle Hand: Ich gratuliere Ihnen von Herzen, Herr Gastrow. Nach dem, was ich heute gehört habe: großen Respekt. Danke, danke, murmelte Hans. Schlickmann nahm keine Notiz von ihm und dem Schwiegersohn. Er war vertieft in ein Gespräch mit dem Nobelpreisträger. Kegel wurde nervös. Er zog den Finger durch seinen Kragen, war die Krawatte zu eng, jedenfalls schwitzte er ungebührlich. Kegel sah hilfesuchend zu Schlickmanns Frau, die ihre Hand sanft auf Schlickmanns Unterarm legte. Das gelbe Brillengestell richtete sich auf sie, ihre Augen zeigten in Hans' Richtung. Ein Augenrunzeln lang starb Hans gemeinsam mit Kegel 15 Tode. Da sprang der Guru auf, warf seine Serviette auf den leergegessenen Teller und blitzte Hans an: Mein lieber Gastrow, mein lieber Gastrow, wiederholte er, wohl, weil ihm nichts weiter einfiel. Welch wohlverdiente Ehrung, echt am Puls der Zeit, meine herzliche Gratulation. Ziegler lächelte ihn aufmunternd an. Wieso sagte der Kegel nichts. – Mit Ihrem Schwiegersohn verbindet mich ein gemeinsames Interesse am Spritzguss. Er war so freundlich – Kegel löste sich nun aus seiner Katatonie. Lieber Schwiegerpapa, ich dachte, es wäre schön, wenn ihr euch persönlich kennenlernt. Ich schätze Hans Gastrow aus seiner Arbeit, speziell letztens zu den Punktabreißwerkzeugen – Halleluja, er hat das Wort über die Lippen gebracht, dachte Hans –, das Verfahren ist sensationell und hier im Sonderdruck im Einzelnen beschrieben. Ich dachte, es wäre auch für deine Arbeit ein wichtiger neuer Gedanke. –

Oh, dachte Hans, das war falsch. Wie wenig kannte der Junge seinen Herrn Schwiegerpapa. Der „Junge" durchschnitt die dicke Luft zwischen ihnen mit dem Sonderdruck, den er jetzt dem Guru in die Hand drückte. – Großartig, antwortete Schlickmann, das ist eine spannende Anregung, eine Lektüre, die ich mir auf keinen Fall entgehen lassen werde. Klang da Hohn aus seiner Stimme? Hans sah, wie Schlickmann die vier Seiten schief zusammenkniffte und in die Tasche seines Jacketts stopfte, als würde er sie in einen überfüllten Abfalleimer entsorgen. Gute Arbeit, sagte Schlickmann, Ziegler nickte dazu. Genießen Sie die Früchte Ihrer Arbeit, mit Ihrer Frau, mit der Familie, lassen Sie sich feiern, Gastrow, Sie haben es verdient. Er setzte sich wieder, das Gespräch war beendet. Kegels Mund stand offen. Langsam bewegte er den Unterkiefer in die gewöhnliche Stellung. Da er und Hans immer noch am Tisch standen, warf Schlickmann ihnen ein Wir-sehen-Uns als Abschiedsgruß zu. Die Frau lächelte Hans an. Er gönnte sich noch schnell einen Blick auf ihre Schuhe. War das wirklich Kunststoff? Sie sahen so echt aus. Ziegler und Schlickmann waren bereits wieder im Gespräch. Kegel begleitete ihn bis zu seinem Tisch und verbeugte sich zum Abschied knapp. So isser – sollte das wohl sagen. Ich denke, sagte er aber, die Botschaft ist angekommen.

Nun musste Hans sich auch noch bedanken für dieses Desaster. Und schon sägte er an seinem noch lauwarmen flambierten Kalb, spießte dazu Ananas und bröckelige Cracker auf die Gabel und stopfte die Bissen in sich hinein.

Frau Luise saß vor ihren vielen Desserts, nippte etwas an der Birne, tauchte das Löffelchen in das Sorbet Punch Romaine, sie hatte wohl keinen Appetit. Hans war mit seinem Kalb immer noch nicht fertig, da kam das Halbgefrorene mit Blau- und Himbeeren. Er aß beides abwechselnd, damit ihm das Eis nicht wegschmolz und das schmeckte gar nicht schlecht. Er musste den Rest des Tages hinter sich bringen. Vera sprang auf und küsste Frau Eiermann luftig auf die Wangen: Gisela! Ach, wie schön. Vera war wohl froh, nicht mehr Hans beim sturen Verzehren der Festspeisen zusehen zu müssen. Franz besorgte zwei Stühle vom Nebentisch und sie setzen sich dazu. Vera machte die Kleistens mit den Eiermanns bekannt. Sie wedelte fröhlich mit dem Dessertlöffelchen, dabei spritzte etwas Sorbet auf die silberne Krawatte ihres Gatten. Der tupfte mit der Serviette, ohne hinzusehen auf der Krawatte herum. Gisela Eiermann plauderte gleich drauflos. Sie säßen am Tisch von Herrn Professor Plettenberg, er schien wichtig zu sein, denn Gisela Eiermann brachte den vollständigen Namen des Professors in jedem Halbsatz unter. Die Kleistin gab nun ihre bisher unangerührten Petit Fours für die Allgemeinheit frei. Frau Eiermann nahm sich ungeniert direkt ein Törtchen. Sie war älter als ihr Mann, sie wirkte unscheinbar mit einem tiefsitzenden biederen Dutt am Hinterkopf. Erstaunlich, dass die Ehe über Jahrzehnte gehalten hatte bei den Eskapaden ihres Mannes. War er ruhiger geworden? Oder war es das Rezept dieses Arrangements, in dem sie ihrem Mann die außerehelichen Abendteuer nachsah? Wir können Herrn Professor Plettenberg nicht so lange allein lassen, vielleicht kommt ihr dann an unseren Tisch, dann stellen wir euch Herrn Professor Plettenberg direkt vor!

Jetzt ging der Tanz los. Der befrackte Musiker an der Hammondorgel hatte das Fahrstuhlgesusel eingestellt und legte mit den Schlagern der Saison los: „Quando, sag mir wann, sag mir quando, quando, quando, ich dich wiedersehen kann." Vera langte angeekelt nach einem Petit und steckte es sich ganz in den Mund. Damit sie nichts sagen musste. Kleist hatte seine Krawatte saubergetupft, nun schob er den Stuhl zurück und forderte seine Frau zum Tanz auf. Die wiegte fröhlich den Kopf und wehte am Arm ihres Mannes in ihrem flatternden Chiffonkleid davon.

Eiermann boxte Hans den Oberarm: Endlich! Hoffentlich fragt der jetzt nicht, was ich bei Schlickmann wollte. Nichts, nichts von Bedeutung. Aber Eiermann fragte nicht, vielleicht ahnte er: Jeder hat so seine Geheimnisse. Hans sah zu dem Kronleuchter, der über Schlickmanns Tisch schwebte. – Darf ich deine Frau zum Tanz bitten?, fragte er Eiermann, denn er musste irgendwas tun. – Frag sie doch selbst. Gisela Eiermann war auch ungefragt bereit, zu „Ganz Paris träumt von der Liebe" zu tanzen. Der Mann an der Hammondorgel sang mit schlanker anbiedernder Stimme, die sich in kleinen sentimentalen Schlenkern, fast Schluchzern, verlor, wie es gerade modern war. Auf dem Weg zur Tanzfläche begegneten ihnen die Kleistens. Ein rührendes Paar, meinte Gisela, hat die irgendwas, eine Krankheit? Nicht, dass ich wüsste. Ich mein, so aufmerksam wie die miteinander umgehen, bohrte Gisela nach. Aber das kennst du doch, dachte Hans. Vielleicht hat auch Kleist irgendwas an seiner Frau gutzumachen. Wart ihr mal in Paris, fragte er seine Tanzpartnerin. Nein, auch nicht in Venedig, sagte sie. Hans führte den langen Schritt vorwärts aus, seltsam, dass die Frau rückwärts beginnen muss. Ist wohl der Schritt des Fuchses beim Heranpirschen an sein Opfer, das rückwärts ausweichen muss. Etwas mit Drehungen wäre Hans lieber gewesen als der Foxtrott, etwas Schwindel würde ihm guttun. Die Gerüche des Saales wehten an ihm vorüber, der nach Blumen, denn auch hier waren sie echt. Und der nach verschiedenen Parfümen, aber die waren nicht mehr frisch. Seltsam wie der Geruch sich veränderte – sein eigenes kurzes Leben lebt, das frisch, spritzig und elegant beginnt und all dies allmählich verfliegt und nur die schweren Bestandteile der Komposition zurückbleiben, die allein für sich unangenehm riechen. Trüb, abgelebt, klebrig und die Parfümierte mit einem Hof umgibt, der verkündet: Nicht nähertreten! Dabei ist ja ursprünglich – beim Auftragen – das Gegenteil beabsichtigt oder wozu trägt man sonst Parfüm auf?

„Ganz Paris träumt dieses Märchen." Nein, er träumt nichts mehr. Er beneidete Gisela, die ihren Herrn Professor Plettenberg nun ganz vergessen hatte und sich selbstverständlich den Tanzschritten hingab und vielleicht nichts Anstrengendes denken musste. Die Hammondorgelklänge waberten wie schwere Rauchschwaden an ihm vorbei. Es klang fast wie Gurgeln. Was denkt der Mann an der Orgel? Sie müssen alle nach meiner Musik tanzen. Und bekomme ich mein Honorar in bar? Und was macht Agnes, wenn ich hier bin? Und was ist das für ein Typ, der immer hoch zum Kronleuchter schaut, statt verliebt in die Augen seiner Partnerin. Und ja, nach Paris würd ich auch mal. Hans registrierte, wie seine Sinne nicht Foxtrott, sondern Polka tanzten, als sei das, was sie sonst wahrnehmen, zu gewöhnlich, nicht nötig, das ans Gehirn weiterzusenden. Hans lächelte Gisela an, sie sollte nicht denken, dass er abwesend sei. Sie nickte, vielleicht war sie genauso abwesend und nutzte die Gelegenheit, den Rost ihrer Ehe zum Bröckeln zu bringen, sich zu erinnern, was für ein Leben sie sich mal gewünscht hat. Vielleicht war es dann doch viel besser gelaufen, als sie sich das vorher ausgemalt hatte. Trotz allem.

Irgendetwas sprang in ihm gerade aus der Rille. Der Kronleuchter drehte sich um sich selbst. Aber fiel nicht herunter. Er hatte das Gefühl, das rechte Ohr schnurrte ihm zusammen zu einem kleinen Knorpelknopf, komisch, nur das rechte Ohr. Er fasste es nicht an, er wusste ja, dass es die normale Größe hatte. Jetzt fällt der Kronleuchter dem Guru auf den Kopf und reißt die gelbe Kunststoffbrille samt dem Putz der Zeit von seiner Nase. Dabei fließt das Blut aufs flambierte Kalbssteak. Die dunkle Schönheit springt erlöst auf zu ihrem Stiefschwiegersohn, dem Kegel, der plötzlich gar nicht mehr verklemmt und schüchtern ist, sondern ein echter Kerl, der dem Schwiegerpapa eins auf die blutende Nase gibt. Naja, und so weiter. Das Gesicht, sein Gesicht begann zu zersplittern wie der Knallkrebs im Quetschlicht in lauter kleine Scherben, er sah sie lautlos zu Boden fallen. Hans zog die Mundwinkel hoch – die waren noch an Ort und Stelle. Ein feiner Geruch von frischgebrühtem Kaffee beendete seine Sinnespolka. Gleich würde er einen trinken, vielleicht besser einen Mokka, der würde seine durcheinandergeratenen Sinne wieder an den rechten Platz führen. Kein weicher Boden mehr unter seinen Füßen, der zurückwich und ihm das Gefühl gab, ein sehr kurzes und ein ganz langes Bein zu haben.

Er ging mit Gisela am Arm zu Tisch 21, wo Vera und Franz im Gespräch waren. Die Kleistens lassen dich herzlich grüßen. Die Marquise von O. hatte wohl genug, teilte Vera ihm mit. Nun muss ich das wohl bis zum bitteren Ende durchstehen. Das ist ein Zitat, aber woher? Aus welchem Stück? Ne, kein Stück, ein Märchen. Von dem Shakespeare des Hausrates, Andersen. Der nackte König in des Kaisers neue Kleider denkt dies: Nun muss ich bis zum

Ende des Festes aushalten. Und so hielt er sich noch stolzer und die Kammerherren gingen und trugen die Schleppe, die gar nicht da war.

Heimfahrt

Das ist eine verrückte Welt, seufzte Vera, wir fahren hier mitten durch die Zone und können weder anhalten, um sie einzusammeln, noch zu ihnen hinfahren, wie viele Kilometer sind das noch bis zu ihnen? Vielleicht 70, brummte Hans.

Nein, Vera mochte sich nicht damit abfinden, es war die schmerzhafte Stelle in ihrer beider Leben, dass Inge mit ihrer Familie hinter dem Eisernen Vorhang leben musste. Klaus hatte vor vier Jahren nichts erreicht, es gab keine Familienzusammenführung. Keine Möglichkeit, Inge mit den Mädchen nach Westberlin zu holen. Es gab die Angst, dass, wenn er mit dem Jungen dageblieben wäre, die Familie für immer auseinandergerissen worden wäre. Also ging er mit Nik Ende August zurück. Was für ein herzzerreißendes Bild, den Jungen durch die Sperre des S-Bahnhofs Lichterfelde gehen zu sehen, statt ihn wie bisher in Schöneweide in den Zug zu setzen. Er ist schon einige Male allein gefahren. Damit ist nun für immer Schluss. Als sie sich trennten, wusste der Junge, dass er nicht mehr, nie mehr zu den Großeltern in die Karwendelstraße kommen würde. Und sie wussten auch nicht, ob und wann sie das nächste Mal in den Osten konnten. Einmal hatten sie es bisher geschafft, im vergangenen Jahr mit wochenlang vorher beantragten Papieren. Immer mit der Demütigung im Nacken, dass diese ohne Begründung willkürlich verweigert werden konnten. Was war das für ein Familienleben! 70 Kilometer sind nicht viel.

Nein, wiederholte Hans, 70 Kilometer sind nicht viel. Hans schob den Gedanken an die trostlose Situation der Tochter beiseite, lange haderte er damit, dass es um ein Haar anders gekommen wäre, wenn Inge gleich mit den Mädchen mitgekommen wäre, vor dem 13. August.

Eigentlich wollten sie nach der Verleihung nach Köln zu Maja. Das neue Haus besichtigen, das der Architektenschwiegersohn seiner Familie gebaut hatte. Sie liebäugelten schon eine Weile mit dem Gedanken, ebenfalls nach Köln zu ziehen. Aber dann wären sie noch weiter von der armen Inge entfernt, abgeschnitten, das kam ihnen wie Verrat vor. Sie befanden sich wenige Kilometer vor dem Grenzübergang Drewitz auf der Autobahn. Im Westen hieß es nicht Grenzübergang, denn der Westen erkannte die Grenze nicht an. Checkpoint nannten sie es, da hingen die Alliierten herum und interessierten sich nicht für die Transitreisenden. Checkpoint Bravo vor Drei Linden. Umso spannender fanden die Ost-Grenzsoldaten in Drewitz die Westleute, da konnten die den grauen Mäuschen mal zeigen, wer die Macht hat. Manche der Rentner erlitten einen Schwächeanfall vor Furcht. Hans und Vera hatten keine Angst, schon lange nicht mehr.

Und sie schüttelten den Kopf über manche sensationslüsterne Westbesucher, die mit „grauenhaften Bildern" von einem Trip an die Berliner Mauer zurückkamen, wo sie auf einer Leiter an der Mauer standen und durch ein Fernglas in den grauen Osten starrten. Nur noch wenige Trabbis und Wartburgs fuhren auf der Gegenfahrbahn. In ihrer Richtung hatten sie schon lange keinen mehr überholt. Die Orte in unmittelbarer Grenznähe lagen in einer Sperrzone, rein kam man gar nicht, die dort wohnten, durften nur mit besonderen Papieren raus und auch nur in Richtung Osten, natürlich. Hans sah zu Vera hinüber, die schwieg.

Mit Maja hatten sie nur kurz telefoniert, sie erzählte nicht viel von ihrer russischen Delegation. Diese Dienstreisen sind Hans nicht ganz geheuer. Sie begleitete sowjetische Mikrobiologen bei einer Rundreise durch die Institute der Bundesrepublik. Teils als Übersetzerin, teils ihres Fachwissens wegen, das sie sich in den zwei Semestern ihres Biologiestudiums in Gorki angeeignet hatte. Nicht geheuer war ihm dies, weil er aus den Erzählungen Majas wusste, dass die Russen die westdeutsche Gentechnik verabscheuten und meinten, alles besser zu machen und doch neugierig waren, was da an den einzelnen Instituten passierte. War das eine Art Forschungsspionage? Immerhin gab es einen Gegenbesuch. Über einen Monat besuchte die deutsche Biologendelegation die sowjetischen Institute, Maja mittenmang. Hans gönnte das seiner Tochter von Herzen, auch sie hatte ihre Ausbildung nicht beenden können. Dann kamen die Kinder. Umso erstaunlicher, dass sie jetzt so gefragt ist. Und nach Moskau, Leningrad und Krasnodar und auf die Krim, nach Sotschi und Odessa, fahren konnte. Ja, er war fast ein bisschen neidisch, all das hätte er gern auch Vera gezeigt, damals, vor fast 20 Jahren. Ach und Wolgograd – sie hatte die Stadt als Abiturientin gesehen, als sie noch Stalingrad hieß. Sie machten eine Reise auf der Wolga und Maja wunderte sich, dass nach vier Jahren Krieg die Stadt noch voller Ruinen stand. Ach, einfach so als Tourist durch das riesige Land zu taumeln von einem kulturellen Höhepunkt zum nächsten von einem Naturschauspiel, einer grandiosen Landschaft zur nächsten. Weiße Nächte, das Schwarze Meer, die potemkinschen Treppenstufen in Odessa, die Nebelglocke von Sewastopol. Und da waren auch überall Spezialisten gewesen. Also, die Russen haben sich nicht lumpen lassen, um ihre Neugierde auf die deutschen Methoden der Mikrobiologie zu stillen. Der westdeutschen. Sie profitierten garantiert davon, da war Hans sich sicher. Nicht sicher war er sich, ob diese Kontakte nicht auf Dauer dem beruflichen Fortkommen Majas schadeten. Irgendwie hatte er das Gefühl, dass bei diesen gegenseitigen Institutsbesuchen der Geheimdienst auch ein paar Keimlinge setzte.

Die Preisverleihung war nun überstanden. Das Ringsum mit Guru und Schwiegersohn Kegel hatte er bereits vergessen. Im Prinzip kam diese Ehrung anlässlich seines 70. Geburtstages gerade recht. Nur zu gerecht für seine Leistung als Pionier des Plastspritzgussverfahrens, des Automaten und des Formenbaus. Und eigentlich war das doch ein Ritterschlag für seine Leistung, dass der Laudator auf diese Science-Fiction-Geschichte verwies. Wie war das eigentlich Ende der 1920er-Jahre, wie war er um Himmelswillen auf den Kunststoff gekommen? Darüber musste er noch mal nachdenken. Er sollte einen Automaten für Batterien-Zinkbecher entwickeln und da war das Problem der Isolierung.

An der Abfertigungsschlage am Grenzübergang setzte sich Vera ans Steuer. Sie mussten warten und sich per Stop-and-go Meter für Meter vorarbeiten. Die jungen Leute stellten den Motor ab und schoben lässig mit der linken Hand das Auto und lenkten mit der Rechten. Die Militärfahrzeuge hatten eine eigene Spur und fuhren durch. Eine bedrückende Stimmung lag über dem Gelände. Die Grenzsoldaten standen überall mit ihren furchteinflößenden Maschinengewehren. Man fürchtete sich vor der Willkür der Grenzer. Manchmal nahmen sie freundlich den Pass, gaben ihn schnell zurück und wünschten gute Reise. Manchmal winkten sie sogar durch, ohne Kontrolle. Dann wieder nahmen sie das Fahrzeug auseinander, weil sie hinter jeder Zündkerze was Verbotenes vermuteten. Es war genau diese Mischung aus Freundlichkeit, scheinbarer Großzügigkeit und dann Zuschlagen wegen Nichtigkeiten. So konnte man einmal nicht mal mit der Zeitschrift *Stern* durch die DDR fahren mit dem Ziel Westberlin und beim anderen Mal winkten sie ab. Hans und Vera nahmen nichts Verbotenes mit und wenn sie ihnen doch eine Zeitschrift abnahmen, zuckten sie die Schultern. Nur, wenn sie ihm die *Kunststoffe* weggenommen hätten, hätte Hans sich vielleicht doch gewehrt, aber für die interessierten sie sich nicht.

Hans überlegte, 70 ist doch eigentlich das Alter, in dem man seine Memoiren schreibt, eine Art Resümee des Lebens. Hat er sich schon als kleiner Junge gewünscht, Ingenieur zu werden? Das Wort kannte er sicher nicht, aber hat er damals schon einen Hang zur Technik gehabt? Vielleicht wollte er Lokomotivführer werden, Feuerwehrhauptmann oder Seemann wie Onkel Adolf? Seltsam, dass man so etwas vergisst. Auf keinen Fall wollte er wie der Vater und der Großvater Pfarrer werden. Die Kindheit, das war die Zeit, als die Mutter noch lebte. Die Zeit, die verschlossen in ihm lag, ein innen mit Samt ausgeschlagenes Kästchen. Mit der großen Schwester Grete und der kleinen Schwester Ilse. Man hatte ihnen Märchennamen gegeben: Hänsel und Gretel, die von den Eltern in den Wald geschickt wurden, von der Mutter, oder war es eine Stiefmutter? Und Ilse-Bilse, keiner will se.

Ihm kam der Geruch von Lavendel in den Sinn. Von Vera kam der nicht, in ihrem Parfüm gab es keinen Lavendel. Entstieg dieser Geruch dem Kästchen Kindheit? War es der Geruch der Mutter? Vielleicht. Irgendwelche klugen Leute sagen, man suche sich die Frau nach dem Vorbild der Mutter aus. War Vera Ida ähnlich? Der Lavendel war es schon mal nicht. Beides waren zarte Frauen. Aber sonst. Nein, das ist Quatsch, so ein Frauenzeitschriftenquatsch. Ein anderer Geruch schob sich dazwischen, nach altem Holz, nach altem, von langer Sonneneinstrahlung erwärmten, staubigen Holz. Der Kirchenboden, das Gestühl, in dem die Glocken hingen. Wo die Sonne durch die Ritzen im Dach schien und kleine helle Kreise auf dem Bretterboden zitterten und im Lichtstrahl der Staub beleuchtet wurde und tanzte. Das Klacken der Turmuhr hinter einem Bretterverschlag, die großen Zahnräder zählten Zacken für Zacken die Zeit der Kindheit. Das Öl, mit dem das Uhrwerk geschmiert wurde, vermischt mit Staub. Mit Grete hatte er die Uhr aufgezogen und die Glocken geläutet, damals, als die Welt noch in Ordnung war. Zwei der Dienste für die Pfarrerskinder, die sie mochten. Glockengeläut ließ ihn heute noch innehalten, sentimental werden.

Noch etwas kroch da durch seine Erinnerung: Brandgeruch. Er allein mit der kleinen Ilse, die große Schwester wohl mit den Eltern im Gottesdienst. Und während der Vater predigte – warum waren sie nicht dabei oder wenigstens im Kindergottesdienst? –, während der Vater predigte, experimentierte er mit Zündhölzern. Und auf einmal stand die Matratze seines Bettes in Flammen. Er wusste nicht mehr, wie es dazu gekommen war, er erinnerte sich nur an Ilses begeisterte Augen. Es waren ausgerechnet die Gottesdienstbesucher, die sich von der Predigt davonstahlen, es zog sie dorthin, wo „die Gesangbücher Henkel" haben. Sie alarmierten die Pfarrersleute: Das Pfarrhaus brennt! Er wusste nicht mehr, welche Strafe er für dieses Attentat erhielt. Es hätte ja das ganze Haus abbrennen können, samt ihm und Ilse.

Hans musste gelächelt haben, denn Vera fragte: Woran denkst du? Ach, nichts. Ja, sagte Vera und fuhr wieder ein paar Meter vor, froh, dass er wieder lächeln kann. Nein, so nett die Erinnerungen aus seinem Kindheitskästlein waren. Sie mussten nicht festgehalten werden. Da war noch der Ausflug auf dem Bergkirchner Graben, so viel wusste er wohl schon, dass ein Gewässer immer in ein anderes fließt und so dieses Dorf letzten Endes mit der ganzen Welt verbunden war. Doch die Gemüsekiste auf dem Graben trug ihn nicht weit, sie setzte bald auf Grund und – aus der Traum von der Auswanderung nach Amerika. Amerika geisterte schon immer durch seine Familie, auch der Großvater spielte mit dem Gedanken an die Neue Welt und einer seiner Söhne machte es wahr, ging fort und nie wieder hörten sie etwas von ihm. Auch Adolf kam auf einer seiner Seereisen nach Amerika. Doch er kam wieder. Und brachte seinem Neffen Hans, der begeistert zu ihm aufschaute, allerhand Unsinn bei. Adolf war so ein Ereignis seiner Kindheit. Er ließ ihn auf dem Kirchhof an seiner Zigarette ziehen, wovon ihm stundenlang schwindlig war. Oder er brach den Halm des Löwenzahns und ließ Hans an der Milch lecken. Davon stirbt man, wurde ihnen als Kinder gesagt. Nein, man stirbt nicht, sagte Adolf, leck mal. Hans starb nicht. Amerika, dieser Klang hat ihm ja in seinem Ingenieursleben wichtige Kontakte eingebracht. Und fast wäre er dorthin gegangen. Und fast wäre auch der Schwiegersohn nach Amerika gegangen. Als sie noch in Russland waren, hatte er ein Angebot für New York und fragte Inge, er wolle da schon gern hin, aber nicht ohne sie zu fragen. Sie hatte geantwortet: Ja, für ein Jahr oder zwei, aber nicht für immer. Inge hatte es Hans erst viel später erzählt. Ja, wäre er mal dahin gegangen, das wäre auf jeden Fall besser als jetzt das Leben in der Zone. Und sie könnten sich sehen, obwohl es so weit weg ist.

Nun nur noch die Entenküken, dann ist aber Schluss und das Kästchen wird wieder verschlossen. Eine Entenmutter umkreiste aufgeregt ein Kanalgitter. Hans hatte hineingeschaut, nichts gesehen, aber das feine Fiepen von Entenküken gehört. Er steckte seine dünnen Kinderarme hinein und fühlte so ein winziges Etwas in der Hand. Drei konnte er herausholen. Es müssen aber mehr gewesen sein, die Entenmutter war immer noch aufgeregt, auch hörte er noch leises Fiepen, sie schienen tiefer gefallen zu sein, er erreichte sie nicht, seine Arme waren zu kurz. Er versuchte das Kanalgitter auszuheben, aber es war fest im Boden verankert. Die Entenmutter blieb dort, vielleicht, bis sie das Fiepen nicht mehr hörte.

Schläfst du?, fragte Vera. Nein, ich überlege nur, ob es jetzt nicht an der Zeit ist, meine Memoiren zu schreiben. Ach herrje, antwortete Vera, du hast doch noch so viele schöne Aufträge. Ja, sagte Hans, aber ich glaube, man sollte irgendwas hinterlassen. – Ist es jetzt tatsächlich soweit?, zweifelte Vera. Hans wusste, dass sie jetzt an das Elaborat ihres Schwiegervaters dachte. Paul, sein Vater, hatte sein Leben niedergeschrieben, allerdings mit 80, da hätte Hans ja sogar noch zehn Jahre Zeit. Der Vater hatte sich als Pfarrer zur Ruhe gesetzt in seinem holsteinischen Refugium Bargteheide zwischen seinen hundert Hühnern, zwischen Stachel- und Johannisbeeren, die er bis zu seinem Tode selbst pflückte und zu Most und Konfitüre verarbeitete. Immerhin war er so fit, dass er sich zu seinem 80. Geburtstag ein Fahrrad schenken ließ. Und nebenbei notierte er auf sagenhaften 300 Seiten „Erinnerungen, Geständnisse und Bekenntnisse eines Emeritus". Peinlich, peinlich. Grete zensierte nach seinem Tode das Machwerk des Vaters, riss Seiten heraus, schwärzte Zeilen und schrieb gelegentlich etwas hinzu. „Wie ich genas" hieß das Ding, Hans fand es ungenießbar und hatte es nie ganz gelesen.

Immerhin hatte Paul seiner Frau nicht so viele Kinder gemacht wie andere Pastoren in dieser Zeit. Dann wäre Ida vielleicht noch eher verstorben. Sie waren nur drei und in größeren Abständen, nicht jedes Jahr und dann zehn oder mehr Kinder, wie es sie in anderen Pfarrhäusern gab. Schlimm genug, dass der Vater sie in die Volksschule schickte, wo der Herr Kantor neben seinem Orgeldienst auch noch komponierte und ganz nebenbei 150 Kinder zu unterrichten hatte. Er pendelte zwischen drei Räumen und ordnete die Kinder auf traditionelle Weise – mit dem Stock. Paul schrieb in seinen „Bekenntnissen": „Ohne Stock ging es nicht, aber er wurde sparsam und verständnisvoll verwendet." Diese „verständnisvolle" Tortour mutete er seinen Kindern zu! Erst nachdem Ilse in die Schule kam, erhielten sie Privatunterricht ohne Stock. Doch so richtig aufatmen konnten sie erst in Hamburgs Schulen, das war zwei Jahre nach dem Tod der Mutter.

Dass der Vater so schnell wieder geheiratet hatte, konnte er ihm nicht verzeihen. Nein, die Stiefmutter hatte bei ihnen nichts zu bestellen, er war 13 und seine Schwestern waren 7 und 17, als sie bei ihnen einzog. Sie war nur wenig älter als Grete. Die beiden kleinen Halbgeschwister kamen gottlob erst später, da war Grete schon weit über 20. Ach, nicht die Zumutung Stiefmutter störte ihn, er versuchte nett zu ihr zu sein. Es war der Vater, der so schnell die Mutter Ida vergessen konnte. Und was er in seinen Geständnissen über Idas Tod schrieb, schien Hans das Allerschlimmste, das Allerletzte. „Mit einem letzten Aufflackern der Kräfte blickte sie mir tief ins Auge, nahm mich fest in die Arme, drückte mir einen langen heißen Kuss auf die Lippen. Ihr letztes Wort: Hab Dank für alles." Kein Wort glaubte er dem Vater, der sie nicht Abschied nehmen ließ. Wie ein selbstmitleidiger Zerberus stand er an dem Sterbebett seiner Frau und vergaß, dass die Kinder Abschied nehmen mussten, einen letzten Blick, einen Händedruck. Das war es wohl, was er dem Vater nie verziehen hatte. Selbst beim Niederschreiben dieser Erinnerung war es Paul nicht aufgefallen, dass am Sterbebett die Kinder fehlten. –

Nein, nein, dieses Zurschaustellen von Innereien, das kam für ihn überhaupt nicht in Frage. Das haben seine Nachkommen nicht verdient. Für ihn war das jetzt mal eine nette Sache, sich zu erinnern. Aber für andere ist das Kitsch. Und er ist ein Mann der Fakten. Wenn er etwas hinterlassen möchte, dann ist es sein Wissen auf seinem Gebiet, dem Plastspritzguss. Das ist sein Vermächtnis! Der Römer, der Redakteur der *Kunststoffe,* hatte ihn bereits vor einer Weile gefragt, ob er nicht seine Beiträge zu einem Buch zusammenfassen kann und neue dazuschreiben. Keine Bekenntnisse, keine Enttäuschungen, kein Seelenschmerz, keine Tränen. Sondern methodisches Konstruieren von Werkzeugen, Werkzeugöffnungskraft und Auswerfkraft, Entformung durch hydraulischen Kernzug, Heißkanalwerkzeuge, Abschneidwerkzeuge speziell die Punktabreißwerkzeuge. Und die Beispiele: Vierfachwerkzeug für Trinkbecher. Vierfachwerkzeug für Akkukästen. Sechsfachwerkzeug für Damenschuhabsätze. Für Bauklötze, Injektionsnadeln, Tablettenröhrchen, Blusenbügel. Und so weiter, am besten noch auf Englisch, Französisch und seinetwegen auch auf Russisch. Der Zeitpunkt der Veröffentlichung unmittelbar nach dieser Ehrung war sicher nicht unklug.

Das mach ich, dachte er oder sagte es laut, denn Vera fragte: Was machst du? Ein Buch bei Hanser. Denn man tau, meinte sein Verchen und startete den Wagen.

DIE AUTORIN

Simone Trieder, geb. 1959, seit 1992 freiberufliche Autorin. Theaterstücke, Erzählungen, Biografien. Für Radiofeatures zweimal für den deutsch-polnischen Journalistenpreis nominiert. Im Mitteldeutschen Verlag erschienen u. a.: „Unsere russischen Jahre. Die verschleppten Spezialistenfamilien" Zuletzt: „Hering, Aal und Beifang. Fischer auf Rügen, Fischland und Darß" 2021 (mit Fotografien von Iwona Knorr).

ANMERKUNG DER AUTORIN
ZU HANS GASTROW 1895-1968

1966 erschien bei Hanser sein Fachbuch: „Beispielsammlung für den Spritzgieß-Werkzeugbau". Es wurde in elf Sprachen übersetzt; englische Ausgaben für die USA und Kanada. Sieben Auflagen wurden von Fachkollegen um weitere Beispiele auf den neusten Stand gebracht. Es ist immer noch im Verlagsprogramm und heißt nun: „Gastrow. Spritzgießwerkzeugbau in 130 Beispielen" und wird Konstrukteuren, Praktikern und Studenten als „bewährtes Nachschlagewerk" empfohlen.

DANK

Meiner 2015 in Köln verstorbenen Tante Maja Voigtländer und Peter Schondorf aus Zerbst verdanke ich die Anregung, mich mit der Geschichte meines Großvaters zu beschäftigen.

Die Arbeit am Manuskript förderten die Programme „Kultur ans Netz" und „Neustart Kultur".

Den Druck unterstützten die Nachkommen von Hans Gastrow und Freunde sowie die Stadt Zerbst/Anhalt und die EMAG Zerbst Maschinenfabrik GmbH (Nachfolgefirma der „Franz Braun AG", bei der Hans Gastrow Entwicklungsingenieur war).

1. Auflage
© 2024 mdv Mitteldeutscher Verlag GmbH, Halle (Saale)
www.mitteldeutscherverlag.de

Alle Rechte vorbehalten.

Gesamtherstellung: Mitteldeutscher Verlag, Halle (Saale)
Lektorat: Erdmute Hufenreuter
Umschlagabbildung: © Everett Collection – shutterstock.com

ISBN 978-3-96311-950-7

Printed in the EU